NF文庫
ノンフィクション

海軍水雷戦隊

大熊安之助ほか

潮書房光人新社

海軍水雷戦隊――目次

写真提供／各関係者・遺家族・「丸」編集部・米国立公文書館

海軍水雷戦隊

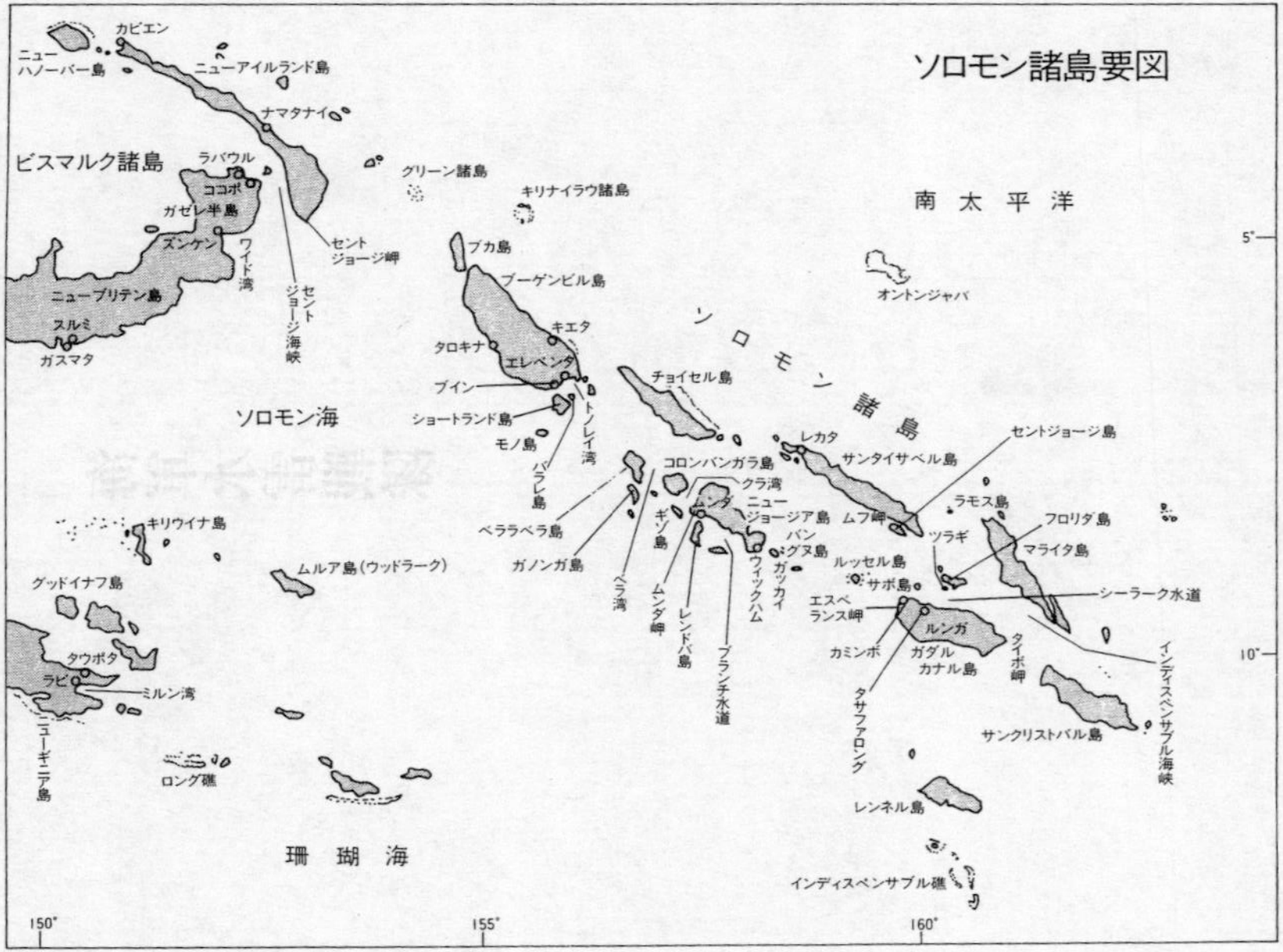
カビエン
ニュー
ハノーバー島
ニューアイルランド島
ナマタナイ
ビスマルク諸島
ラバウル
ココボ
ガゼレ半島
ズンゲン
ワイド湾
セント
ジョージ海峡
セント
ジョージ岬
ニューブリテン島
スルミ
ガスマタ
グリーン諸島
キリナイラウ諸島
南 太 平 洋
5°
ブカ島
ブーゲンビル島
オントンジャバ
キエタ
タロキナ
エレベンタ
ブイン
トノレイ湾
ショートランド島
モノ島
バラレ島
ソロモン海
ソ ロ モ ン 諸 島
チョイセル島
レカタ
サンタイサベル島
セントジョージ島
コロンバンガラ島
クラ湾
ムンダ
ニュー
ジョージア島
ベララベラ島
ギゾ島
ガノンガ島
ベラ湾
ムンダ岬
レンドバ島
ブランチ水道
ウィックハム
ガッカイ
バン
グヌ島
ムフ岬
ラモス島
フロリダ島
ツラギ
マライタ島
ルッセル島
サボ島
シーラーク水道
エスペ
ランス岬
ルンガ
カミンボ
ガダル
カナル島
タイボ岬
タサファロング
インディスペンサブル海峡
10°
サンクリストバル島
レンネル島
インディスペンサブル礁
キリウイナ島
ムルア島（ウッドラーク）
グッドイナフ島
タウボタ
ラビ
ミルン湾
ニューギニア島
ロング礁
珊 瑚 海
150°
155°
160°
ソロモン諸島要図

私は〝水雷屋〟九三式酸素魚雷との五年間

発射魚雷の四割が早期爆発——生粋の水雷屋が告白する苦い勝利

当時「那珂」水雷長・海軍大尉　大熊安之助

水雷戦隊とは軽巡一隻を旗艦とし、子隊《ねたい》として駆逐艦三隻から四隻によって編成される駆逐隊が三隊から四隊、すなわち軽巡一隻と駆逐艦十二隻から十六隻で編成される艦隊の一戦闘単位であり、戦術単位である。

そして、その任務となると、洋上戦闘で魚雷をもって主攻撃兵器とし、攻撃力の根幹となるのである。

大熊安之助大尉

さて、その水雷戦隊（水戦）は接敵時から戦闘開始にいたるまで、主力部隊の対航空機、対潜水艦の警戒から通信連絡、それに輸送までやるのである。また、分派されては補給部隊の輸送船団の直接警戒、それに護衛から港湾泊地の水路啓開をはじめ、水路の掃海、警戒あるいは封鎖など、その範囲はきわめて広範囲である。

艦艇の泊地では、戦艦や巡洋艦の乗組員たちが映画に興じているときでも、水戦の何隻かの駆逐艦は、泊地の外を遊弋《ゆうよく》して警戒するのがふつうなのだ。

したがって水戦駆逐艦の乗員たちは、大艦乗組員たちにくらべて、少なくとも一人三役をやらねばならないわけである。しかも、人一倍苦労が多い。私なども、何故によりによって駆逐艦乗りになったのかなどと、よく自問自答したりしたものだ。

しかし、なんといっても自分の好きな道だ、それも仕方がないと思った。すると、どういうわけか、そういう考えはたちまち霧消するのだった。

さて、水雷戦隊の戦闘要領は、高速戦艦戦隊あるいは巡洋艦戦隊などと緊密な協力連繋のもとに主隊の先鋒となり、敵の機先を制し、戦隊戦力の極度の発揮によって、まず敵の一翼を撃滅するとともに、さらにその戦果をひろげることが戦勝のきっかけをひらくものである。

水雷戦隊はあくまで主隊の楯となって敵の襲撃部隊を撃破しつつ、敵からの攻撃を気にかけることなく敵に近づき、果敢な襲撃をおこなうのである。また、敵主力を雷撃によって一挙に撃滅する。その距離は約五、六千メートル（大砲の直射距離でまちがいなく命中する）で、これが当時の昼間決戦の作戦の要領であった。

この昼間戦闘、薄暮戦からひきつづいて夜戦になだれこみ、決戦がおこなわれるとき、これこそ日本海軍が〝お家芸〟として自他ともにゆるしていたのが全力夜襲戦法であった。

それは、主力決戦のときに投ずることこそが、真の任務でなければならない。その襲撃はつねに肉薄、猛烈果敢であることを命ぜられている。いたずらに敵の力におびえて、遠距離発射をしてはならない、と厳しくいましめられていた。

襲撃の要領もいろいろとあったが、水雷戦隊旗艦はつねに先頭にあって子《ね》隊《たい》を誘導し、突撃にあたっては進路の安全をたしかめ、チャンスをつかんで駆逐艦を放つのである。

水雷屋と人によばれて

ともあれ、私は水雷屋――である。そのむかし日本海軍はなやかなりし頃、その専攻術科によって鉄砲屋、通信屋などと呼ばれたが、ラフ（Rough）でZ《ゼット》・U《ユー》（ズベ公のズ）で大酒飲みの典型は、水雷屋と飛行機屋とに相場がきまっていた。

だが一見、海軍軍人らしからぬふるまいの連中だが、そのハラの底には、すばらしい特異の気性を伝統にしていた。豪放磊落、俊敏果敢、協同犠牲の精神にとみ、あえて表面をテラわず人間味ゆたかであった点などとともに、剛勇の士が多かった。

われわれ水雷屋には、つぎの三つが苦労のタネだった。すなわち、①調整のたのしみと苦

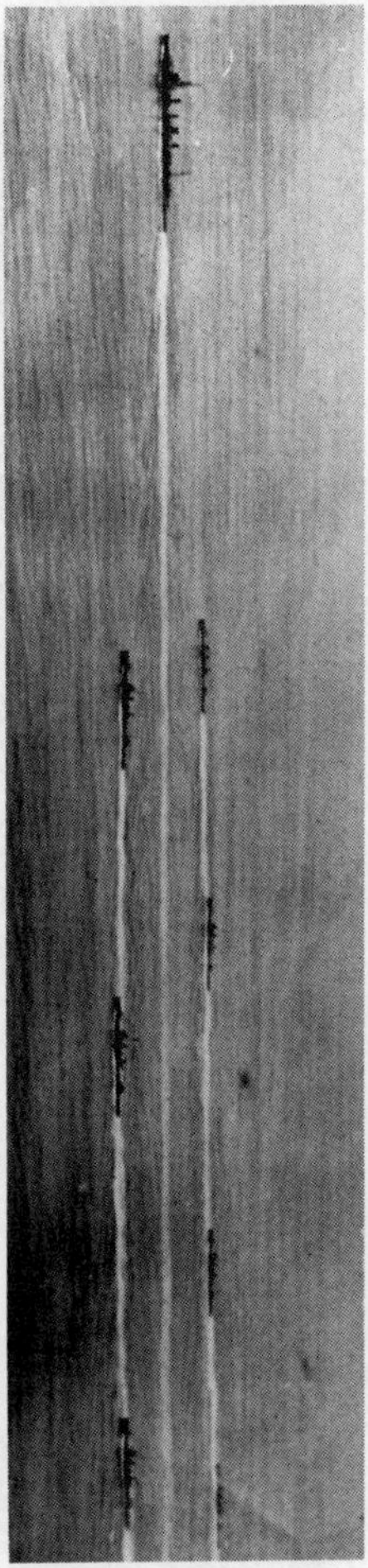

軽巡那珂を先頭に航行する水雷戦隊。艦隊決戦となれば、子隊の駆逐隊3～4隊の駆逐艦を率いて突撃を敢行する

心、②発射指揮と打ち込みの苦心、③揚収の苦心である。

魚雷の発射は大砲の弾丸とちがって、何百発も準備しておくわけにはいかない。数少ない魚雷は、だから射てば当たらせる一発必中の鉄則で戦わなければならない。また大砲のように、敵の射程外から有効射撃をくわえようなどとは望むべくもないことで、絶対に肉薄することを信条としなければならなかった。

しかし、肉薄には危険がともなう。攻撃してそれが無駄だったら、当然、こんどはコチラの危険度を倍増させる。だから必中のための努力は、つねに水雷屋に課せられていた。

平時において、高速で肉薄演習をするときなども、暗夜などは目標艦の照明に眩惑《げんわく》されて衝突の危険をたびたび味わった。かつて世上をにぎわせた美保ヶ関衝突事件などは、その猛烈な演習ぶりを如実に物語っているといえよう。

このように危険な息づまる瞬間でさえ、発射時の速力とか艦の傾斜を考えないと、とんでもない事故をひき起こしてしまうものだ。まったく一秒ないし二秒の間隔で射ち出される魚雷がたがいにふれあい、あるいは鯔跳《ぼらと》びといわれて海面からとび上がり、水面下を走らずに水上を航走するなど、いろいろな故障が起こり、それまで身をすりへらして練習した苦労も水のアワとなってしまう。

肉薄とは文字どおり、肉を斬らせて骨を斬り、骨を斬らせてその命を断つ戦法であり、わが海軍の伝統的精神であった。「進撃せよ進撃せよ、もっとも大なるものに危険を意とせず進撃せよ」とは、ひとりイアリア海軍のリュッツオの精神でも、言葉でもない。脈々として

射出された酸素魚雷。開戦前に那珂は連装4基を4連装2基に換装

水雷屋、いな海軍軍人の血潮となって流れていたのであった。

神経質な九三式酸素魚雷

さて、このように射点をきめたり、打ち込みをしたりの苦労があるので、魚雷の準備調整にはまたひとしお細心の注意と高度の技量が必要だった。とくに、太平洋戦争の開戦前に九三式魚雷が完成し、高圧酸素がいままでの空気にかわって使用され、まったく航跡の残らぬ、しかも能力が驚異的に増大したため、水雷戦法に一大変革をきたした。そして全海軍がこの九三式魚雷に期待したものは実に大きかった。

このように九三式魚雷というような、いままでの魚雷戦を根こそぎ革命してしまう高性能なヤツが生まれてくると、実際に取り扱うわれわれの腕も、そうとうに性能をよくしなければならない。

すなわち調整には、いままで以上の苦心と努力をはらったのである。

だから、魚雷一本を完全に分解手入れし、いろいろな試験調整を終わるのは、専門教育をうけた魚雷員が七〜八名つきっきりで、ゆうに一週間は必要だった。またそれだけに高度の技量を要したのである。とくに九三式では純度九九・八パーセント以上、五〇〇気圧という純粋の高圧酸素を原動力として使用しているため、つねに保安上の細心な注意も必要だった。

一例をあげると、気室という高圧酸素の気畜器から酸素を主機械におくりこむ弁の開閉は、弁棒の摩擦熱あるいは酸素の流れの遅速による管壁との摩擦熱など、重大な爆発をさそう原因となるので、厳重な時間の制限があたえられ、したがってこの弁をひらいて発射準備の状態にしておくには、どうしても十数分間を要した。

また爆発の誘因となるものは多少の不利があっても、防銹潤滑《ぼうしゅう》のためであっても、油気はいっさい使用せず、ソーダ水の水槽にひたしたり他の薬液を使ったりした。また高圧のため、針の尖端で突いたぐらいの弁が、弁座の小さなキズ、金クズでも、ときには弁の完全作動をさまたげることがあり、そのために雷速が十分に発揮されなかったり、沈没偏斜、方向のくるいとなって現われてくるのだった。

これほど細心な調整が必要なくらいだから、魚雷一発の製造費はきわめて高価なもので、したがって、演習用でも何度もくりかえして使用することになる。演習用といってもほとんど変わらず、実戦のさいは演習用の頭部を実用頭部にかえるだけだった。

われも人の子、魚雷ひろい

だから、演習では調定深度を深くして目標の艦底下を実際にくぐらせ、効果を検討して習癖を会得し、その機にのぞんで、悔いを千載に残さぬようにした。したがって、演習が終わったら自分で自分の発射した魚雷を拾い歩かねばならなかった。

演習用頭部には炸薬のかわりに水がみたされ、実用頭部とおなじ状況に計画されていて、魚雷が深く入りすぎると、自ら水を排して、浮力をもつようになっていた。また発射と同時に、数個の強力な電灯を点じ、その航跡をしめし、効果を検討することができた。しかし、ここまで精巧にできていても、拾い歩くときにどこまで行っているか見当がつかなくては困るので、この点も考慮され、所定の距離を走ると浮上後、燐を燃やし、その炎と煙によって所在をしめすようになっていたり、また海水の色を変えるような方法がとられていた。

だが、ここまで至れたり尽くせりの発見方法を考えられながら、夏の海上に、予定どおり素直に走って浮いた魚雷でも、複雑な襲撃運動や発射後の避退運動後のことであるので、その浮上予定地を計算しても、そこにかならずしも自分の魚雷があるとはかぎらない。

だから、この魚雷さがしはある意味では楽しみであるとともに、心配が多かった。凍《い》てつくような冬の夜などなかなか発見できなかったり、海上が時化《しけ》ているとボートが波に翻弄されて、ぼやぼやしていると棒立ちになって浮いている魚雷のために、ボートに大穴をあけられて、とんだところで自分の魚雷に海の中に放り出されたりすることもあった。また、魚雷の沈没と一緒に海中にひきこまれてしまったり、その危険や苦労はなみたいていではなかった。この魚雷さがしは、けっして競争ではないのだが、他艦からも同時発射されているために、いつか競争意識が生まれて、すばやく作業を終え僚艦を手伝うので、いっしか手伝われることの恥を思い、まるで戦場のような騒ぎをするようになったりした。

なんといってもツライのは、魚雷を探しにいって、ついに自分の魚雷が発見できないときだった。原因や理由はそこにはない。いや認められないのだ。こうなると、所属の戦隊（巡洋艦三～四隻）、水雷戦隊（旗艦軽巡一、駆逐艦十二～十六隻）が捜索列をはり、探照灯を点じ夜を徹しての海上捜索となるのだった。とくに、ひさしぶりに休養地に入港する上陸の楽しみを前にしての魚雷の捜索は、まことにツライ水雷屋の宿命だった。このようなこともあるので、平時でも魚雷の調整には精魂をかたむけて、その万全を期するのだった。これが戦時となったら、上陸が遅くなるとかフイになるどころではないのはお分かりいただけよう。

なによりの頼りは腕と勘

ところで各駆逐艦の標準射点は、およそ方位角六十度、距離一五〇〇から二千メートルぐらいで、これは射法上の魚雷必中の射点であると同時に、また敵が放つ弾丸が文句なくわれわれにも命中する距離でもある。砲弾はいうにおよばず、機銃弾ですら命中すれば、わけなく貫通するのが駆逐艦の防御構造である。

さて、いよいよ襲撃にあたっては、敵情に応じ、友隊、水戦、駆逐隊と連絡を保ちながら、四つ固め、三つ固め、逆落としなどの襲撃戦法が決められていて、そのたびに命令されるのである。そして同航、反航を問わず、最大戦闘速力（編隊三十二ノット、秒速十六メートル）で闇夜を無灯火で彼我がたがいに近接するから、反航戦のときは彼我の相対速力は毎秒二十六メートルから三十メートルになるので、いくら海上が静かであっても、その波の飛沫《しぶき》はたとえようもなく凄い。

こうして、真っ暗な夜に高速で、しかも無灯で各隊協同襲撃を瞬時に決するため、複雑な発射運動をとりながら好射点のチャンスを待ち、発射にすべてを賭ける。また、とっさの場合にも総合効果を最大限にあげるために、日ごろからの精神の鍛練も必要とされた。

いかにコンピューターが発達し、その力が頼られるとしても、ただ一発の機銃弾をうけてしまえば、時代の最先端をゆくコンピューターも機能がストップし駄目になる。結局は人の腕に頼るほかなくなるし、われわれもまた、それだけの素晴らしい勘《かん》と技術をそなえていた。

われわれはつねに毎日の中で、魚雷の調整や発射の準備には全精魂を傾注していた。そして魚雷発射にあたっては触雷偏斜、鯔跳《ぼらと》び、水面航走などの失態を起こさなかったのも、磨かれた訓練のたまものだったといえる。

空気を原動力とした魚雷から高圧の第二空気（酸素純度九九・八パーセント以上）を原動力とした九三式魚雷が、巡洋艦戦隊や水雷戦隊に供給されてから、特別な魚雷攻撃法があみだされた。それは、酸素を原動力とすれば、雷速駛走距離はいちじるしく長くなり、その雷跡を肉眼で追うことが非常に困難となる。これが水雷戦術に大きな変革をあたえた。すなわち、隠密遠距離発射と中近距離発射である。

中近距離発射は、いままでの魚雷用法と大差なく、ただ照準距離をすこしのばし、そのために発射運動が束縛されるということも少なく、友隊との協同がいちじるしく容易になったのである。また遠距離発射は隠密裏に、敵主力の前方航路に魚雷群を発射、それによって起こる敵の混乱を利用し、戦勝のきっかけをにぎるのである。

昼夜を問わず、この魚雷発射は実施の機会があり、使いようによってはきわめて有効なもので、寡をもって衆を破らんとするわが海軍必勝の戦法のひとつとして、大いに研究、また訓練されたのだった。

ただし、この戦法はあくまでわが方の発射する魚雷が、敵主力に察知されないことが前提で、もしも敵に感づかれ、回避されたら、その効果はまったくないのである。

したがって、この戦法では発射の時機を絶対に感づかれないように、万全の策を練ることが必要であった。しかし、あくまでも肉薄襲撃し、一撃必滅の強襲がたてまえで、いかに駛走能力が増大したといっても、隠密遠距離発射は計画的に実施する以外には、わが海軍の伝統的肉薄襲撃精神によって敵に近接するまでは、発射することをいましめられていた。

こんな目的で軽巡大井、北上の両艦は、備砲の一部を撤去して、上甲板に四連装発射管五基を両舷に搭載し、あわせて十基（四十門）とした。九三式魚雷四十本を搭載した重雷装艦となったが、しかし、考えられるべき戦闘の様相が一変し、洋上の艦隊決戦が起こりうる可能性が減少したので、その後、ほかの艦種にふたたび改装されたと聞いた。

四水戦旗艦「那珂」の水雷長

さて、私は昭和十六年八月に水雷戦隊駆逐艦の水雷長から、おなじ連合艦隊第四水雷戦隊旗艦那珂《なか》の水雷長に任命された。ちょっとばかり緊張し、また、そのための張り合いもあった。

私は開戦前の二年間、直接指導と薫陶をうけた駆逐隊司令の有賀幸作大佐（当時、第四駆逐隊司令）にお別れをして、那珂に赴任した。有賀司令はのち、菊水特攻旗艦大和《やまと》の艦長で、自分の体を羅針儀にしばり、沈みゆく大和とともに壮烈な最期をとげた提督で、もちろん生

那珂（川内型３番艦）。竣工時の八年式61cm 連装発射管４基を開戦前に九二式４連装２基に換装、酸素魚雷16本を搭載

えぬきの駆逐艦育ちで、水雷屋の私が尊敬する典型的な海軍武人であった。

那珂を旗艦とする第四水雷戦隊司令官はまた「海軍にその人あり」と知られた西村祥治少将（昭和十五年十一月〜昭和十七年六月）で、のちにスリガオ海峡突入作戦では、山城、扶桑の旧式戦艦戦隊をひきいて奮闘し、散華された。菊の御紋章のついた那珂は軽巡とはいえ、駆逐艦育ちの私には、じつに大きく見え、その住み心地も、じつにゆったりしていた。また、その反面、いままでとはちがった責任感と緊張感で身がひきしまる思いがした。

戦局いよいよ緊迫し、十一月下旬、台湾西方沖の馬公《まこう》に入泊、フィリピン、蘭印（オランダ領インド）部隊第一護衛隊が編成されるや、西村司令官は護衛隊指揮官となって数回にわたり、陸兵輸送船団を子隊《ねたい》とともに直接護衛に任じた。

ルソン島北部西海岸のビガン飛行基地攻略を皮切りに、リンガエン湾、つづいてボルネオ島のタラカン、バリックパパン、そしてジャワ東部北岸スラバヤのクラガン地区に陸兵を揚陸するまでは、夜間襲撃などとはおよそ縁のない船団護衛であった。

誘導水路の掃海——それらの仕事のなんと地味で、なんと味気ないことであっただろうか。だが、その仕事もいよいよ最後だという昭和十七年二月二十七日、陸兵を満載した四十八隻の大船団を護衛中に、突然、英、米、オランダの巡洋艦五隻からなる敵連合艦隊と遭遇したのだった。これがいわゆるスラバヤ沖海戦であり、それも昼夜にわたって展開され、これをみごとに撃破した。そして、われわれの方はひとりの兵も傷つくことなく、船団護衛の大任を完遂したのであった。

私はこの作戦が終わった三月上旬、あらたに第五戦隊旗艦妙高《みょうこう》の水雷長に命ぜられた。とにかく突然だったし、那珂の搭載機によって、その付近を警戒遊弋中の妙高に急きょ着任したので、その後の那珂の様子はたしかではない。その後、那珂は昭和十九年二月にトラック北水道で爆撃によって最期をとげたことを聞き、私の乗艦当時が那珂のいちばん華やかなときであったと思ったのであった。

前部61cm連装発射管を右舷に指向して発射訓練と行なう軽巡洋艦那珂

敵機の空襲にキモを冷やす

私が乗船していたときの那珂は、つねに指揮官先頭の原則にのっとり、護衛隊の船団の先頭に位置し、いつも敵の爆撃の好目標に甘んじたが、決して爆弾は当たらなかった。

敵の射った砲弾が海中に落下し、水柱で艦影がおおわれ、艦橋の私たちが濡れネズミになって立っていても、不思議と弾丸ははずれた。ほんとうに幸運だった。それでも、いくたびか胆を冷やすほどのことはあったが。

輸送船団の護衛などという任務は、今後の作戦の成否を決定するほどの重大な鍵をにぎるものとして、重要な作戦ではあるが、夜間襲撃のような華々しさにくらべると、ほんとうに地味で退屈な作戦であった。とにかく、明けても暮れても眼鏡で空と海を眺めているので、いい加減に嫌になってしまうが、それも耐えぬいてゆかねばならなかった。

昭和十六年十二月十日未明、ちょうどビガン沖予定泊地に船団を誘導してその揚陸作業を警戒しているときに、数回にわたってB17が数機で集中爆撃をくわえてきた。

いま考えてもゾッとするくらい、敵の爆撃照準はじつに正確であり、われわれの必死の避弾運動で、かろうじて直撃をのがれた。それでも至近弾で外鈑はくぼみ、亀裂が生じ、艦橋にいた者はグショグショに濡れ、相当の戦死傷者を出してしまった。

日中戦争のとき、揚子江で敵の砲弾をうけ、相当の度胸はついていると自負していたが、そんな自信もどこへやら飛んでしまい、喉《のど》はカラカラに渇き、金玉はあがっていた。

とくに山の稜線ぞいに北上して急に船団に襲いかかってきた戦闘機の掃射は、十号掃海艇を一瞬のうちに、ものすごい轟音とともに海底にほうむった。

後甲板の爆雷に命中し、これが誘爆による轟沈である。その天にとどかんばかりの水爆煙が、一大音響とともに起こり、これらが消えたとき、いままであった掃海艇の姿はなにひとつ残っていなかった。なんとも凄まじいことだった。

そんなことがあって間もなく、低空で近接した陸軍機一機が、味方識別はしたのだろうが、どういうわけか敵機と間違えられて、護衛隊の各艦から一斉射撃をうけた。ほうほうの態で立ち去ったが、一発も当たらなかったのが、不幸中の幸いであった。

なにはともあれ、こうして神経がたかぶってくると、笑えない失敗をおかすものである。しらじらと夜が明けるころに空に輝く金星が、太陽に輝くB17に見え、金星にむかって真剣に射ちまくったり、陽炎で浮きあがって見える水面の浮流物を、あたかも敵水上艦隊の反撃というような錯覚にとらわれて、全軍突撃に転じたりした。

こうしたことが、戦争という現実を私に体験させてくれた。

突破されたわが警戒線

昭和十七年一月二十三日だったと思うが、タラカン作戦を成功のうちに終えて、バリックパパン攻略作戦（四水戦参加兵力＝旗艦那珂。第二駆逐隊＝村雨、夕立、春雨、五月雨。第九駆逐隊＝朝雲、夏雲、峯雲。第二十四駆逐隊＝海風、江風）のときであった。味方船団を予定泊地に誘導して一段落したので、司令官をはじめ幹部が、哨戒直として私一人を残して艦橋をおりていった。

それからしばらくたった。もうすでに太陽は水平線のかなたに没し、そこはかない暮色があたりをつつんでいた。

と、突然、見張員が「左二十度、二千メートルに上陸舟艇らしき黒影一つ発見」の報告をえたので、私はびっくりしてただちに総員を戦闘配置につくように命令を下すと同時に、双眼鏡でたしかめてみた。まさしく、陸地を背景に敵潜水艦が半分浮上しながら、こちらに近づいてくる。

魚雷を発射したらしく魚雷の二本の白い航跡が残り、その二本の魚雷は、私の乗艦している那珂めざして真っすぐに突っ込んできた。このときばかりは、もう駄目だと思い観念した。しかし私は、やにわに主機械もまだ動かぬ状態なのに、いっぱいに後進を命令した。さあ、来るならこい。そんな気持だった。

魚雷が命中し、轟音とともに艦がぐらぐら揺れる衝撃の瞬間を今か今かと思いながら、死にものぐるいで羅針儀を後方に引っぱっていた。よく考えてみれば、羅針儀を後ろに引っぱったところで、艦が動くはずもないのに。

そうこうしているうちに、敵の魚雷は無気味な音と青白い夜光虫の一群のような二条の航跡を残して、那珂のちょうど艦橋の下あたりを過ぎ去ったのである。そして、反対舷の船団の方向へむかっていった。われわれはスーッと胸をなでおろしたが、その安堵の気持も束の間であった。というのは、この那珂の艦底をぶじ通りぬけた二本の魚雷は、となりに停泊している吃水の深い、機雷を満載していた輸送船に命中し、ついにその二隻を失ったからである。

そんなことがあって数時間後、まったく予想もしなかったことであるが、米駆逐艦がたくみにわが警戒線を突破し、泊地に侵入し、夜討ちを仕掛けてきたのである。精神的にわが方を攪乱した効果はあったが、損害をあたえるということから考えると、それほど成果をおさめなかった。しかし敵ながら、じつに天晴れな夜討ちであった。

たとえ小部隊といえども、それらのものに乱入されると、始末に悪いものである。機銃射撃をしようにも、味方を損傷させるのではないかと思うと、大砲、魚雷はいうにおよばず、とくに魚雷などは使いようがないが、とにかく九三式魚雷の特殊性にかんがみ、とっさの魚雷戦に備えてはいた。

魚雷の補気や起動弁をひらく時間はわずか十数分ではあるが、そのときが実に待ちどおしいものであるが、ついに、その起動弁はひらかれることなく、この戦いは終わった。この戦闘をアメリカ側は『マカッサル水道の海戦』（バリックパパン沖海戦）といって、その勝利が喧伝されている。

率直にいって、この戦闘では全くわが軍は虚をつかれ、すっかり動揺した中で起きたものだった。米駆逐艦の死にものぐるいの夜討ちはすばらしく、味方探照灯の光芒の中に、すれちがいざまに乗員の顔が、はっきりとわかるほどの接戦であった。

ショックだった欠陥魚雷

昭和十七年二月二十七日、あのマカッサル水道海戦から一と月をへたころであった。われわれ第一護衛隊が、第四水雷戦隊の主力（旗艦那珂。第二駆逐隊＝村雨、夕立、春雨、五月雨。第九駆逐隊＝朝雲、峯雲）をもって、わが第四十八師団の陸兵を四十八隻の輸送船に満載し、スラバヤのクラガン地区に輸送の途中、英、米、オランダの巡洋艦五隻を基幹とする連合軍艦隊に遭遇した。

このとき、わが方は第五戦隊（重巡二）および第二水雷戦隊（司令官＝田中頼三少将。旗艦神通。第十六駆逐隊＝初風、雪風、天津風、時津風）の支援警戒部隊とともに行動していた。

このスラバヤの戦いは昼夜にわたって行なわれ、敵を撃破した有名な海戦である。とにかく、第二次大戦を通じて両軍の艦隊が砲雷戦を行なった、いわゆる海戦らしい海戦であった。九三式魚雷の威力がはじめて発揮され、実証された海戦でもある。

だが、この戦勝のかげに私にとって断腸の思い出がある。

第一護衛隊は足手まといの四十八隻の輸送船団に一部護衛兵力をつけて、非戦闘側に逃避させたのである。そして第四水雷戦隊の主力をもって、旗艦那珂を先頭に昼間決戦を決意した。

優勢な米、英、オランダの連合軍艦隊に相対し、突撃の時機をうかがったが、なかなかそのチャンスはめぐってこなかった。おまけに落下する敵の砲弾の水柱は赤や紫に着色され、弾着観測に役立つようにしてあった。

那珂は猛烈な集中砲撃をうけ、艦橋の者は下着までグッショリ濡れ、水びたしとなったが、砲弾は一発も当たらなかった。至近弾は炸裂し、水柱は天にもとどかんばかりに上がり、敵の必死の攻撃が感じられた。

そのうち、突撃が命令され、まず那珂がすべてを賭けて調整した魚雷を、必中を期してつぎつぎに発射した。魚雷発射は良好であったのでまず安心して、いまに見ておれ、と力んだまでにはよかったが、その力む気持も途中でしぼんでしまうことが起きた。というのは、敵に命中して爆発するはずの魚雷が、どこでどう間違ったのか途中で爆発してしまうのである。つづいてまた一発。これにはさすがの私もあわてた。自分たちの魚雷だけかと思ったら、なんとこれが、すでに突撃に転じた子《ね》隊《たい》の駆逐艦たちのもそうであった。発射魚雷のじつに四割ちかくが、早期爆発であった。このショックはいまでも忘れられない。

そんなわけで、この昼間戦においての魚雷は成功しなかったが、その夜の、第五戦隊と第二水雷戦隊と第四水雷戦隊との協同襲撃においては、九三式魚雷はその真価を遺憾なく発揮したのである。

闇夜を彩ったベララベラ沖の魚雷決戦

二次ベララベラ海戦＝二十七駆逐隊の時雨、五月雨の肉薄雷撃と夕雲の最後

当時二十七駆逐隊司令・海軍大佐　原　為一

昭和十八年十月六日、中部ソロモン海域は灰色に曇り、海面は淡い靄《もや》におおわれていた。その夕刻――。

「今夜もきっと出てくるぞ。魚雷の準備はいいか水雷長」

「大丈夫です、司令」

「魚雷にはいっこう油も差さないで、人間サマばかりが御神《おみ》酒《き》をいただいていると、魚雷が暴れだして先日のように、水面航走なんか起こすんだ」「申し訳ありません」

原為一大佐

静かに眠っている低い珊瑚礁《さんご》のベララベラ島――それは私にとって巌流島ともいうべき思い出の島だ。それを南東方はるか彼方に望みながら、味方輸送隊を護衛して南下中の駆逐艦時雨《しぐれ》の艦橋で冗談まじりに私は、水雷長の土居利男大尉に注意をあたえていた。突然そのとき、

「敵巡洋艦四隻、駆逐艦三隻、ベララベラ島北方海面を西進中」偵察機からの緊急情報である。二十時三十分であった。

優勢なる敵の近迫を知ったわが夜襲部隊指揮官の伊集院松治少将（第三水雷戦隊司令官＝昭和十八年七月〜十二月）は、ただちに敵艦隊撃滅を決意した。

「夜襲部隊集結せよ」

全軍に下令して、第二十七駆逐隊司令たる私のひきいる時雨《しぐれ》、五月雨《さみだれ》の二艦を、いそぎ伊集院少将直率《ちょくそつ》の第一夜襲部隊（秋雲、磯風、風雲、夕雲）と合同するよう指令した。

「第五戦速（三十ノット）針路南東」

わが第二夜襲部隊（時雨、五月雨）はただちに三十ノットに増速するとともに、輸送隊を単独西方に避退するよう手配した。約三十分前に先行、わかれた伊集院少将の第一夜襲部隊の方向に艦首をふりむけた。

まもなく伊集院部隊のかすかな艦影をみとめたが、やがてまたその艦影は、靄《もや》の中に消えそうになった。

「続行困難なり、味方識別灯（青灯一個）点出されたし」伊集院司令官に要請するとともに、時雨、五月雨にたいし「機械を一杯まわせ。味方を見失う恐れあり」

くりかえし督励し、できるだけ続行につとめた。だが、わが時雨と五月雨のボロ機関は三十ノットが精一杯である。三十二ノット以上の伊集院部隊は艦影はおろか、識別ランプの青灯もついに完全に見失ってしまった。

まんまと一杯くわさる

やむをえず針路をそのままで南下中、ふと左五十度方向、そうとう遠距離の靄のなかに、黒い小さい斑点がポツンと浮かびあがった。

「ハテなんだろう。このへんに島はないはずだが」ふしぎに思って私が肩にかけていた小型双眼鏡を取りあげたそのとき、

「怪しいもの……巡洋艦らしい……四隻以上」ちょっと間をおいて「先頭の二、三隻は駆逐艦らしい」歴戦の見張員である山下上曹の力強い声が、静かな艦橋いっぱいに響きわたった。

私はただちに山下上曹にかわって二〇センチ双眼鏡について、敵状をたしかめた。敵の陣形は単縦陣の一本棒、まっすぐわれわれに正向して艦影が完全にかさなり合っている。艦数は三隻以上ではあるが、はっきりしない。先頭の二、三隻は小型で駆逐艦らしく、後続艦はそうとう大型のように見える。

艦影は刻々と黒く大きくなってくる。彼我ほとんど反航対勢、相対速力六十ノット、疾風の勢いで互いに近づき、アッというまに八、九千メートルに迫った。

「さてどうしようか？」これから取るべき作戦を考えるだけで精一杯、友軍に報告する心の余裕はまったくない。

「ようし、魚雷と大砲によって先制撃滅してやろう」と左舷戦闘を決意したのは次の瞬間で

航行中の白露型駆逐艦。同型艦10隻のうち昭和11年９月竣工の時雨は２番艦

あった。「左魚雷戦反航」つづいて「左砲戦」

号令一下、時雨、五月雨の発射管も大砲も一斉に左舷にまわされた。戦闘を開始すべき最良の戦機をねらって、私の全神経は敵の艦影から一瞬も離れなかった。いな、離されなかった。が、それは完全に無意味であった。敵の態勢はすこしの動揺もなく、変化もみとめられない。敵は依然としてひとかたまりの一本棒、まっすぐどんどん押し寄せてくる。方位角は五度以内。われの得意とする魚雷攻撃にはもっとも不利な態勢である。

「これじゃ魚雷を射っても当たらない。まだ突撃の時機ではない。なあるほど、敵もさるもの、なまやさしい相手じゃないぞ」

私は心の中でひとり舌《した》をまいた。わが時雨の後ろには、駆逐艦五月雨が黙々と続行している。距離はさらに縮まって約七千メートル。このまま直進すれば、あの恐るべき敵の電探射撃が、いつ、わが頭上にうなりを発するかもしれない。

「右か左か直進か。もう一刻の猶予もならない」――至急集結を命ぜられた第二夜襲部隊指揮官として私は、いよいよ切羽つまった窮地に立たされた。

戦況不利に重責を負う駆逐隊

昭和十八年二月八日、わが陸軍はガダルカナル撤退以来、一八〇度反転してすすむ転進ぐせがついて、退却また退却の連続であった。

ありあまる物量にものをいわせて、米軍はますます海陸空の兵力を増強し、ガダルカナル、ツラギを拠点として次第に中部ソロモンのレンドバ、ムンダ方面に進出、たちまち飛行場および魚雷艇基地をふやし、さらに重砲陣地をおし進めて直接コロンバンガラ方面のわが地上軍に対し、猛烈なる重圧をくわえはじめた。

また、ベララベラ島南部ビロアを無血占領して、コロンバンガラに対するわが補給線を側面より脅威するにいたった。海も空も兵力劣勢のわが軍は、ついに昭和十八年九月二十七日より約一週間にわたり、コロンバンガラ基地の守備兵力約一万をチョイセル島を経由して、ブーゲンビル島方面への撤退を余儀なくされた。

さらにまた今回ベララベラ島の北西端ホラニュウ基地に孤立せる守備隊約六〇〇名をも、すみやかに撤退収容のやむなきにいたり、第三水雷戦隊司令官の伊集院松治少将を総指揮官とし、もっぱら警衛戦闘に任ずる第一夜襲部隊（駆逐艦四隻＝秋雲、磯風、風雲、夕雲）第二夜襲部隊（駆逐艦二隻＝時雨、五月雨）および人員資材運搬用の舟艇を搭載輸送する輸送隊（金岡国三大佐の指揮する駆逐艦、文月《ふみづき》、夕凪《ゆうなぎ》、松風）、直接、守備隊の収容にあたる収容部隊（駆潜艇、水雷艇など十数隻）など大小二十余隻の艦艇はたがいに連絡をかたくして、根拠地ラバウルおよびブインを出撃し、十月六日の夕刻、ベララベラ島の北西海面に進出してきたのである。

青い殺人者を抱いて

日本艦艇の出撃を偵知した米軍は、この日昼すぎ、ブーゲンビル島北方海面で中型機十数機の空襲をくわだてたのであるが、ものすごいスコールにさまたげられて目的を達しえなかった。そこで今度はウォーカー海軍大佐の指揮する駆逐艦三隻（セルフリッジ、シュバリエ、オバノン）をベララベラ島北方海面に急行させ、さらに駆逐艦三隻（ラルフタルボット、テーラー、ラブレット）を増派して、わが艦隊

五月雨（昭和12年1月竣工の白露型6番艦）。九〇式空気魚雷から九三式に換装された白露型の酸素魚雷はソロモン戦場で威力を示した。一型改二で炸薬量　490　キロ、36ノット4万mを駛走

の撃滅を期したのである。

だが遺憾ながら、この協同部隊は発令時刻がおくれた関係か、ウォーカー部隊とは四万メートル以上も南方にはなれてしまい、協同作戦はきわめて困難な情況であった。剛毅不屈のウォーカー大佐は、「わが優秀なるレーダーのまえに、日本駆逐艦の十隻や二十隻などものの数ではあるまい」と豪語しながら、三隻の駆逐艦をひきいてしゃにむに突進してきたのである。まさか日本海軍に、恐るべき〝青い殺人者〟（酸素魚雷）があろうなどとは夢にも思わなかったのである。

丁字戦法の型くずれ

「面舵《おもかじ》（右）いっぱい、急げ」危機に直面した私は、決然として怒鳴りつけるように命令をくだした。魚雷発射も、伊集院部隊との合同も、すべてを断念し、ひとまず敵の電探射撃を回避するため彼我の距離を適当にひらき、いったん態勢を立てなおしたうえで、あらためて作戦をねりなおし、あくまでも自分のペースに敵を引きこんでから叩きつけてやろうと決心して、急速右九十度の大変針を断行したのである。時刻はおよそ二十時五十四分であった。

「二六〇度宜候《ようそろ》」定針を報告する操舵員の声がいつになく詩的に聞こえた。私の心臓も完全に落ちつきを取りもどしたらしい。定針とともに、敵との距離がやや遠ざかりはじめたからである。

「こうなっては、もはや伊集院隊との集結などは問題外だ。いまや眼前のこの強敵をいかに

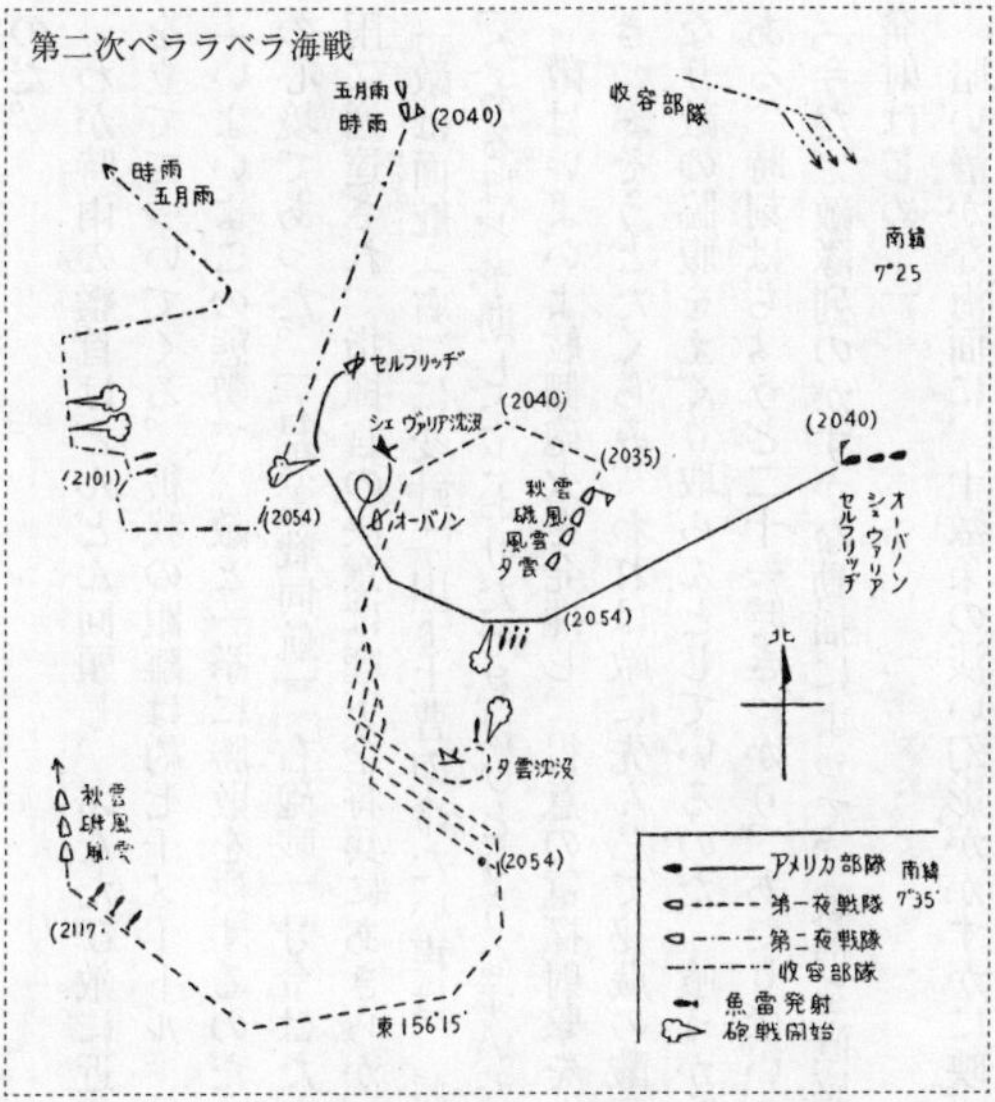

第二次ベララベラ海戦

料理するか、料理されるか。敵はなにしろ巡洋艦をまじえた七隻をかぞえ、われは駆逐艦ただ二隻だ。平凡な手段ではとうていかなわないのだ」

ぐっと息を吸い込んだが、考える時間は瞬《まばた》きするくらいしかなかった。ふとその時、敵はやや右に変針したかに思われた。

「ようし、しめた。同航決戦だ」意を決した私は、直ちにふたたび九十度右変針を令した。彼我の態勢はたちまち同航平行となった。距離は目測八千メートル。

「同航平行の内圏をえがいて敵の魚雷発射を封止しながら、われは敵に先んじて隠密魚雷攻撃をくわえ、機を見て近迫、砲雷の全力を発揮して一挙に敵を撃滅する〃あの手〃でやるのだ。東郷元帥が日本海海戦でとったあの丁字戦法の型くずれでやるのだ」一瞬の間に胸算を立てた。というよりも作戦が頭にうかんできたのだ。

わが時雨の艦首はどんどん回頭し、ふたたび敵に近寄りはじめた。二番艦の五月雨が白波を立ててついてくる。彼我の距離は約七千メートル。

「いよいよこの態勢で、敵と一挙に勝敗を決するのだ」邪念も邪気もない、淡々とした無我の心境であった。「右魚雷戦同航」「右砲戦」号令はただちに無線と艦尾信号灯によって五月雨に通達され、指揮官の決意は麾下全将兵にあきらかにされた。

「敵は面舵《おもかじ》（右）に変針」山下上曹の冷たい声は、将兵の心をさらにぐっと引きしめた。

「なあるほど予期したとおりだ」私はひとりうなずいた。

敵はいよいよ舷側砲火を発揮し、得意の電探射撃をわが頭上にあびせて一挙に、われを叩きつぶそうとたくらみ、われは敵に先んじて秘蔵の酸素魚雷を、その艦底に射ちこみ、いきなり敵の脇腹をえぐり取らんとしているのだ。喰うか喰われるか、勝敗はまさに一瞬の差である。時刻はちょうど二十一時きっかり、あたりはいつのまにか夜陰にとざされていた。

「今だ」敵隊列のかすかな動揺によって、戦機を直感した私は思わず叫んだ。「取舵《とりかじ》（左）発射はじめ！」

暗い静かな海面に、十数条の淡い幻影がかすかに映った。彼との距離約六五〇〇メートル。発射雷数は各艦八本であった。

待ちにまった長い五分間

ソロモン海を急行する水雷戦隊。甲型駆逐艦であるが夕雲型か陽炎型か判別できない。両型とも雷装は竣工時から九三式魚雷16本に4連装発射管2基

山下上曹に秒時計を動かさせ、発射魚雷の命中成果を監視させた。私はさらにつづいて第二段の肉薄必中雷撃をはかり、「次発装塡《そうてん》、急げ」を麾下二艦に令した。その瞬間、敵の電探射撃がものすごい砲声をわが頭上にたてはじめた。たちまち時雨の左右両舷に、ぶきみな水柱が数条つっ立った。

二斉射、三斉射と数秒ごとに林立するぶきみな水柱、水煙の真ん中にわが時雨は完全に包囲されてしまった。が、わが船体にはまだ一発の命中も感じない。わが魚雷準備は、まだそうとう時間がかかるらしい。

「砲撃はじめ」私は魚雷準備もまちきれず、夢中で砲戦開始を叫んだ。待ちかまえていたわが大砲は、一斉に真っ赤な火を噴いた。青、赤、黄のまぶしい敵機銃弾はまだ飛んでこない。

わが砲撃も熾烈をきわめ、七、八秒間隔に第二斉射がとどろく。つづいてまた第三斉射、第四斉射と発砲するうちに、いつのまにか敵砲弾の水柱が立たなくなった。

「おかしいなあ」心の中で私がなんとなくふしぎに思っているとき、「魚雷が命中しました」山下上曹のうれしそうな叫びが、時雨の艦橋に響きわたった。

予想どおり、魚雷発射後約五分であった。

大型双眼鏡について見ると、敵の一番艦は艦橋付近から前方が大きく傾斜し、船体はすでに半ば沈没しているように思われた。

敵二番艦はもう轟沈したのか、歯がぬけたように規定の位置に船体は見えない。が、わが砲撃の三番艦は、ところどころに火災を起こしながら、船体はまだ見えていた。

七、八斉射を撃ち出すうちに、その姿は消えてしまった。

わが第二夜襲部隊の砲雷撃によって、敵先頭の駆逐艦三隻を完全に撃滅したものと判断した私は、ただちに攻撃目標をかえ、駆逐艦の後方に続航しているはずの巡洋艦部隊を攻撃してやろうと考え、「目標を右にかえ砲戦、目標敵巡洋艦」と大声叱咤《しった》して時雨、五月雨の一二・七センチ砲十門をさらに右へまわさせた。そしてあたりを見まわしたが、敵巡洋艦部隊らしい姿は見えない。

大型双眼鏡についてよく見なおすと、さっきまで堂々とわれを圧していた数隻の大型艦は、はるか彼方に、うすい艦影がかろうじてみとめうるほどであった。そのとき、「敵通信が非常に混乱しています」伝声管を通じて通信長からの報告だ。

「さもあろう。やはり大物は逃がしたか」私はくやしいような、また胸がホッとしたような気持で、ひとりごとをつぶやきながら右に転舵を令し、敵駆逐艦が沈没した位置と思われる海面付近に近づき、いちおう四周を眺めてみたが、濃い靄のせいか何も見えなかった。

全滅の敵艦隊にくらべ、時雨、五月雨の両艦は、一発の被弾、一兵の死傷者も出さなかったことを私はあらためて神仏に謝した。

獅子奮迅の夕雲の最後

一方、主隊たる第一夜襲隊の戦況は、意外に複雑苛烈であった。伊集院少将は、わが第二夜襲隊の集結を発令してまもなく、守備隊の収容地点付近に敵巡洋艦らしきもの三隻を発見したので、守備隊の救出を容易にするため、その敵部隊を南西方にさそいだす目的をもって、いろいろと複雑なる陣形運動をしているうち、あやまって敵に近接しすぎてしまった。敵の電探射撃は一刻の猶予をも許さなかった。たちまち伊集院部隊の四番艦夕雲《ゆうぐも》は、その頭上に砲弾の雨を打ちそそがれた。夕雲もまた直ちに応戦、大砲、魚雷はもちろん、二五ミリ機銃までいっせいに火蓋《ひぶた》をきった。距離約四千メートル、呼べば答えるほどの近戦であった。たちまち敵の一艦は火災を起こした。

ほとんど同時に、夕雲もまた敵弾の命中をうけ、火災を生じた。が、機を見て敵隊列に対し、復讐にもえる必殺の魚雷八本を射ちこんだ。魚雷はみごと命中し、敵二番艦はわずか数分にして轟沈したらしく観測された。だが、これと相前後し、敵三艦の集中雷撃をうけた悲運の夕雲もまた被雷し、沈没した。二十一時十分であった。

死の海にただよう米駆逐艦

ベラベラ北方海面を西進中のウォーカー部隊旗艦セルフリッジの電探は、早くも二十時三十分、南西方向約一万五千メートル付近に数隻の日本艦隊をとらえた。

「砲戦魚雷戦用意」一撃必殺の攻撃準備をおわり、映像を追って針路を南西にとり、奔馬のごとく突進した。いつのまにか閉じ込められた夜のとばりの中に、映像は急に黒く大きく近寄ってきた。

「距離四五〇〇メートル」電探係の報告と同時に、「砲撃はじめ、発射はじめ」ウォーカー大佐の怒号は、ものすごく艦橋をゆさぶった。二十時五十五分であった。

三隻の集中砲火、集中雷撃を一身にうけた日本駆逐艦（夕雲）は、たちまち数ヵ所に火災をおこして隊列から落伍し、数分の後さらに魚雷命中、水線付近に大火炎を発して沈没した。また、これとほとんど同時に、二番艦シュバリエは傷ついた日本駆逐艦（夕雲）の必死の反撃らしい魚雷一本を艦橋下部にうけ、どす黒い火柱とともに火薬庫が爆発し、またたくまに艦首切断、艦橋は高く空中に噴きとばされた。戦死傷者は百余名にのぼったが、奇跡的に艦長は助かり、船体は沈没をまぬがれた。

完全に戦闘力をなくしたシュバリエは、日本海軍の魚雷の猛威にふるえながら闇の中を漂流すること数時間、やっと来着した僚艦ラブレットによって救出された。乗員を移乗させたのち、魚雷と爆雷によって手のつけようもないほど大破した船体を処分沈没させた。

災害は災害を生む――と、ことわざにもあるとおり、シュバリエに続行中の三番艦オバノンは見張りと操艦上の不注意により、高速力三十ノットのまま大破漂流中の二番艦シュバリエに衝突し、艦首はめちゃめちゃに叩きつぶされ、たちまち戦闘不能におちいった。「これがため砲弾魚雷は一発もうけず、死傷者もなかったことは不幸中の幸いであった」と艦長はもらしていた。

勇猛果敢のウォーカー大佐は、相ついで大破落伍せる二、三番艦には眼もくれず、一番艦セルフリッジただ一隻を鞭《むち》うって、左前方八千メートル付近に同航する駆逐艦二隻（時雨、五月雨）を追って捨て身の猛撃をくわえようと血走った眼をひきつらして進撃し、八千メートルの遠距離から、いきなり砲戦魚雷戦をあびせかけた。

しかし時雨と五月雨の恐るべき無航跡、長距離魚雷の大罠に引っかかり、艦首大破、機関故障、たちまち行動不能におちいった。他の二艦とおなじように恐怖の漂流すること数時間ののち、僚艦に救われ曳航された。

「漂流中、近寄ってくる日本駆逐艦を電探でとらえ、しばらくは身ぶるいが止まらなかったが、靄と夜闇のおかげで撃沈をまぬがれた」とウォーカー大佐は述懐していたそうである。

が一方、第二夜襲部隊指揮官として私は、「駆逐艦時雨に、もし電探があればウォーカー部隊は三隻とも、ただでは済まさなかったであろうに」と述懐したいところである。

肉を斬らして骨を断つ駆逐艦「江風」の闘魂

開戦後十数回の出撃で一兵も失わず暴れまわった白露型駆逐艦の凱歌

当時「江風」艦長・海軍少佐　長井一雄

太平洋上に慌《あわ》ただしい雲ゆきがしだいに漂いはじめた、ちょうど日米開戦の一年前、昭和十五年十二月の上旬、私（旧性若林）は鎮海要港部副官より駆逐艦江風《かわかぜ》（白露型九番艦）の艦長に補せられた。

この艦は佐世保鎮守府に在籍し、第二艦隊に属する第二十四駆逐隊（海風、山風、江風、涼風《すずかぜ》）の一艦であった。

長井一雄少佐

すでに艦隊の猛訓練は経験ずみの優秀な駆逐艦で、すぐ実戦に加わっても役立つ実力をもっていたが、私が着任してから開戦までの一年間に、世界情勢はいよいよ悪化の一路をたどるばかりだったので、これにそなえて訓練は、ひとしお激しさをましていった。

ついに開戦のころには、その術力は見ちがえるほど成長していた。こうして私と江風とのつながりがはじまり、昭和十七年十一月三十日のルンガ沖夜戦を最後として退艦するまで、

二年間にわたる艦長勤務がつづいたわけである。

江風の活躍を語るにあたって、その行動のあらましを述べ、ついで記憶にのこる海戦をふりかえってみたいと思う。

満を持していた江風は、太平洋戦争の火ぶたが切っておとされた昭和十六年十二月八日、南洋群島のパラオを出撃し、陸軍部隊のフィリピン揚陸作戦掩護のため、比島の東海岸に向かっていた。明くる十七年の前半は東南アジア方面で局地作戦に協力、すなわちチモール島およびボルネオ方面攻略作戦に参加、ついでスラバヤ沖海戦および北太平洋アリューシャン作戦に協力した。

昭和十七年の八月以降はガダルカナル島周辺の戦闘と、同島への輸送作戦にくわわること五回、十月二十六日の南太平洋海戦、十一月十四日の第三次ソロモン海戦、同月三十日ルンガ沖夜戦に参加した。

ルンガ沖夜戦を最後に、私は江風を退艦して軍令部勤務となり、歴代の軍令部総長永野《ながの》修身元帥、嶋田繁太郎、及川古志郎、豊田副武大将らにつかえて、東京で終戦をむかえたのである。江風はなごやかな家庭のような雰囲気の艦で、まことに住み心地がよく、軍艦勤務なら慣れたところがよいと思っていたので、いざ転任と聞くと、懐かしい気持で胸がいっぱいになり、なかなか去りがたいものがあった。

その後、江風は昭和十八年二月一日から七日にかけておこなわれたイサベル島沖海戦において、ガダルカナル撤収作戦にしたがうこと二回におよんだ。そして八月六日、ベラ湾海戦において、米駆逐艦スターレット、スタックの魚雷をうけて沈没した。この海戦は軍隊と補給品を輸送中の日本駆逐艦四隻（萩風、嵐、江風、時雨《しぐれ》）と、モースブラッガー海軍中佐の指揮するアメリカ駆逐艦六隻（ダンラップ、クラーベン、モーリー、ラング、スターレット、スタック）との間でおこなわれた。日本の駆逐艦三隻が沈没、一隻損傷（時雨）した。米軍には損害はなかった。

壮絶きわまる英艦の最後

さて開戦時の江風の戦闘能力は、最新式の六一センチ魚雷が八射線、備砲は一二・七セン

白露型9番艦・江風。煙突間と煙突後方に九二式61cm 4連装発射管。それぞれ後方に次発装填装置つき予備魚雷格納筐

チ五門（2連×2、単×1）、最大速力は三十四ノットの高速をほこっていた。また本艦は白露型として、ほかに九隻の同型艦をもち、昭和十二年四月に完成した艦で、すぐ前につくられた初春型の改良艦である。

性能はきわめて優秀であり、乗組員もまた、ベテラン二四〇名余をもって構成されていた。訓練は完璧に近く、あとは天佑神助を待つばかりであった。

私は自分でいうのもおかしいが、道がおのずから開けてくるか、うまいぐあいに他人が助けてくれるという良運の星の下に生まれてきた男らしい。こんな自信が、私が乗る軍艦は絶対に沈まないと信じ込ませていた。この大戦中には熾烈きわまる局地戦闘が多く、武運つたなく撃沈された僚艦、あるいは多くの戦友を失った負け戦さもあったが——。

さて私が直接体験した戦さの中で、とくに規模の大きい勝ち戦さは、昼間のスラバヤ沖海戦と夜間のルンガ沖海戦である。この二大海戦については、しばしばジャーナリズムを賑《にぎ》わせたので、よくご存知の方もおられると思う。ただ私が直接、撃ち合いした砲戦と魚雷戦について、私なりの感想をのべてみようと思う。

砲戦では昭和十七年三月一日、すなわちスラバヤ海戦のすぐあと、イギリス駆逐艦エンカウンターとの左同航戦が、とくに印象ふかいものであった。バタビア沖を警戒中におきた砲戦で、味方は四水戦麾下の江風と山風の二艦をもって、最大戦闘速力でおこなわれた海戦である。

江風は最上航海長が操艦にあたり、私は全般の状勢をにらんでいた。彼我の距離一万四千メートルくらいになったとき戦闘開始、「打ち方始め」を令した。広瀬砲術長の砲戦指揮はきわめて適切であり、一万メートル以内になると、わが砲弾はほとんど全弾命中するかに見えた。眼鏡で見ると、敵艦の甲板構造物の飛散するありさまや、艦橋へ命中する情況はものすごいかぎりだ。

やがて敵艦は、こちらにむかって近接運動をとりながら突進してきた。射撃はますます激しさをくわえてきた。ついにわが命中弾は止めの一撃となり、敵艦を撃沈するにいたった。

この合戦は、きわめて単純かつ初歩的なものであったが、形式の簡単な戦闘にかかわらず、撃ち合いの熾烈さは、私の経験した海戦のなかでも第一級に位するものであった。砲身は数十発の発砲のため、高熱を発して真っ赤に灼《や》け、これでもかこれでもかと撃ちまくったあとが、ありありとしのばれた。

駆逐艦は高速を最大の武器とするため、甲板はきわめて薄いので、一発でも敵に命中弾を先に見舞われるようなことがあると、万事休すである。したがって、矢つぎばやにどんどん撃ちまくって、一撃を浴びせた方が勝ちである。

野球でいうならば二塁打は痛いが、つぎの回に本塁打で逆転する手もあるが、戦さは真剣勝負であって、一本とられると取り返しがつかないのだ。

天佑なるかな、わが弾丸はほとんど全弾命中し、敵の苦戦ぶりがうかがわれた。それに反して、敵弾は一発も当たらなかったのである。だが、さすがにネルソン提督の流れをくむイギリス軍艦だった。沈没寸前まで、なおも死力をふりしぼって、われと刺しちがえんと、最後まで勇戦敢闘したことは、まことに伝統をほこる立派な態度であった。

その日はそうとうに緊張していたせいか、砲戦後の戦場整理に夕方まで半日もかかったが、私にはわずか十分ぐらいの時間にしか思われなかった。勝って生き残った優越感と、安心とともにどっとおそってきた疲れと、またわが手で打ち沈めた敵艦にたいする同情などが、こもごも入りまじって、恥ずかしいことだが、従兵の用意してくれた夕食も、あまりすすまなかった。

悪戦苦闘の末、最後まで戦意をすてず戦い、ときに武運つたなく祖国に殉じたイギリス駆逐艦の乗組員に、心から敬意を表したい。

夜襲は水雷戦隊のお家芸

砲戦について、この項では魚雷戦について述べよう。駆逐艦のもっとも得意とするものは水雷戦隊の夜襲である。

私が江風を指揮して、じっさいに魚雷を射ったのは、昭和十七年二月二十七日のスラバヤ沖海戦の昼間魚雷戦に八本、ついで同年八月、江風が単独でガダルカナル泊地の敵輸送船の撃沈を命じられたとき、シムス型駆逐艦一隻の艦尾を切断した雷撃のさいの六本（同艦は翌夕に沈没）のほか、十一月三十日夜半のルンガ沖夜戦であった。この夜戦は敵兵力の巡洋艦五隻、駆逐艦六隻にたいして、わが第二水雷戦隊田中《たなか》頼三司令官指揮下の駆逐艦八隻の間に突発的におきた海戦である。

涼風。白露型の魚雷は開戦時には九〇式から九三式酸素魚雷に換装

その夜、輸送任務をもったわが駆逐隊は高波を最前方の警戒に配置し、その後ろに黒潮、親潮、陽炎《かげろう》、巻波、長波、江風、涼風の順でつづいた。いずれも最新型駆逐艦で、最大戦速三十二ないし三十五ノット、最新魚雷八射線、一二・七センチ砲四ないし六門である。

わが駆逐隊の任務は、陸軍部隊用の糧食をつめたドラム缶を分載して、夜間ガダルカナル島のタサファロング岬西方付近にまっすぐ急行して接岸揚陸し、ただちにショートランド基地にひきかえす予定であった。

出陣に臨むものの心がけとして、あらかじめ基地を出港する前に、不慮の会敵にそなえる方法は研究されてあったが、また、されていなくても偶発的におきる砲雷戦は、夜陰、小よく大を倒すのがわれわれの使命であり、水雷屋の思想である。

いつ何時なりとも、敵ござんなれという心構えであるから、自分としては何が起きても平気な気持であった。当夜は海上きわめて穏やかであったが、気のせいか何か起こりそうな、薄気味の悪い晩であった。

この海面の航行は、しばしば行なった夜間輸送で土地勘もあり、充分に慣れていたが、つねにいちばん恐ろしいのは、どこからともなく狙い射ちされる敵潜水艦の魚雷で、これにはとくに注意して見張りを厳重にしていた。そのため何回となく雷跡を見つけたけれど、すべて幸運にもはずれたり、はずしもした。また航行のつど、われわれの動静を誰かに知らすのであろう、陸上に怪信号が点滅するなど、土民には敵のスパイがいたようである。

高速突破のときなど、暗い海面に艦尾のみ白波が高くうずまくので、これを目がけて敵の哨戒機から爆弾を投下されたりした。その夜も、味方の行動は敵に通報されていたかもしれない。わが隊形は一本棒の単縦陣であった。これは敵魚雷の回避にいちばん都合のよい自由自在で、戦闘にうつるのにも、もっとも操艦の楽な隊形である。

「司令官（二水戦）坐乗の長波より「今夜、会敵の公算大なり」云々《うんぬん》の警戒電が飛び込んできた。まもなく輸送任務をあきらめて、夜襲に転ずる時が到来するにちがいないであろう。平素の腕前を発揮するは今なるぞ、と警戒をさらに厳しくした。

そのとき間髪をいれず、いちばん敵に近く進出していた警戒艦高波は、とつぜん敵の集中照射砲撃をうけて炎上し、戦闘は初め、敵よりの誘いにかかったようなかたちで始まった。

凱歌あがるルンガ沖夜戦

探照灯の光の束に曳光弾などがいりまじって、夜のとばりは上げられ、海面が真昼のような状況となった。照らしだされた彼我両艦隊は、もっとも簡単な隊形で接近しだした。

敵の隊形も一本棒の基準そのまま、図のように前方に四隻、さらに後方に二隻の駆逐艦を配し、左へ左へと舵をとって、一挙にわれを圧倒するかのように思われた。わが江風は、ただちに総員戦闘配置につき、増速を令した。発射準備は、すでに完了の状態で突撃を今やおそしと待っていた。

そのうち高速運動中のこととて、彼我の距離はだんだんつまり、もはやぐずぐずしているわけにいかなくなった。そのとき、中原義一郎第二十四駆逐隊司令が頃合よしとみて、私に「艦長、突っ込もう」といった。そこでひとこと「では行きますよ」と答えて発射運動につり、ついで「発射始め」の命令をくだした。

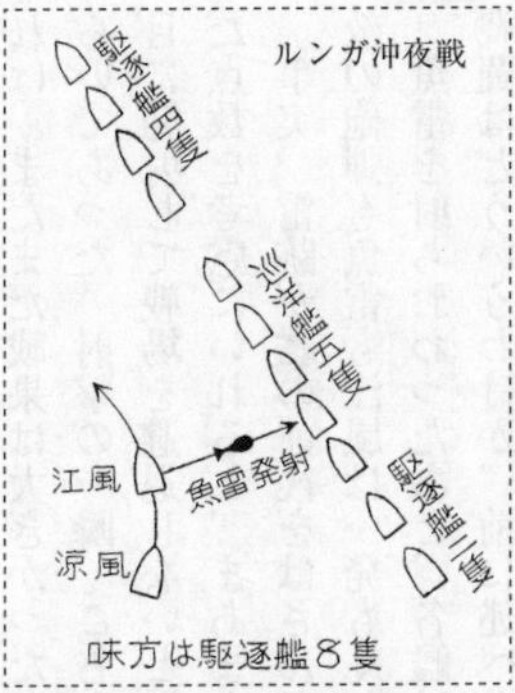

時をうつさず、水雷長の適切な指揮によって、発射線の魚雷は敵陣めがけて海中に飛びだしていった。号令は私の口から出たが、心の中では必中を祈っていた。溝口名水雷長の腕にくるいはなく、やがて必殺の魚雷は生あるもののごとく、敵艦に吸いこまれて、あとで述べるような戦果をあげえたのである。

むしろ私の接敵距離がやや遠きに失した感があり、肉を切らして骨を断つの戦法で、もうすこし突っ込んでいれば、まだまだ戦果は大きかったかもしれない。射点は方位角六十度、距離三千メートルくらいであった。射撃の一瞬、こちらは無傷のまま敵をやっつけようとしたため、いくらか早目に発射して戦場を避退しないと混戦となり、危険なりと判断した私の処置は、戦果をあげた点数を考慮にいれると、まあまあというところであったろう。

事実、雷跡が艦の前後をはさんだこともあり、まったく生死は紙一重であったのだ。だが、敵の砲弾も魚雷も江風は一発もくわず、一兵の死傷者をも出さなかったのは幸運であった。

魚雷を射ちおわったあと、各艦はそれぞれ集結して、基地に引きあげたのであるが、この戦闘はどういうわけか、前に述べた昼間の砲戦ほど疲れを感じなかった。

翌日、敵の巡洋艦一隻、巡洋艦三隻を撃沈、撃破したという戦果を聞いたのである。あれからすでに二十年の歳月が流れ、当時の戦況や、魚雷を射った瞬間のほんとうの気持は、いま問われても私には、正確に答えることは大変むずかしく、また不可能だと思う。

おそらく発射前後の三十秒くらいの間は、人間ばなれのした気分であったろう。結果的には同じであるが、一人対一人の射ち合いより、軍艦対軍艦の戦いの方が、戦争という罪悪感がいくらか薄かったことは事実である。

このルンガ沖夜戦がおわると、私は新艦長に江風をひきつぎ、数多くの思い出を胸にひめつつ、他艦に便乗して新しい任務につくべく、内地に向かったのである。

第三水雷戦隊「綾波」ガ島沖への突撃行

飛行場砲撃部隊の露払いに任じた第十九駆逐隊の三次ソロモン海戦

当時十九駆逐隊付・海軍主計大尉　小池英策

昭和十七年十一月十四日土曜日、一列の日本軍艦群が東経一六〇度線を南下して、ソロモン群島に突入しようとしていた。その先頭群、第三水雷戦隊第十九駆逐隊の浦波、敷波、綾波がサンタイサベル島とマライタ島のあいだの無名水道を通りすぎたとき、日はすでに暮れて雲がしだいにふえ、月齢十八の月はほとんど見えなかった。

暗く、そして静かなその水道を、第十九駆逐隊につづいて三水戦旗艦の軽巡川内《せんだい》（司令官＝橋本信太郎少将／昭和十六年九月〜十八年二月）がすべるように航過する。

約十五キロおくれて前衛駆逐艦の白雪、初雪、軽巡長良《ながら》、駆逐艦五月雨《さみだれ》、雷《いかづち》の五隻。さらに戦艦をふくむ五隻の主力部隊が海峡の薄闇にしだいに消えてゆく。

小池英策主計大尉

その主力部隊とは、駆逐艦朝雲、照月を先頭に配した重巡愛宕、高雄、そして戦艦霧島というガダルカナル島ヘンダーソン飛行場砲撃部隊である。昨日のダークフライデー（十三日の金曜日）に、僚艦比叡をルンガ沖に失った霧島にとっては、今夜はその弔い合戦でもある。

八月七日、米海兵第一師団がガ島に上陸して以来、陸上においてはこの三ヵ月間、血なまぐさい飛行場争奪戦が日夜たえまなく行なわれていた。

それは海上においても同様だった。数次のはげしい海戦と、輸送作戦をめぐるほとんど連日の海空戦が、この南の果ての未開島を中心に凄惨にくりひろげられていたのだ。

刻々と近づく死の決戦場

しかし、戦闘は一つの山場を迎えていた。闘争する原始の巨獣のように、日米とも傷つき疲れ果てていた。前進部隊から派遣できた砲撃部隊は今夜のこれで最後である。長良（十戦隊）の燃料は四〇パーセントしか残っていない。浦波はソロモンで傷ついたまま修理もできず、左に傾いたままでこの作戦に参加している。五月雨（四水戦第二駆逐隊）は十二日の夜に大戦果をあげて壮烈な最後をとげた夕立（二駆）の生き残りが便乗したまま、再突入しようとしている。

潜水艦トラウトの通報によって日本軍艦の南下を知ったエンタープライズ機動部隊にしても、事情は大差なかった。新型戦艦二隻はよいとして、その直衛駆逐艦はただ「燃料を十分に持っている」ことを条件にかき集められた四隻だった。

したがって司令もいない、統一された訓練も受けていない、ばらばらのチームで、日本の暴れものに対決を強いられていたのである。

貴重な人命と莫大な物量を賭けて、なぜに人類が南溟にかく闘わねばならぬのか。だが、一人一人の人間の意志とは別に、日米の艦隊は運命の糸にあやつられて、南から、そして北から、死の決戦場に近づいていた。

断雲の間から淡い月光が、ときおり海面を照らすが、サボ水道は暗く、そして静かだ。今夜は予定どおりの砲撃だけでおわるのか、それとも敵が来ているのか、すでに多くの戦友と僚艦をその海底に抱くこの海は、神秘なまでに静まりかえっている。

危ぶまれる綾波の運命

午後八時十二分、先駆けしていた第十九駆逐隊は予定どおり南へ転舵して、ルンガ岬に艦首をむけた。サボ島の東側から侵入する態勢である。川内が、これにつづく。直衛の長良隊は、まだはるか後方である。

三番艦綾波がするすると隊列をはなれて、南西に針路をとる。予定の分離行動である。単艦でサボ南水道を索敵し、ルンガ沖で母隊と合同する打ち合わせになっている。これが永遠の別離になろうとは知るよしもなく、浦波、敷波の乗員は、ほの白いウェーキを残して、ソロモンの闇に溶けこんでゆく僚艦綾波の姿に帽子をふっていた。

第十九駆逐隊は、黙々と南下をつづける。やがて、闇はしだいに濃くなってきた。スコールを呼びそうな雲が低くたれさがり、月光はまったく遮られた。綾波はもう見えない。

第３水雷戦隊旗艦として奔走した軽巡川内。復原性改善のため第一煙突を短縮。八年式61cm 連装発射管４基

この海域に突入二十二回の戦歴のある浦波の艦橋では、黒い人影が石像のように動かない。全員、すでに戦闘配置である。戦闘帽の蛍光文字で、左舷寄りが司令の大江覧治大佐、右が艦長萩尾力少佐とわかる。

大型望遠鏡についた見張員は、水平線上の闇にけんめいに敵影をもとめる。ジャイロコンパスが、「無心にすだく秋の虫のようにジージーとかすかに鳴く。タービンの唸り、振動。艦首波が白く砕け、夜光虫がほのかに輝く。計器類の文字盤が暗夜の星座のように、あざやかな蛍光を発している。

見なれたサボ島の黒い影が、しだいに右舷に落ちてくる。時計は九時になろうとしている。綾波がサボ島の影に入ったころだ。ぶきみに静まりかえったソロモンの内海。極限の緊張がつづく。

突如、静寂はやぶれた。「敵だ!」「敵影、艦首方向」一番見張員が叫ぶ。「敵は二隻以上、大型」

隊内電話が一斉にがなりたてる。敷波も川内もほとんど同時に視認した。

「ワレ敵発見」緊急信は全軍に飛んだ。ちょうど九時。このとき綾波は超短波をサボ島にさえぎられて、この通信を受けることができなかった。

「敵ヲ追尾セヨ」愛宕の司令部は折りかえし指令してきた。「敵は重巡二、二〇〇《フタマルマル》（二万メートル）」

これでは魚雷どころか、一二・七センチも全然とどかない。だが単身、この敵にぶつかる位置につく綾波の運命があやぶまれる。

「敵ハ重巡二、駆逐艦四」川内が通報してきた。突っ込むのだ。増速された艦尾波が小山のように白く盛りあがり、風に旗索が、かすかに鳴る。第十九駆逐隊は、じわじわとこの敵に接近しだした。

ガダルカナル島を背にした水平線上に、橙色《だいだい》の閃光。二つ、また二つ。

「敵発砲」落雷のような破裂音と同時に、夜目にも真っ白い巨大な水柱が、浦波の右舷後方に高々とあがり、やがて崩れながら後方の闇に走り去る。隊内電話は叫ぶ。九時十七分。

「ワレ交戦中」

悲壮なる綾波の単艦突入

「とーりかーじ」綾波の艦首が徐々に左に落ち、左舷正横に見えていたサボ島が、ふたたび艦首方向にもどる。「もどーせー、一三五度、よーそろー」

一三五度。このまま進めば綾波は一時間以内に母隊と合同する。九時をすぎている。機関科から「二十八回転整定」の報告が艦橋にあがってくる。もうすこし進めば、左舷に味方駆逐隊が見えてくる。敵があらわれるとすれば、右舷艦首の方向がもっとも可能性が大きい。

綾波艦長作間《さくま》英邇中佐は命令する。

「見張りを厳にせよ」ひとりぼっちの綾波は、高速に波を咬《か》みながらソロモンの闇を直進する。

「敵らしい艦影が見えます」右舷の一四センチ双眼鏡の報告。「艦首方向、やや右方向です。艦長」

「右砲戦、右魚雷戦」命令はまたたくまに全艦にゆきわたり、一瞬の興奮ののち綾波は完全に身がまえた。「敵は四隻。さらに二隻いるらしい、大型」

艦長は見張員の大型眼鏡についた。いる、いる。敵は一団となって、右舷艦首から反航態勢で近づく。駆逐艦らしい。その先頭の黒影は二隻がかさなって見えるようだ。それとも、先頭艦はやや大型なのか。双眼鏡の中を、この一群は右に動いているのだが、追い越されているものもある。逆に左に移動しているように見えるものもある。五隻か……いや六隻らしい。この動きは、敵はいま隊形をととのえているのだ。艦隊の転舵をおわったところなの

特型駆逐艦・綾波。煙突間と煙突後方および後檣前方の中心線上に一二年式61cm 3連装発射管3基

か。距離は約一万三千メートル。近づく。

「敵見ユ、駆逐艦四、サラニ大型二ヲトモナウ」かくして綾波の第一報は飛んだ。

射撃指揮所の砲術長鈴木大尉が「二、三番砲、旋回一杯」を訴えてきた。敵が正面すぎて後部にある二、三番砲塔は、敵をねらうことができないのである。

「よろしい。旋回そのまま」作間艦長は平然と答えた。すなわち艦長の決断は、このままの態勢で進むということである。このまま進めば、いま右舷の艦首方向に見える敵は、急速に近づき、しだいに右舷正横に落ちてくる。それは敵に対して綾波の横腹を見せることにもなるが、二、三番砲はもちろん、砲戦にも魚雷戦にも最適の方位となる。その形となったとき、その海面にどんな情景があらわれるか。それは綾波の乗員の誰もが知っている。

白鉢巻をきりりとしめた水雷長の谷中英一中尉は、内心「しめた、もらったぞ」と叫んだ。綾波の九〇式魚雷は空気式の旧型だが、六千メートル以内なら絶対に当たる。このままの態勢でゆけば、この獲物はかならず撃沈だ。

「敵の鼻づらをつかまえてぶっ放せば、兵学校ビリ卒業の俺だって必ず当たるぞ！」

敵はぐんぐん近づく。二、三番砲も旋回可能となった。だが、まだだ。もっと引き寄せてたたくのだ。綾波は第四戦速三十四ノットに増速していた。

闇に小さな閃光、敵の発砲だ。

「ワレ交戦」綾波の第二報は発せられた。そしてこれが彼女の最後の通信となったのであった。

四対一の大砲撃戦

午後九時二十二分、米軍隊列の先頭艦たる駆逐艦ウォークは、サボ島の暗い岸辺にちらと見えた綾波に対して射撃を開始した。背景が島なので、米艦のレーダーは利かなかった。のみならず彼らはこれを二艦と誤認した。綾波一艦に対して、米駆逐艦四隻の砲撃はそうとうな命中弾を得た。綾波の発砲の閃光を狙《ねら》ったのである。

しかし、綾波の斉射はそれよりもはるかに正確痛烈に、そして速かった。

三番艦プレストンは、綾波に真っ先に狙われた艦ではなかったが、最初に沈んだ米駆逐艦であった。射撃開始後わずか五分で、プレストンの上部構造物は烈しく燃えていた。これは綾波にとって、マトをしめす松明《たいまつ》のようなものだった。

たった一発で両罐室が破壊され、艦尾に集中落下した数弾で、中部から爆雷架台までが一瞬のうちに炎につつまれた。そして右にひどく傾斜しながら、しだいに艦尾から沈んでいった。乗員が艦をすてているとき、艦は横転し、つづいて静かに転覆して艦首だけが海面に十分ほど空にむかって突っ立っていた。生存者は約半分であった。

一番艦ウォークは、綾波の艦橋に二五〇発を射ちこんだ。しかしウォーク自身も、猛烈な砲火に焼かれていた。射撃開始後十分には、長良隊からと思われる相当数の重砲弾をくらった。ついで、どてっぱらに魚雷が命中した。二番砲塔は水兵たちとともに三十メートルも高く空中に飛び、艦橋はめちゃめちゃに引きさかれ、そして浸水しはじめた。九時四十三分、艦長は艦を放棄するように命じた。これはプレストンの総員退去より七分遅かっただけである。

ウォークは艦首から沈んでいった。艦尾が水中に消えると、水圧でみずからの爆雷が自爆し、さらに戦死者が増加した。死者は乗員の約三分の一であった。

海面を照らす米駆逐艦の炎

二番艦ベンナムは、一番艦にならってまず綾波を砲撃した。幸運にも彼女は、ほとんど綾波の砲弾には見舞われなかった。しかしベンナムが、サボ島の影から新たにあらわれた長良隊に対して砲撃を指向し、魚雷攻撃運動に移ろうとした午後九時三十八分、ものすごい水柱が彼女の艦首にあがった。

日本軍艦からの魚雷が命中したのである。艦首はばらばらになり、ベンナムは大きく左に傾き、ついで右に傾き、それから水平にもどった。頭をつぶされた彼女は、二十七ノットから五ノットに速力が落ち、ただ自艦を救うことだけに努力をむけざるをえなかった。

ベンナムは落伍し、戦線を離脱しようともがいたのであった。それは一応成功したかに見えた。少なくも、この炎につつまれた海面では沈まなかった。だが翌日、ガダルカナル南岸沖で艦体が裂けはじめ、乗員は艦をすてた。沈みつつある彼女は、僚艦の砲弾によって処分された。

四番艦グウインは隊列を北にはなれて、浦波隊に星弾を発射していたので、隊列に復帰しようとしたときには、長良隊の一撃をも浴びなければならなかった。連続する打撃で機械室と艦尾を破壊され、酔っぱらいのように動きはじめた。

このとき燃えていたプレストンは、大火柱を噴き上げながら沈みつつあった。ウォークもまた穴だらけの艦体を、炎の中に黒く浮きだしていた。ベンナムは瀕死《ひんし》の体をいたずらに踠《もが》いていた。さらにグウィンは命中弾をうけ、彼女は逃げだした。そして、この海戦で生き残ることのできたただ一隻の米駆逐艦となる栄誉をえたのであった。

艦橋にあがる最後の命令

綾波は燃えていた。米艦が射ちだした距離は一万三千メートルとされている。作間艦長が砲戦開始を命令したとき、鈴木砲術長は「約八千メートル」と記憶している。砲術長はあまる餌を目の前にすえて、舌なめずりをした。近ければ当たる――これがすべてだ。

「射ち方はじめ」綾波の初弾が空気を引きさいて飛びだした直後には、米艦列の三番艦はあきらかに火災を起こした。「命中、命中」

そしてまもなく、その前方でも炎を吹きだした。距離はさらに近くなる。綾波の砲弾は一つ一つ確実に敵をとらえている。敵の火災はますます大きくなる。もう手がつけられまい。火炎と、轟音と、閃光がソロモンの闇をつんざき、黒い海面は血のような色に照らしだされた。

綾波が自分の傷に気づいたのは、このころであった。艦橋のすぐ下、左舷の烹炊《ほうすい》所に命中した最初の敵弾で、バーナー用の重油に引火し、赤黒い炎がどっと吹きあげ、つづいて、その上の上甲板に吊られた内火艇にも火が移っていた。どこに当たっているのか激震が艦体をゆさぶる。

激しいショック。一瞬、体が宙に浮き、ついで甲板に叩きつけられた。艦橋の真下あたりらしい。さらに衝撃が連続する。

「水雷長」「艦長」「ようし、やれ。落ち着いてな」

谷中水雷長は、最初にして最後の命令を怒鳴る。

「二番連管、発射用意」「発射！」一番連管は連続する衝撃と弾片で、旋回装置が破壊されて動かない。「三番連管、発射用意」「発射！」

六本の魚雷は、圧搾《あっさく》空気音を残して、つぎつぎと火炎に照らしだされた海面に躍りこんでゆく。すでになすべき任務の大半をおわった乗員たちは祈った。「当たってくれ、当たってくれ」

とり残された黒い艦影

綾波は燃えていた。速力もしだいに落ちていた。舵も利かなくなっていた。いらいらする数分。

「当たった」

にぶい爆発音が耳朶《じだ》をかすめた。そこには肉眼にもはっきりと、忘れることのできない凄まじい光景が展開されていた。敵一番艦がどす黒い火炎を沖天高く噴きあげ、いま沈みつつある。艦体はほぼ中央で二つに折れ、艦首と艦尾を水面に持ち上げながら、ゆっくりと暗い海面に消えてゆく。炎のかたまりは急速にしぼみ、やがて点となり、そして永遠に見えなくなった。

綾波は四隻の敵駆逐艦だけからでなく、少なくとも米新型戦艦サウスダコタ一隻からも砲弾の洗礼をうけていた。一発は第一兵員室を右舷から左舷にぬけて爆発しなかった。一発は後部弾薬庫を空中高く吹きとばしていた。

大火災を起こしていた米三番艦は、一番艦の轟沈の直前に海面から消えていた。爆発も、火炎も、閃光もおさまった。戦線は急速に北にうつった。ただひとり、やや右舷に傾いた日本駆逐艦綾波だけが、サボ島の南を漂流しながら燃えていた。

六水戦「夕張」副長ソロモン海の九ヵ月

ラエ・サラモア攻略戦で多大の犠牲を出した後に着任した副長の気概

当時「夕張」副長・海軍中佐　島田英治

島田英治中佐

私が「夕張副長」の辞令をうけたのが昭和十七年三月下旬、太平洋戦争で緒戦にひきつづき華々しい戦果をあげていた頃で、いわゆる連戦連勝、ちょうどニューギニア進攻作戦が一段落したときである。

大正十二年に軽巡洋艦夕張が誕生した当時は、新しいスターが突然あらわれたかのように迎えられた。極端に合理化された設計、これまでのものとすっかり変わった外観、排水量にくらべて高度化された戦闘力など、関係者の耳目を驚かしたもので、当時、夕張に乗り組むことを一種の誇りとしたくらいであった。

しかし夕張は、いわば一つの試作艦であって、その後できた七五〇〇トン級および一万トン級巡洋艦から、のちには武蔵、大和の大戦艦にいたるまでの、設計の基礎となったものである。

華々しいスタートをした夕張も、私が乗ったころは、艦齢すでに二十年に近い老朽艦となり、トラック島を根拠地とする第四艦隊に属する第六水雷戦隊（第四艦隊）の旗艦（司令官＝梶岡定道少将／昭和十六年七月〜十七年七月）であった。赴任の途中、たまたま飛行艇に乗りあわせた第四艦隊の参謀から、「夕張はいま意気消沈しているから、立て直すのに大変でしょう」といわれて、すぐにはわからなかったが、着艦してその意味がわかった。当時おこなわれたラエ、サラモアの進攻作戦のとき、敵機の襲撃によって、副長以下四十数名の犠牲者を出したほどの被害をうけたあとで、艦の被害箇所の修理は大体すんでいたが、人員補充はまだであり、縁起をかつぎやすい人間の弱さを暴露して、退艦希望者が続出するというまったく驚くべき乗員の心理状態であったのだ。

いささかハッタリではあったが、「俺が来た以上は大丈夫だ」と豪語して、内地からきた新兵で欠員をおぎない、戦闘力の充実向上をはかった。暑い南洋の環礁のなかで敵に対する心配はないにしても、毎日毎日、訓練に日を送ることはかえって退屈であり、努力のいることである。

私の太平洋戦争での初陣は、珊瑚海海戦である。ニューギニア南岸のポートモレスビー進攻が主任務で、その上陸部隊の輸送船団を、夕張を旗艦とする第六水雷戦隊（第二十九駆逐隊＝追風、朝凪。第三十駆逐隊＝睦月、弥生、望月）が護衛していき、夕張が真っ先に突入して上陸の拠点をつくるという作戦であった。夕張を先頭に船団の左右後方を駆逐艦がまもり、

軽巡夕張。大正12年７月竣工、3140トン。建造費節減のため小型軽量化をはかるべく構造物すべてが中心線上に配置されている。煙突後方に八年式61cm 連装発射管２基(魚雷８本)が見える

敵潜水艦を警戒しながら、ジグザグコースをとって進むのであるが、自分の性能を殺して低速の船団のまわりを警戒するということは、非常に根気のいる仕事である。

敵の艦隊が、この作戦にたいして出撃する場合にそなえて、別の巡洋艦部隊や航空部隊が、はるか南方を行動していたのであるが、これらの部隊と敵の出撃部隊との戦いが、珊瑚海海戦である。

そのためわれわれは上陸作戦を中止して、輸送船団は引き返したので、直接の戦闘には参加しなかったが、輸送船団を帰したあと、「水雷戦隊は進出、夜襲を決行せよ」との命令をうけて、ソレっとばかりに全速力で南下したが、夜半にいたり、これも中止となって引き返すことになった。初陣といっても、名ばかりで

ある。

痛恨ガダルカナル

ガダルカナル島およびその周辺の戦闘は激烈をきわめ、悲惨をきわめたものであるが、このガ島占領から敵に占拠されるまで、夕張を旗艦とする第六水雷戦隊が、これに参加したのである。

ガ島に飛行場建設のため、設営隊二個部隊と所要の機材をつんだ輸送船隊を護衛して、占領作戦をおこなったが、その事前の研究で、機材の荷上げにどのくらいの日数を要するかが問題となった。ガ島は敵の航空勢力圏内にあるから、のんびりと揚陸作業をつづけていると、敵機にやっつけられる恐れがあるからである。

輸送船側では、はじめは一週間かかるといっていたのを、なんとか努力して五日間で完了することにして作戦をはじめたのであるが、ガ島到着までは無事で、ヤレヤレと思ったのも束の間、敵機の来襲によって輸送船は大きな被害をうけた。

設営隊は無事に上陸したが、荷揚げ作業が大変である。毎日毎日、敵機の攻撃のなかでの作業で、護衛警戒のわれわれの方は、敵機に対しては手も足も出ないありさまであった。しかしこのために、かえって揚陸作業を促進され、予定よりも早く三日間で終わった。いざとなると、予想よりはるかに大きな力が出る実例といえよう。

全艦あげての殴り込み

それから約一ヵ月、夕張も駆逐艦もそれぞれちらばって、敵機の襲撃を避けながら、飛行場の整備を待っていた。米軍だと物量と機械力で一週間もかかるまいが、人力でやるのだから大変であった。それでもどうやら完成にこぎつけたのだが、飛行機に余裕がなくて、すぐには派遣してくれない。

われわれとしては一応任務が終わったので、そのままラバウルに引きあげた。ところが、われわれがガ島をはなれた翌晩、米軍はガ島を急襲し占領してしまった。一ヵ月の苦労も一夜にして水のアワとなった。しかもガ島にいるのは、戦力のない設営隊だけである。

これより先、七月十四日、六水戦は解隊されて夕張は第四艦隊所属の第二海上護衛隊に編入されていたが、ただちにラバウルにいた全艦、すなわち一万トン巡洋艦から駆逐艦まで十数隻の全力をあげて、ガ島に夜襲をかけることになった。夕張は第八艦隊十八戦隊として行を共にした。

敵側の勢力はハッキリわからないが、相当の兵力であることは間違いない。警戒も厳しいだろうし、その真っ只中に突入するのであるから、生還を期することはできない。ラバウルを出港してしばらくたってから、私は全員をあつめて作戦の目的を説明して、いよいよとなったら、陸岸に乗りあげて切り込むことにもなろうと決意をしめしたが、そのときの全員の顔つきはいまも忘れられない。

死傷者ゼロの九ヵ月

夜襲の成否のカギは、まず敵にさとられないことである。ちょうど午前零時ころ、ガ島泊地に到着するように夕刻から全速力で南下した。

日没になってからは、警戒の敵を早く発見して、それを避けて進まねばならない。私は準備のため自分の室におりていったが、私の寝台の上に、洗濯したばかりの服、シャツ、褌までそろえて置いてあったのに驚いた。従兵が気をきかして、死装束《しにしょうぞく》をととのえておいてくれたのである。私はなんともいえない気持で、従兵の心づかいに感謝した。

この夜襲はさいわい大成功におわったが、これを第一回として、その後ガ島の死闘がくりかえされたのである。この夜襲（一次ソロモン海戦）がおわって各艦とも全速力で退避したとき、夕張は機関故障のために、ほかの艦からしだいに遅れてしまったが、人間というものは勝手なもので、決死の覚悟で出かけ、それが成功して帰るときに取り残されると、内心大きな不安がわいてくるものである。

その後は、機関の故障の関係もあって、夕張は第一線からしりぞき、ナウル島、オーシャン島、マキン島をめぐり、玉砕したタラワ島への陸戦隊揚陸などにしたがって、昭和十七年十二月、修理のため横須賀に帰投して、私の夕張副長はおわった。乗艦早々、士気鼓舞のために「俺が来た以上は大丈夫だ」と豪語したのであるが、私が夕張副長であった九ヵ月間、一人の死傷者も出さなかったことは幸運といえば幸運だが、私にとっては、いちばん嬉しい思い出である。

ここにひとり〝水雷屋の神〟ありき

水雷戦隊に生命を与えた不屈の男たちに支えられた不沈艦雪風の人間模様

元「天津風」艦長・海軍大佐　原　為一

昭和三十五年六月、アメリカのアイゼンハワー大統領が台湾を訪問したとき、中華民国は全島をあげて歓迎した。

空には多数の軍用機が妙技を展開し、海では国府海軍の盛大な祝砲がとどろいた。その軍艦のなかに、ひときわ目立ってスマートな一隻の大型駆逐艦が見えた。その名は「丹陽」――じつはこれが、かつての日本海軍の駆逐艦雪風《ゆきかぜ》であるという新聞記事に接したとき、私は感無量であった。

思えば、太平洋戦争の勃発する前年の昭和十五年、私が新鋭駆逐艦天津風の艦長として、かねて名司令の誉れ高い島崎利雄大佐（司令駆逐艦雪風に乗艦）の第十六駆逐隊に編入され、それ以後、太平洋戦争の中期にいたるまでの約三年間、雪風とわ

島崎利雄大佐

寺内正道中佐

が天津風とは、まさに兄弟のように苦楽を共にしたのであった。

とくに雪風は、太平洋戦争の全期間を通じ、ほとんどあらゆる大海戦に参加し、輝かしい戦果をあげ、しかもほとんど被害もなく、戦死者が皆無という、日本海軍一の武運めでたい神秘的な軍艦であった。たとえ友好的な隣国の台湾であっても、それを持っていかれたことは、耐えがたい思いがするのである。

また、わが家わが城として心血をそそいで守りつづけた、初代司令島崎利雄大佐をはじめ、歴代の司令や艦長、それに千数百名の乗組員の胸中は、察するにあまりある。

今ここに駆逐艦雪風の生いたちから、艦の性能、戦歴、島崎初代司令をはじめ歴代の司令や駆逐艦長の人柄と技能、とくに太平洋戦争中の二大海戦における駆逐艦雪風の雄姿を回想してみよう。

行儀は悪いが男らしい司令

駆逐艦雪風が完成したのは、昭和十五年一月二十日である。

完成と同時に、同型艦の天津風、初風、時津風とともに第十六駆逐艦に編入され、初代の第十六駆逐隊司令・島崎利雄大佐の指揮下にはいり、当時の国際情勢の重大化にそなえ、わが連合艦隊の夜戦の主兵としての猛訓練がおこなわれた。

もともと雪風と同型の陽炎型駆逐艦十九隻は、太平洋戦争のはじまる一年ほど前に建造された最新鋭の艦で、速力、航続距離など、作戦上の要求を完全にみたすばかりでなく、優秀な戦闘性能もそなえていた。

優秀なのは艦ばかりではなかった。艦の性能がいかに優れていても、これを指揮する人、操縦する乗員がまずいと、艦は持てる力を完全に発揮できない。

だが雪風の場合は、艦とおなじく乗っていた人がまた抜群であった。とくに、初代の第十六駆逐隊司令であった島崎利雄大佐は、在任中（昭和十五年十一月～十六年六月）はいつも雪風に乗艦し、直接に、しかも徹底的にその教育指導にあたり、全精力を傾注しつくしたのである。

昔から日本の海軍では、戦艦などの大艦に乗り、主に大砲をあやつる品行方正の士官を鉄砲屋を呼び、神経のシャープなのが通信屋、魚雷関係の駆逐艦乗りで行儀の悪い大酒飲みを水雷屋と呼んでいた。

初代の島崎司令は、酒好きの水雷屋ではあったが、頭は緻密で神経は鋭く、負けずぎらいの激しい気性は、織田信長を思わせるような人であった。そのため、日本に脅威をあたえる米海軍を目標に、訓練はじつに厳しかった。もちろん、乗員のなかには不平の言葉をもらす者もないではないが、司令の真剣な態度や言動に感化されて、全乗員が積極的に訓練作業に励むようになり、その効果はあらゆる方面にあらわれてきた。

現に、昭和十六年二月の大寒中におこなわれた第二艦隊のボート競技で、雪風がだんぜんトップで優勝した。その勝因は、第二代雪風駆逐艦長だった飛田健二郎中佐（昭和十六年七月～十七年六月）が島崎司令の乗員心得第一条「絶対必勝」の至上命令にしたがって、研究工夫した「荒天漕法」によるものだった。それは、荒れた海面でのオールの漕ぎ方、最適のピッチ数などを合理的に研究したものである。毎日、夜明けと夕方の二回、黙々として鍛錬したのであった。

一事が万事、その通りだった。日曜祭日などに、他の艦が酒保をひらいて休養しているときも、十六駆逐隊の各艦だけは、かならず一時間の夜間訓練をおこたらない。島崎司令自身が、予報もなく不意に各艦を巡視して、艦長や准士官以上、ときには下士官兵の総員を集めて、訓練上の心得や注意をあたえるのが常であった。

このように島崎司令は、水雷戦隊の主任務である夜戦にたいして、全乗員を徹底的に訓練したのである。そのため後になると、夜間訓練をやらないと乗員たちは、何か忘れものでもしたような空腹感をさえ感じるようになった。

こうして島崎司令は昭和十六年夏、交代して横鎮付となったが、まもなく異例の抜擢で、いちやく戦艦金剛の艦長に栄進した。

太平洋戦争勃発後の昭和十七年八月七日、米軍は機動部隊の支援のもとに、海兵師団を基幹とする大部隊をもって、ソロモン諸島のガダルカナル島方面に反攻してきた。内地で訓練中のわが艦隊は、旗艦高雄以下の数十隻が急きょ救援のため広島湾を出港し、トラック島に進出した。各艦が所定の錨地につくとまもなく、在泊の艦船部隊の指揮官が旗艦高雄の上甲板に集まり、雑談まじりに対米作戦を研究していた。そのとき、ふと、かつての第十六駆逐隊司令であった島崎金剛艦長が、やや強い語調でいった。

陽炎型８番艦・雪風。昭和15年１月竣工、2000トン。煙突間と２番煙突後方に九二式４連装発射管２基、九三式魚雷16本。次発装塡予備魚雷は前部煙突両脇に各２本と２番連管後方に４本

「日本軍は飛行場を構築するのに、少なくとも三ヵ月以上を要するが、米軍はわずか十日くらいで完成するらしい。なんでもブルドーザーとかいう機械を使って地面をならし、その上に鉄板を敷きつめ、すぐさま戦闘機や小型機を飛ばせるらしい。日本のような人力専門の鍬《くわ》とシャベルじゃ、とても歯がたたんよ」

するとと得意の〝将軍髭〟をひねりながら、古鷹艦長の荒木伝大佐が応答した。

「フフーン！　開拓民の方がわれわれ天孫民族より大部うわ手らしいなあ。まったく苦手だねえ」

「アメちゃんは、飛行機も艦も優勢だから、昼間はちょっと手がでない。夜戦だ。夜戦で勝つよりほかに、手はない。なんといっても夜は、青い眼玉は黒い眼玉にかなわんからね」と島崎大佐は、自信ありげな口ぶりでいった。

それを聞いて、私の頭にひらめくものがあった。

「一年前、島崎大佐の第十六駆逐隊が、日曜日も

祭日もなく、もっぱら夜間訓練を励行させられたのは、じつは今日にそなえるための偉大な深慮であったのか」私は心のなかで、あらためて島崎大佐の慧眼《けいがん》と不屈の闘魂に、敬意を表さざるをえなかった。

島崎司令のあと司令となった荘司喜一郎大佐（昭和十七年八月〜十八年四月）は、明朗快活で、きわめて円満な人柄であったから、部下の信望もあつく駆逐隊司令としても、島崎司令におとらない人物であった。第二代の雪風艦長飛田《とびだ》健二郎中佐や、三代目の艦長菅間良吉中佐（昭和十七年六月〜十八年十二月）との関係も円滑にいき、戦闘やその他の任務も、なんらの事故や失策もなく完了した。

この間に雪風が参加した主な海戦は、スラバヤ沖海戦、ミッドウェー海戦、南太平洋海戦、第三次ソロモン海戦、コロンバンガラ夜戦など、数えきれないほどの諸作戦に参加し、しかも艦にはなんらの被害もなく、一人の人員も失わなかったのである。

その後、昭和十九年三月、十六駆逐隊は解隊となり、雪風は十七駆逐隊に編入され、明朗快活にして俊敏な新谷喜一大佐を十七駆逐隊司令としてあおぐ一方で、豪快不屈の名艦長寺《てら》内《うち》正道中佐（昭和十八年十二月〜二十年五月）を迎えて駆逐艦雪風は、太平洋戦争最大の激戦であったレイテ沖海戦と、苛烈きわまる沖縄特攻作戦とに、「無傷、戦死者ゼロ」という神秘的大記録を打ちたてたのである。

連合艦隊の運命を賭けた海戦

レイテ沖海戦は、わが連合艦隊が全勢力をあげて、敗勢を一挙に挽回しようと、昭和十九年十月の下旬に敢行した最大にして最後の決戦である。それはいわば「連合艦隊の殴り込み」であった。

その兵力は、栗田艦隊（戦艦五、重巡十、軽巡二、駆逐艦十五）を主隊とし、小沢艦隊、西村艦隊、志摩艦隊など、あわせて水上艦艇六十三隻、潜水艦十三隻という大艦隊が、五日間にわたり、ミンダナオ島北東方一帯の広大な海面で、アメリカの大機動部隊を相手に戦った世界の海戦史上最大の大海戦であるが、不幸にしてわが方は、三十四隻が沈没、十隻が大破して戦闘が不能となり、連合艦隊の敗北が決定的となったのである。

当時、駆逐艦雪風は、連合艦隊の主力部隊の栗田艦隊に編入されていた。栗田健男中将の指揮する主力部隊の作戦目的は、瀬戸内海より南下した小沢機動部隊と、スルー海をわたり南からレテイ湾に突入する西村艦隊をオトリとして、ハルゼー機動部隊をそちらに引きつけ、そのすきにレイテ湾の輸送船団に殴り込みをかけ、一挙に敵の船団部隊を撃滅することであった。

十月二十二日午前八時、戦艦大和を旗艦とする栗田艦隊は、根拠地のブルネイ湾（ボルネオ北岸）を出撃した。レイテ湾までの航程は直線距離にして約千浬《かいり》であるが、ジグザグ運動その他を予想すれば、千五百浬以上であろう。そして、その前半は敵潜水艦の奇襲、後半は米空軍の猛爆を覚悟しなければならなかった。

威風堂々とブルネイを出撃した栗田艦隊は、早くも明くる二十三日の朝、二隻の敵潜（ダーター、デース）の巧妙な雷撃をうけて、重巡愛宕、高雄、摩耶を失った。敗戦の不吉な前兆ともいうべきだろうか。

その翌日には、空襲がはじまった。

第一波（午前七時三十分）数十機来襲。重巡妙高被弾落伍、戦艦大和、武蔵それぞれ魚雷一発命中。

第二波（正午）雷爆二十四機。大和、武蔵に攻撃集中。

第三波（午後一時二十五分）二十九機。敵機の大部分は武蔵を襲撃、武蔵列外に落伍、最大速力二十二ノットに低下。

第四波（午後二時三十分）五十機が来襲。大戦艦武蔵ついに落伍し退陣。

第五波（午後三時）百機以上の新鋭機が次つぎに来襲、果敢な攻撃。武蔵ついに沈没（午後七時三十分）。

レイテ海戦は、このように海と空との戦いであった。しかも日本側からは偵察機ひとつ飛ばせなかった。それはあたかも眼の見えない者が棒をさかんに振りまわして、蜂の大群に抵抗しているのと同じようなものだった。

五波におよぶ来襲で、栗田艦隊の三十二隻は、たちまち十五隻に減った。秋風索寞という形容でもまだ不足を感じさせる寂しさである。しかし、大和を中心とする輪形陣には、まだ戦意がみちあふれていた。

敵機、敵潜の来襲によって大きな被害をうけた栗田艦隊は、敵の鋭い気勢を避けるとともに陣形をととのえるため、一時的に反転し避退した。敵はこの反転を、真の退却とあやまって判断し、追跡接触をやめて立ち去った。

またとないチャンスである。栗田艦隊は再度反転して、サンベルナルジノ海峡に突進した。敵の護衛空母ガンビアベイ、駆逐艦ジョンストンなど数隻を砲撃で撃沈してから、帰途についた。

しかし、その途上、またしても三波にわたる敵機の猛襲をうけ、十月二十八日夜、ブルネイ湾泊地に、ようやく帰投したのである。

こうして栗田艦隊の各艦は、いずれも三昼夜にわたる力闘で損傷し、船体のリベットはゆるみ、重油の尾をひいて走っていた艦も少なくなかった。戦死傷者もその数を知れない。出撃時は三十二隻の堂々たる大艦隊が、わずか十五隻に減少し、艦も人も満身創痍で基地にたどりついたのである。

だが、その中で、かすり傷ひとつ受けず、戦死者ゼロ、必勝不敗の旭日旗をひるがえしながら帰港した駆逐艦があった。雪風である。乗艦の司令は新谷喜一大佐、艦長は「髭の駆逐艦長」として有名な寺内正道中佐であった。

雪風イマダ健在なり

その後さらに、この司令名艦長と百戦錬磨の乗組員が〝奇跡の不沈艦〟雪風に乗って、その真価を発揮したのが、菊水航空特攻作戦に策応して実施された戦艦大和、巡洋艦矢矧など十隻の沖縄水上特攻突入作戦である。

伊藤正徳氏がその著「連合艦隊の最後」のなかに「日本の世は末となった。桜の花は散り初めた。わが海軍の運命を弔う如くに」とあるように、戦闘可能の艦は、すべて参加した。昭和二十年四月六日のことである。

ふたたび生還を期さないわが特攻艦隊は、瀬戸内海の三田尻沖を一斉に抜錨した。空には薄い太陽が、さびしく艦隊を照らしていた。乗員の一人一人は、すべて落ちつきはらい、米空軍の猛爆を覚悟していた。それは生き甲斐を感じるとおなじように、死に甲斐のあるものであった。

アメリカの機動部隊の第一波攻撃がはじまったのは、出撃の翌七日、午後十二時三十分である。百機以上の大編隊だ。浜風はたちまち被雷して転覆し、数十秒の後に轟沈した。場所は九州鹿児島の南西九十浬であった。

つづく第二波、第三波は、いずれも百機以上の大編隊である。矢矧、霞があいついで大火災を起こした。第四波、第五波のいずれも、百機以上だった。

陣形は完全に乱れた。しかし、そのなかで雪風、冬月、初霜の三隻だけは、旗艦の大和をまもりつづけていた。とくに雪風の艦橋では、落ちつきはらって敵機をにらむ新谷司令と、怒鳴るように号令をかける寺内髭艦長の姿があった。

いささかの遅れも許されない。重要事項は艦長自らが、大声でズバリズバリ命令し、少しの手落ちも見のがさなかった。戦艦大和を護衛し、ジグザグ運動をしながら敵機を攻撃し、一分の隙も見せない。

「艦長、右三十度の飛行機が本艦に向かってきます」「左十度に雷撃機」見張員の矢つぎばやの報告が、すべて艦長にとどけられる。

すると天蓋（艦橋の上ののぞき穴）から、まずニョキッと捻《ねじ》り鉢巻の首が出る。つぎが三角定規、それから出てくるのが弁慶みたいな大入道（寺内艦長）だ。その間も、駆逐艦雪風は牛若丸のように、ひらりひらりと体をかわして応戦する。

「傷ついたり、もう駄目だと思って抵抗をやめたらおしまいだ。こいつは弱いと見くびられたら、かならず米機に喰われてしまう」これが寺内艦長の信念であった。だから雪風は傷つきもせず、あくまでも応戦をつづけた。

たえまのない抵抗。これが雪風を救ったのである。そして、その抵抗こそ、猛訓練のたまものであった。と同時に、雪風全体にみなぎる「絶対に沈まぬ」という確信が、最後まで機銃を握る手を恐怖でくじけさせなかった。戦闘がおわったとき、雪風艦上の射撃可能な対空機銃は、たったの三梃だった。砲身がやけ、すべて使いものにならなくなるほど、撃って撃って撃ちまくったことが、はっきりと物語られていた。

無傷無敗。さっそうとした駆逐艦雪風の雄姿。捻り鉢巻で叱咤号令する髭の寺内正道艦長。会心の微笑《えみ》を浮かべた島崎、新谷の両司令。これらの偉大な映像は、日本の歴史とともに、永久に不滅であろう。

大戦艦の大和や武蔵は沈んだ。しかし、「雪風イマダ健在ナリ！」

第一水雷戦隊の足跡と思い出

旗艦阿武隈に坐乗、水雷屋魂に徹して奮戦した司令官の回想

当時一水戦司令官・海軍少将　大森仙太郎

大森仙太郎少将

日本の駆逐艦の歴史はふるい。威海衛の海戦以来、いわゆる〝水雷屋〟と仇名されて世界に君臨した駆逐艦乗りたちも、あの太平洋戦争でその精鋭のほとんどを失ってしまったが、伝統にかがやく〝駆逐艦乗り〟の猛勇ぶりは、いまなお語りつがれている。

われわれこそ本当の船乗りだ——という自負が、駆逐艦乗りにはあった。小さな艇で、波浪をつき破りながら敵中ふかく突進していく水雷艇には、先輩たちの魂が永く受けつがれていたのである。

もともと水雷屋は夜戦を本命として鍛えられていた。かの威海衛の海戦で艇長として大暴れした人に鈴木貫太郎（のちの大将）あり、日独戦争で水雷戦隊司令官として青島に出撃したのは岡田啓介大将だった。

大戦中、海上部隊の指揮官は、ほとんどと言ってよいくらい、この駆逐艦出身者がしめている。小沢治三郎中将、栗田健男中将、緒戦に連合艦隊を指揮した南雲忠一中将など、いずれも水雷屋魂できたえられた生え抜きの駆逐艦乗りである。駆逐艦は、いざ戦闘となると、弾雨と、むき出された探照灯の照射のなかを、千メートルから千五百メートル先の敵艦めがけて、突撃肉薄していくのが常だ。したがって、一員たりといえども緊張を欠くことは許されない。文字どおり全軍突撃である。

そのために、つねに死と対決する駆逐艦乗りでありながら、まことに上から下まで一本に団結しており、和気あいあいとした朗《ほが》らかな気風が、どの艦にもみなぎっていた。

乗員たちは〝車ひき〟だと自称しながら、実戦になればわれわれのものだ、という強い自負と負けん気を持っていたものである。

殴り込み一家の駆逐艦乗りたちは、朗らかで明けっぱなしなのが特徴であった。作戦を終わって入港したらまことによく痛飲するが、いざ乗艦すれば、人がちがったようにシャンとなるのが普通だった。乗員の末端にいたるまで、高い自覚と誇りがあったのは、やはり環境のしからしむるところである。

というのは、駆逐艦の場合、他の艦とちがって少佐という若さで艦長の任を与えられる。水雷艇など、大尉で艇長となるのである。二十代の若さで、艦の全責任を背負わされるわけだ。こういうように、若年のころより実戦指揮官としての訓練を受けるのだから、強くなるのは当然である。俺も艦長になれる、そういう夢と決意が、しぜん乗員たちを固くつなげていた。家族的で、愉快な結集ができたのも故《ゆえ》なしとしない。

しかし、弾雨の中をむき出しで肉薄していく駆逐艦のことだから、被害もまことに甚大であった。司令以下、駆逐艦乗りたちはほとんど戦死してしまったのである。軍神といわれ、二階級特進とたたえられた将兵は、まことに多かったものの、あいついで海の藻屑と消えていったのだ。

ハワイ奇襲と北方作戦

私が第一水雷戦隊（一水戦）の司令官として着任したのは、開戦前年の昭和十五年秋のことである。駆逐艦の戦隊は、ふつう十二隻の駆逐艦で水雷戦隊一隊を編成（旧編成は十六隻）していた。旗艦は巡洋艦で、少将が司令官だったが、これは日本海軍が駆逐艦という艦種に信頼をおいて、その艦隊作戦に占める役割を重視していたからだった。

駆逐隊は、もともと、巡洋艦に拘束されず自由に突撃肉薄して、魚雷（一艦に六本〜九本）をもっとも有効に活用しなければならないからである。一水戦は二十一駆逐隊、二十四駆逐隊、二十七駆逐隊から成っていたが、各駆逐隊は大佐が司令となり、麾下の各駆逐艦は少佐〜中佐が艦長となって艦隊訓練をおこなっていた。

やがて開戦直前、第一水雷戦隊は南雲機動部隊の警戒護衛の任について、最精鋭の一等駆逐艦七〜八隻をひきいて出撃ときまった。目的地は遠くハワイにあった。機動部隊は航空艦隊を基幹部隊として、巡洋戦艦隊、巡洋艦隊、水雷戦隊が一団となり、日本ではじめての奇

軽巡阿武隈(長良型６番艦)。大正14年５月竣工、5570トン。雷装は八年式連装発射管４基に八年式61cm魚雷16本

襲部隊を編成したわけだ。旗艦阿武隈《あぶくま》以下の一水戦は、開戦より昭和十七年五月まで、機動部隊の直衛として南方洋上よりインド洋周辺の作戦に終始し、第一期の作戦目的を成功裡に終了した。

つぎの作戦地域は北方にうつった。麾下の駆逐艦はそこで編成替えとなり、駆逐艦七〜八隻をもって北方の五艦隊に編入ときまった。巡洋艦部隊と駆逐・水雷戦隊から成る第五艦隊は、大湊を根拠地として北方作戦を展開。ミッドウェー作戦ではアリューシャンの占領、巡洋艦部隊がキスカを、われわれ水雷戦隊は陸軍一個部隊とともにアッツを占領した。

さらにそののち十一月まで、これらの北方占領地の補給、警戒の任についた。北方作戦で、いちばん忘れられない思い出は、視界をふさぐ霧の深さだった。目をうばわれた水雷戦隊ではあったが、無電でかろうじて連係をとりながら、よく頑張ったものだった。

不滅の水雷屋魂

私は昭和十七年十一月以降、第五戦隊の司令官として連合艦隊とともにトラック島へ向かった（後任の一水戦司令官は森友一少将）のであるが、日本の水雷戦隊がもっとも有力な兵力の一つであることを立証したのは、明くる昭和十八年のことである。ガダルカナルに立てこもるわが陸軍守備部隊を、敵の意表をついてあざやかに引き揚げたことは、歴史の一頁をかざった。また、アリューシャン方面でも七月末、駆逐艦部隊はみごとな撤退を敢行、世にいうキスカ撤収に成功したのだった。ソロモン、アリューシャンともに連合軍の裏をかいた巧妙な撤収作戦といえよう。

ともあれ、わが水雷戦隊は名だたる幾多の名将を輩出した。同期では木村昌福（昭和十八年二月〜三月＝三水戦司令官。昭和十八年六月〜十九年十一月＝一水戦司令官。昭和十九年十一月〜昭和二十年一月＝二水戦司令官）、高間完（昭和十七年六月〜十八年七月＝四水戦司令官。昭和十八年七月〜十二月＝二水戦司令官）、田中頼三（昭和十六年九月〜十七年十二月＝二水戦司令官）、一期あとに小柳冨次（昭和十七年十二月〜十八年一月＝二水戦司令官）などと数少なくはあるが、有能な水雷屋育ちがいる。田中頼三少将のごときは、戦後三年目にリーダーズダイジェスト誌上に、米軍側より「日本海軍の名司令官」として高く評価されている存在である。

ところで、この機会に一言ふれておきたいことは、のちにサイパンが失陥してから、私が魚雷特攻の編成を極秘裡にはじめたときのことである。戦局日に非《あら》ずして、われわれが長いあいだ手塩にかけてきた魚雷を、文字どおり肉弾の人間魚雷として敵に挑もうという決意をせまられたのであった。特攻魚雷として回天、蛟龍などがつくられていったが、その乗員として最後の訓練を受けたのは、まだ紅顔の学徒将校だった。

その中に、いちど回天で出撃したが、無念にも目標を見失って帰投してきた一人の慶応大学出身の中尉がいた。私は、それまで慶応出といえば、文弱なインテリ青年とばかり思いこんでいたのだったが、たまたま数日後に再度出撃というある日、この学徒兵たちと一席を共にしたことがあったとき、この慶応出身中尉を見て、私の考えが根底から間違っていたことを知り、愕然としたのである。

かの真珠湾攻撃のとき、特殊潜航艇要員を養成した原田覚中佐に、私が特攻隊要員の人事的指導をどういうふうに行なうべきかを問うたときに、原田中佐は、「いちど肉攻に失敗した者は、再度出撃に際して精神的に気おくれがして絶対不可能である」といっていたことがある。ちょうど自殺しそこなったものは、二度とそういうことが出来ないというたとえである。

ところが、その中尉は、まことに淡々として悠容せまらず私と杯をかわし、事実それから数日後には、まことに立派に出撃していった。日本は、国策を誤って敗戦の結果を招いたが、こういう若者たちの血をうけついだ青少年が、たくさんいるのである。

私は、そのことに一つの安心感をもっている。人心が頽廃したと戦後いわれるが、私は日本人としてのこれらの血を継いだ新しい世代が、とうとい教訓のなかから、強くたくましく巣立つものと確信している。

あゝ旗艦〝水雷戦隊司令部〟二十四時

木村少将を司令官に戴く一水戦参謀が綴る不滅の伝統と阿武隈の最後

当時一水戦砲術参謀・海軍少佐　板谷隆一

私が第一水雷戦隊（一水戦）砲術参謀を命じられて、旗艦阿武隈《あぶくま》に着任したのは昭和十八年十月のことであった。それ以後、昭和二十年四月七日、戦艦大和とともに沖縄をめざした矢矧が沈められて事実上、水雷戦隊（水戦）が消滅するまで、私は水戦参謀をつとめてきた。

私が着任した当時、第一水雷戦隊は木村昌福少将を司令官に、第五艦隊に所属して、主に北方作戦に従事していた。そして昭和十八年七月には、太平洋戦争最大の奇跡といわれたキスカ撤収作戦を成功させている。この作戦は、アリューシャン列島アッツ島の玉砕により孤立化したキスカ島の守備隊の救出が目的で、木村少将は阿武隈以下の十五隻をもって作戦にあたった。七月二十九日、わずかな霧の晴れ間をついてキスカ島に突入した一水戦の各艦は、わずか五十五分間で守備隊員五一八三名を収容し、厳戒体制をとる米軍の目の前で、みごとなパーフェクト試合を演じたのであった。

このような素晴しい戦歴をもつ一水戦司令部は、司令官以下、先任（水雷兼務）参謀、砲術参謀、通信参謀、補給（機関）参謀、暗号長、電信長、信号長など約二十名からなる小所帯であったが、非常に家族的で、まとまりの良さをみせていた。ただ、私が水雷幕僚を拝命したのが大戦後半のため、肉薄雷撃隊をひきいての戦闘は、ついに体験できなかった。

この当時の第五艦隊および第一水雷戦隊の主な任務は、北海道、千島列島線の警備と、占守《しゅむ》島《しゅ》、幌筵島方面への補給部隊の護衛にあった。旗艦の阿武隈は青森県下北半島の大湊に本拠地をおいていたが、北海道の小樽や函館にとどまって作戦の指揮をとることが多く、水戦司令部では作戦ごとに手持ちの駆逐艦を派遣して任務にあてていた。

地味だが根気のいる海上警備や小規模船団の護衛に、水戦司令官が陣頭指揮をとることはあまりなく、作戦のつど手持ちの艦をアレンジして派遣したり、艦の修理とそのための工廠側との交渉、あるいは人員の移動に関する指令などが、司令部のふだんの主な仕事であった。

しかし、重要な輸送作戦には、司令官みずから出動した。昭和十八年暮れ、日ソの関係にかげりが見えはじめ、米軍によるアリューシャン方面からの攻撃も考慮されて、択捉《えとろふ》島の北方に位置する得撫《うるつぷ》島へ陸軍一個大隊を輸送することになった。そして昭和十九年正月、木村司令官は駆逐艦五隻をひきつれて、五隻の輸送船に分乗した陸軍部隊を護衛、ぶじ揚陸に成功している。

このほか、日露戦争で獲得したカムチャッカの漁業権を行使するため、五万人からなるサケマス船団を四月に送りだし七月に引き上げさせたのだが、この往復の航路の護衛も忘れられぬ作戦のひとつであった。この間、駆逐艦の薄雲と白雲が沈没するなど、けっして平穏無事な作戦がつづいたわけではなく、北の海もしだいに敵の爆撃機や潜水艦が跳梁する危険な海と化していったのである。

頭がいたい駆逐艦の燃料問題

昭和十九年六月、連合軍によるマリアナ方面への反攻が予想される戦局をむかえ、第五艦隊の各艦はサイパン島作戦（あ号作戦）参加のため、横須賀へ回航した。第一水雷戦隊も、サイパン島増援の陸軍部隊を輸送するため横須賀で待機していたが、その間に米軍のサイパン島上陸がおこなわれ、結局、この輸送作戦は中止された。

その後、瀬戸内海において訓練中の九月十五日、南西諸島にたいする米機動部隊の空襲がおこなわれた。これにたいし、日本海軍はかねてより準備していた航空攻撃部隊、通称「T部隊」を出撃させて、米空母部隊に猛攻撃をくわえた。いわゆる台湾沖航空戦である。攻撃部隊からの戦果報告は非常に景気のよいもので、連合艦隊では米機動部隊をたたきつぶす絶好の機会とみて、内海に待機中の第五艦隊にたいし、残敵掃討のための出動を命じてきた。

那智、足柄および第一水雷戦隊の各艦は勇躍して内海を出撃すると、一路、奄美大島をめざした。ところが、奄美の北方に到着したころ、先日来の台湾沖航空戦の戦果は搭乗員の未熟などから生まれた過大報告であり、米空母群が健在であることを知らされて、作戦はただちに中止となった。そして艦隊は燃料補給のため、台湾にちかい馬公《まこう》へむかうよう指示された。

阿武隈。近代化改装後で、三脚檣化された後檣前方に射出機と三座水偵

ところが、第一水雷戦隊は足の短い駆逐艦を八～九隻もひきつれており、もしこの先、馬公到着前に戦闘でも起きれば、これら駆逐艦は燃料ぎれで立ち往生しかねない。そのため水戦司令部は第五艦隊に申し入れて、奄美大島南端の古仁屋《こにや》湾に入港して、重巡二隻から燃料をわけてもらうことになった。こうして那智と足柄から一〇〇トンずつの燃料をもらいうけて満タンとなった第一水雷戦隊の駆逐艦群は、ただちに古仁屋を出港、十月二十日、旗艦阿武隈とともに馬公に到着したのである。

長期間、あるいは長距離の作戦において、水戦司令部がつねに頭を痛めるのが麾下駆逐艦の糧食、水、燃料の問題であった。作戦全体の流れを把握すると同時に、各駆逐艦の燃料の残量を考慮しつつ適宜、巡洋艦や油槽船から洋上補給をおこなったり、根拠地に入港して各種物資の調達、積込みの指示、交渉などに忙殺された。

周知のとおり、水戦司令部は五五〇〇トン型軽巡洋艦を旗艦として作戦指揮をとるが、旗艦における司令部用施設としては、艦橋構造物のなかに作戦室、後部甲板に司令官室、参謀室などがもうけられ、それぞれの任務や居住をおこなった。艦そのものの管理運用については、艦長をはじめ艦側の乗員にすべてを委ねており、司令部はあくまでも艦に「お世話」になっているのであった。

従兵は艦から提供されたが、食事は艦とはまったく別になっていた。司令官の食事には、原則として参謀が陪席することになっており、そのさいの雑談のうちに、司令官と参謀のあいだに心のつながりが生まれてくるのであった。このような日常のうちに、参謀は司令官の意向をいちはやく読みとって、円滑な作戦指揮がおこなえるよう取りはからうと同時に、適当な時期を見はからって根拠地に入港し、司令官に休養をとってもらうのも、参謀の仕事のひとつといえよう。

スリガオ海峡の悲劇

昭和十九年十月二十日、第五艦隊の各艦は馬公に入港したが、同港に長くとどまることはできなかった。連合軍のフィリピン方面への上陸がせまり、これにたいし大本営は乾坤一擲の捷一号作戦を発動したからである。志摩清英中将のひきいる第五艦隊は、西村祥治中将の戦艦部隊とともに第二遊撃部隊を編成して、スリガオ海峡を突破してレイテ湾をめざすことになった。第五艦隊の指揮下にある第一水雷戦隊の旗艦阿武隈も作戦参加のため、二十一日に馬公を出撃、二十三日にはコロン泊地に着いた。明くる二十四日、コロンを出撃した阿武隈はスリガオ海峡に針路をむけた。

コロン出撃後、当直にあった私は木村司令官に甲板へ呼ばれて、レイテ湾の状況をたずねられた。

「二十三日に受信した電報によりますと、スリガオ海峡方面には戦艦四隻、駆逐艦十数隻、魚雷艇三十隻と報告されております」私は航空機の偵察による二日前の敵情報告の電報を読みあげた。するとと司令官は、「今は、だれが見ておるのか？」

たたみかけるように質問された。私は、現在航空作戦はすべて体当たりによる特攻体制が

キスカ撤収作戦を終え幌筵に帰投した阿武隈。開戦前に水戦旗艦として雷装強化がなされ、八年式連装発射管を撤去、煙突後部両舷位置に九二式61cm4連装発射管と九三式魚雷16本を装備

とられているため、航空偵察のおこなわれていない旨を答えた。

「敵を見ていないで、ただ突っ込むだけでは、戦争にならないではないか！」木村司令官は声を荒らげられた。ひとたび命令を受領すれば、身命を賭しても遂行する司令官であったが、このあまりにも戦さの原則を無視した作戦には、内心の怒りを隠せなかったものと思う。

しかし、それでも第一水雷戦隊はスリガオ海峡をめざした。このとき第五艦隊は、先行する西村部隊の戦艦扶桑と山城、重巡最上および駆逐艦四隻に約四十浬《かいり》ほど遅れていた。戦艦部隊は速力二十六ノット、これに対しわが一水戦（阿武隈。七駆逐隊＝曙、潮。十八駆逐隊＝霞、不知火）は二十八ノットで航走しており、海峡部で追いつくはずであったが、なぜかその距離は縮まらなかった。

もしあのとき、戦艦部隊に追いつき共に突入していたならば、西村艦隊とおなじ運命を辿っていたことであろうと思うと、運命の不思議としかいいようがない。

スリガオ海峡の手前で阿武隈はスコールの中に突っこんだ。やがてスコールが晴れると、目の前にスリガオ海峡がひらけていた。そのとき、右舷方向に敵魚雷艇を発見、雷跡を目撃した。私は艦橋にあって戦況を逐一見ており、敵の放った魚雷が艦橋の中央の真下に吸いこまれる瞬間も見ていた。

魚雷の炸裂音と同時に阿武隈の速力が急におちた。ただちに停止して応急修理をおこない、ふたたび走りだしたものの、速力は十一ノットしか出ない。艦橋では、立ったままの緊急会議がひらかれ、善後策が協議された。先任参謀は、すでに西村部隊や第五艦隊の重巡部隊はレイテ湾に突入しているであろうし、この速力ではむざむざ敵の空襲にさらされるだけだから、応急修理のため、ミンダナオ島へ向かってはどうかと提案した。

しかし私は「どうせ死ぬならレイテ湾で死にましょう」と強く主張して、司令官に具申すると、司令官も同意された。こうして、わずか十一ノットに速力が落ちた阿武隈は、止めを刺すべく群がってくる敵魚雷艇を一四センチ砲で撃退しながら、さらに北上をつづけた。やがて前方に、重巡と思われる見なれぬ艦型の二隻を発見した。

すわ、米艦隊出現か！　鈍足の阿武隈では、とても逃げおおせることはできまい。

覚悟をきめて前進するうち、その二隻が先行したはずの那智と最上であることが判明した。正面衝突したのか、破損して艦首部の形状がかわってしまったため、遠目では見まちがえたのであろう。

損傷艦とはいえ、重巡二隻の増勢は心強いものがあった。しかし、このまま阿武隈に残って指揮をとるよりは、無傷の駆逐艦に司令部をうつした方が、今後の作戦指揮に都合がよいのは当然である。そこで駆逐艦の霞《かすみ》を呼んで、水戦司令部が移乗し、レイテ再突入の態勢をととのえた。

だが、主力の栗田艦隊の反転により作戦は中止され、一水戦はフィリピンのマニラへ向かうことになった。水戦司令部では、傷ついた最上には潮《うしお》を、阿武隈には曙《あけぼの》を護衛につけてコロン湾へ向かわせた。しかし、十月二十六日、ミンダナオ海で大型機の爆撃をうけた阿武隈は、積んでいた魚雷の誘爆もあって、ついに沈んだのである。不知火も二十七日、鬼怒の救難に向かい撃沈された。

一方、霞に移乗した第一水雷戦隊司令部は、その後も同艦を旗艦に、レイテ島のオルモックへ陸軍部隊を送りこむ作戦に二度従事したほか、シンガポールで第二水雷戦隊と名称をかえて(十一月二十日、一水戦は解隊して二水戦へ統合)からも、昭和十九年十二月末には、ミンドロ島へ上陸した連合軍を砲撃するため、足柄や大淀などを引きつれてサンホセに突入する礼号作戦を成功させている。

この作戦では、往路に清霜がやられ、救助艦を現場に残す余裕がなかったため、司令官は帰路、みずから先頭に立って清霜乗員の救助にあたり、三五〇名の乗員のうち二八〇名を助けあげている。霞の艦橋にあって、敵機の来襲をいまかいまかと心配して時計を見つめる私を横目に、いつまでも双眼鏡を目からはなさず、一人でも多く救助しようと心をくだく木村司令官(昭和十八年六月～二十年一月。一水戦解隊後は早川幹夫少将とかわって二水戦司令官)の姿には、ただただ頭が下がる思いであった。

伝家の宝刀〝夜戦〟こそ連合艦隊の必勝法

虚々実々の駆引きと猛訓練でレーダーに対した太平洋海戦五年の記録

元十九駆逐隊付・海軍主計大尉　小池英策

「港口に黒影が見えます」

昭和十七年九月八日、日本時間午後十時十八分、血戦のくりひろげられているガダルカナル島海域に敵水上艦艇をもとめて、単縦陣で高速航行中の日本水雷戦隊の先頭をゆく、駆逐艦浦波《うらなみ》の一四センチ双眼鏡がとらえた。

「黒影は二つ。駆逐艦」「右砲戦」

艦内超短波電話がただちに後続艦につたえた。それと同時に、しんがりの軽巡川内《せんだい》（第三水雷戦隊旗艦、司令官橋本信太郎少将座乗）からも怒鳴り込んでくる。

「六〇度方向（右三十度）、敵らしき艦影見ゆ」

敵は右方向だ。面舵《おもかじ》に修正した日本駆逐隊は、米海軍基地のあるツラギ港をめざして、海面にぼんやりと光っている夜光虫を蹴ちらしながら、整然と驀進する。

十時二十四分、にぶい発砲の音とともに、左艦首の方向に照明弾がかがやいた。警戒線についた川内が、駆逐隊の砲撃のために射ち上げたものであった。これで米駆逐艦も、はっきり危険の迫ったことに気づいたはずだ。

「照明弾下、右五度」

敵を発見してから、すでに十二分が経過している。まだ射たない。敵も射ってこない。ツラギ港の入口は、もう目前に迫っている。時間はなおも三分、四分と経過する。十時三十五分、十九駆逐隊一番艦の浦波の艦橋では、司令大江覧治大佐が、大きく右腕をふった。と同時に艦橋の静けさをやぶって艦長の大声がひびいた。

「取かーじー」

消えかかった二発目の照明弾の真下にかすかに見える敵艦が、ゆっくりと艦の右舷正横にかわってゆく。一二・七センチの主砲六門が、自信たっぷりにじりっじりっと敵影を追う。

「もどーせー」「三〇〇度、ようそろ」「右九五度。目測七〇（七千メートル）」「照射」

つぎの瞬間、浦波の探照灯が同航する敵の一番艦をとらえた。直線だけでデザインしたような灰色の駆逐艦が、光の中にはっきりと浮かび出た。艦首の波がわずかに白く見える。敵の速度は出ていない。

「右九七度」見張りが怒鳴る。絶好の体勢だ。

「射ち方はじめ」号令と、ブザーと、発砲がほとんど同時だった。衝撃と閃光それにかすかな温気が全艦をつつみこむ。

「発射用意」砲術長は第二斉射に修正をあたえない。

三水戦旗艦・川内。左端煙突脇に前部61cm 八年式連装発射管、4番煙突と後檣間の舷側に後部発射管。川内は同型の神通や那珂とちがい発射管の4連装化をせず、連装4基のままであった

「初弾命中」見張りの報告が聞こえる。ただちに発射の合図が出た。第二弾が空気をひき裂いて飛んでいった。後続艦もつぎつぎと確実な有効弾を叩き込む。敵艦が島かげからふたたび現われたところを、また照射する。取舵《とりかじ》で三水戦旗艦の川内に後続した。十時三十九分には、右一四三度に敵艦は肉眼ではっきり見えていた。艦は天に冲する炎の中で、ときどき誘爆の光がすさまじく輝く。

後続艦から戦果が報告されてきた。「駆逐艦一撃沈。一火災、港内に遁入」

日本駆逐隊は整然と単縦陣で中水道をひき上げていった。このとき、日本側の損害はゼロである。

暗夜に消えた日本艦隊

昭和十八年三月五日、連合軍の攻勢にじりじりと押され、ついにソロモンの最前線となった

コロンバンガラ島へ補給に向かった駆逐艦村雨《むらさめ》と峯雲《みねぐも》は、午後十一時一分、まったく突然に闇の中から咆哮を聞いた。

そう思ったときには、すでに閃光と炎と爆発の坩堝《るつぼ》にたたきこまれていた。

数発を応戦したものの、その効果をたしかめる暇もなく、初弾を浴びた十五分後には、両艦とも沈没しつつあった。このとき村雨の乗員は、「砲撃の直後、二十機のB17の爆撃でやられた」と報告している。しかし、戦場の常として、その真相はわからない。戦後、米国戦略爆撃調査団の報告書によって、われわれはその夜の一方的な戦闘の真相を知ることができた。

米軍は旗艦の軽巡モントピーリアを先頭に、軽巡三、駆逐艦三で編成された特別任務部隊であった。ニュージョージア島ムンダの艦砲射撃に派遣されたこの艦隊は、コロンバンガラ島東方クラ湾にさしかかると間もなく、日本駆逐艦をレーダーで発見、触接に成功した。

射撃は十三分間つづき、砲撃を開始した一分後に駆逐艦ウォラーが雷撃をおこなっている。闇の中の松明《たいまつ》にたいして、米艦隊は面舵《おもかじ》で大転舵し、さらに日本駆逐艦に接近して九分間の砲撃をくり返したのち、無傷でクラ湾を脱出した。

日本軍は、どこから、誰にやられたのか分からないまま、陸地をめざして泳いでいたのだ。

この戦いは「ビラスタンモーア夜戦」と記されている。

青い目と茶色の目の差

特型駆逐艦・響の後部煙突右舷から見た水雷戦隊。雷と電に初春、白露型がつづく。響艦上の12.7cm連装砲下に防楯つき61cm 3連装発射管。特型は3連装発射管3基に九〇式空気魚雷18本

太平洋戦争中、海上艦艇同士の戦闘はそれほど数が多くない。前述のような、無名の海戦まで入れて二十くらいにすぎない。そして、そのほとんどが夜戦であった。

昭和十七年二月二十七日のスラバヤ沖海戦は、数少ない昼間戦闘の一つであるが、連合軍側の喪失七隻のうち、第一日目の長時間長距離砲戦での駆逐艦二は別として、夜戦で旗艦と四番艦の重巡を沈めたことが、第二日目の巡洋艦一、駆逐艦二の撃沈につながっている。

しかし、レーダーの発達と普及は「青い目と茶色の目」の差をしだいに変えていった。

昭和十七年八月八日におこなわれた三川艦隊のガ島殴り込み夜戦は、第一次ソロモン海戦として知られ、丹羽文雄著の

「海戦」にその状況が伝えられている。

この夜戦の最大の山場は、旗艦鳥海《ちょうかい》以下の重巡五、軽巡二、駆逐艦一の単縦陣が、レーダーパトロールする二隻の駆逐艦の間を五百メートルまで接近しながら、魔法のように摺《す》り抜けたときである。泊地の米艦隊は分散しており、日本艦隊は幸運にささえられて米重巡四隻を撃沈、一隻大破、駆逐艦一隻に損傷をあたえた。わが第六戦隊の損害は軽微であった。

しかし、十月十一日のサボ島沖夜戦では、午後十時二十五分、米軽巡二隻のレーダーにひっかかった。旗艦青葉《あおば》以下の重巡三、駆逐艦二の日本艦隊は、約一万七千メートルの距離で発見されている。しかも、こちらは何も気づいていなかった。

完全な奇襲である。さらにサボ島の東北から南西に向かう米重巡二、軽巡二、駆逐艦五にたいして、直角に突っこんだかたちのT字戦法に、日本艦隊は自らとびこんでしまったのだ。

十時四十六分、突然の砲弾の雨にさらされた日本艦隊は面舵反転をこころみたが、それは一艦ずつ敵砲火の目標となる最悪の事態となった。旗艦の青葉は艦橋をやられて沈黙、古鷹は航行不能、吹雪も消息不明。けっきょく重巡一、駆逐艦一を失い、重巡二が損傷をうけた。戦後に確認した米側の損害は、駆逐艦一沈没、重巡・軽巡・駆逐艦各一損傷である。

昭和十七年十一月十二日の第三次ソロモン海戦の第一ラウンドでは、二万五千メートルで日本艦隊を発見している。だが情況判断が困難であったため、混戦となった。十四日の第二ラウンドでは浦波の眼鏡とワシントンのレーダーが、ほとんど同時に相手を見つけて、これも混戦。日本は二夜で戦艦二隻を失った。

レーダーこそ夜戦の神様

ひきつづき十一月三十日のルンガ沖夜戦では、米重巡が二万一千メートルでレーダーに日本駆逐艦をとらえている。輸送を目的とする第二水雷戦隊・田中頼三少将の指揮する六隻と護衛の二隻の駆逐艦にたいして、米軍側は重巡四、軽巡一、駆逐艦六の圧倒的な勢力であり、そのうえあらかじめ敵情を知っており、くわしい戦闘計画すら作られていた。

まったくの不意打ちをうけた日本駆逐隊は、困難な状況のなかでよく善戦した。犠牲となった高波を楯に、砲は一発も射たず、敵巡を視認するや全魚雷を発射し、みごとな左一斉回頭で巨獣の牙をのがれたのである。そして米側の損害は重巡一隻沈没、三大破という信じられない戦果をあげたのである。この時も日本の駆逐艦は、一隻もレーダーをもっていなかった。

昭和十八年になると戦線はさらに後退し、ベララベラ、コロンバンガラをめぐる海上夜戦が続発した。七月六日、日本駆逐艦二と米軽巡、駆逐艦各一が刺しちがえ（クラ湾夜戦）、同月十二日には日本軽巡一、米軽巡一、駆逐艦一が沈み、米軽巡が損傷した（コロンバンガラ沖夜戦）。

八月六日は日本側のみ駆逐艦三喪失（ベラ湾夜戦）、十七日にもやはり日本側のみ駆潜艇を失う（第一次ベララベラ海戦）。十月六日にようやく米駆逐艦一を撃沈、二損傷の戦果をあげたが、日本駆逐艦も夕雲一隻が失われた（第二次ベララベラ海戦）。戦線はなおも後退し、十一月一日のブーゲンビル島沖海戦では、日本側は軽巡、駆逐艦各一を失い、米側は三隻を損傷した。

これらは、すべて夜戦であった。この頃には、すでに海戦の新しい様式が定着していた。それはまったく日本側に不利なものであり、事実上、海上艦艇同士の戦闘は、十一月二十五日のセントジョージ岬沖海戦で終わったといっても過言ではなかろう。このときブカからラバウルにむけて撤退中の日本駆逐艦五隻は、夜間同兵力の米駆逐艦に襲われて三隻が沈没、一隻が損傷し、米側の損害はゼロであった。

当時ソロモンの海を暴れまわった第六戦隊司令官三川《みかわ》軍一元海軍中将は、耳は遠くなったがご健在である。三川長官に第一次ソロモン海戦のことをたずね、「ピケットラインを通過できたのは奇跡としか考えられない」と言うと、じっと補聴器で聞いておられたあと、肯定でも否定でもなく黙って手をふった。その柔和な顔に空しいかげを見るは、私だけであろうか。

それから私は、三川元長官に戦闘の話は一切しないことにしているし、私もまた、多くを語りたくない。

艦隊決戦に放った雄大無比の一斉魚雷戦

根っからの水雷屋提督が綴る艦隊決戦に果たす軽巡の役割と魚雷戦

元第二艦隊参謀長・海軍少将　小柳冨次

日本海軍の保有兵力量は、大正十一年のワシントン会議で戦艦および航空母艦は対米六割、さらに昭和五年のロンドン会議で、重巡は対米六割、軽巡および駆逐艦は各対米七割に制限された。この軍備制限は昭和十一年いっぱいまでつづき、昭和十二年から無条約時代にはいったとはいえ、その後も少なからず軍縮条約の影響をうけてきた。

海上戦闘の主要な攻撃兵器は、大砲と魚雷である。そして個々の破壊力をみると、魚雷の方が大砲よりはるかに大きい。そのうえ加害個所が敵艦の水線下であるから、敵にあたえる損害はいっそう大きい。

しかし、魚雷は砲弾のように多量に搭載することができないし、また速力が遅いから、目標に到達するまでに長時間を要し、したがって敵の行動の変化によって命中精度が低下され、

小柳冨次少将

大砲のように短時間に多数弾を発射して、瞬間的に綜合効果をおさめるようなわけにはいかない。このため、大砲を主要兵器とした戦艦が、長いあいだ海上決戦兵力の中心となっていたのである。

およそ海上戦闘のもっとも手っとりばやい徹底的な方法は、全力決戦である。交戦国海軍が、たがいに総兵力（戦艦も航空母艦も、巡洋艦も駆逐艦も、ときには潜水艦もすべて）を、あるとき、ある地点に投入して、トコトンまで戦えば、その結果は一方は全滅し、一方はあるていど生き残って明瞭に勝敗はきまり、勝者は完全に目的を達成することとなるので、海上決戦に自信をもつ以上、速戦即決のこの方法をえらぶことは、一般に常識とされていた。

そこでわが海軍としては、海上決戦においては補助部隊（巡洋艦戦隊や水雷戦隊）の魚雷をもって、主力艦戦隊砲力の欠を補い、全艦隊砲雷の綜合戦力の発揮によって必勝を期そうとしたわけである。

おそるべき大井北上の雷装

さいわいにして、昭和八年（紀元二五九三年）岸本鹿子治中佐の考案により、世界に冠たる九三式（酸素）魚雷が誕生した。その性能は一三三頁表のとおりであるが、この魚雷の大きな特徴は、駛《し》走《そう》力がずばぬけて大きいということである。駛走力とは雷速と射程をかけあわせたもので、この組み合わせは使用の目的に応じて、どのようにも選択ができる。

九三式魚雷は、雷速を落とせば四万メートルも走り、一六インチ砲の射程をはるかに凌駕《りょうが》

北上。大正10年４月竣工、5500トン。六年式53cm 連装発射管（写真右端に４番連管後部が見える）４基だったが、酸素魚雷の登場により昭和16年に九二式61cm ４連装発射管10基、九三式魚雷40本の重雷装艦に変身。ガ島戦に伴い発射管２基を撤去、19年８月以降は雷装を全廃、回天８基を搭載

する。また原動力に酸素をつかっているから、ほとんど無航跡であり、そのうえ直径が大きいため、炸薬量が非常に多量である。

日露戦争いらい、日本海軍は伝統的に雷装を重視し、戦艦、巡洋戦艦まで水中発射管をそなえていたが、なにぶんにもそれまでの空気式魚雷では、駛走力が貧弱なため実戦的価値が少なく、ついに廃止された。しかし、酸素魚雷の出現とともに、巡洋艦も駆逐艦も潜水艦もことごとくこれに改められたので、「これさえあれば」と艦隊乗員の士気は大いにあがった。

巡洋艦の雷装は、中型クラスでは球磨級が五三センチ発射管八門、長良級は六一センチ八門、重巡では古鷹級、那智級、最上級はいずれも六一センチ発射管十二門、愛宕級は六一センチ八門である。

なお、日本海軍の独創として、重雷装艦なる構想があった。これは艦隊決戦において味方巡洋艦戦隊と協同して、多数の九三式魚雷をいっせいに敵主力戦隊に射ちこもうとしたもので、昭和十六年、大井、北上の軽巡二隻に改造工事をほどこした。

両艦は備砲の一部を撤去し、上甲板に四連装発射管五基ずつを両舷に搭載して、合計十基（四十門）とし、九三魚雷四十本を搭載することとした。しかし、洋上戦闘の様相が一変して、艦隊決戦が起こりうる可能性も少なくなってきたので、途中から高速輸送艦に模様がえになった。

アメリカ海軍の艦隊決戦に対する思想は砲力第一主義で、戦艦戦隊の雄大なる砲力をできるだけ発揮して、一挙に日本艦隊を圧倒することを主眼とし、巡洋艦や駆逐艦で戦艦部隊の周囲をかため、わが補助部隊の来襲を防禦せんとしたもののようである。
したがって巡洋艦などは雷装をやめて砲力一点ばりとし、駆逐艦もまた雷装をへらして、砲力を増強するという方針を採用した。

艦隊決戦における魚雷戦

艦隊決戦の一般経過は、およそつぎのようなものになるであろう（九八頁図参照）。決戦を企図する日米両艦隊は対潜、対空警戒をきびしくしながら、展開するときに便利なように接敵序列をもってたがいに近接し、およそ五万メートル付近に達したとき、左右どちらかに展開を開始する。

展開とは横広の接敵序列から、戦闘に便なる縦長の戦闘序列にうつる運動のことである。展開の方向は敵情、わが戦略目的、天象、海象の状況等によってこれを選ぶが、優勢艦隊が敵に先んじて自守的に発動し、劣勢艦隊はこれに従うようになる場合が多い。

▽始戦期

飛行偵察によって敵の展開方向を見さだめたら、前衛の各巡洋艦戦隊はなるべく早く敵主力部隊に対して、遠距離発射の第一撃をくわえる。この魚雷発射は、およそ三十分以後における敵艦隊の行動を見越して、各戦隊の射線（魚雷の走ってゆく線）を連合し、その散布帯をもって敵隊列をカバーし、公算的に魚雷の命中を期そうとするものである。

▽緒戦期

両軍主力がたがいに近接して、およそ三万五千メートル付近に達したとき、一六インチ砲の主砲砲戦が開始される（大和級の一八インチ砲では、四万メートル付近）。さきに発射した味方巡洋艦戦隊の第一撃発射魚雷が、この前後に敵隊列に到達すれば理想的で、これによって敵戦艦戦隊の数艦を落伍させ、敵隊列に大混乱をひき起こすことができるだろう。

▽酣《かん》戦《せん》期

両軍主力がいっそう近迫して、およそ三万メートル付近に達したとき、主砲の砲戦はいよいよ熾烈をくわえ、戦勢は極度に盛りあがって勝敗のバランスは一瞬にして破れそうなところまでくる。このチャンスをつかんで、巡洋艦戦隊はたがいに協力し、敵主力に対して中距離魚雷発射の第二撃をくわえる。後衛巡洋艦戦隊は、敵方に進出して敵主力の反転をおびやかす姿勢をとり、できれば魚雷によって突撃をくわえる。

▽決戦期（全軍突撃）

巡洋艦戦隊は敵巡洋艦戦隊を排除しながら（できればこれを雷撃して）味方水雷戦隊を掩護して敵主力にせまり、最後の近距離発射をおこなう。

水雷戦隊の各駆逐隊は、決死の覚悟をもって、敵主力に肉薄強襲を決行する。

戦艦戦隊は、さらにいっそう敵主力に近迫して猛撃し巡洋艦戦隊、水雷戦隊とあいたずさえ、砲雷の総力を発揮して一挙に敵を撃滅する。

以上が今次大戦前まで、ながく日本海軍を支配していた昼間決戦思想の大要である。

もちろん、これに航空戦が入ってきて、戦闘はいっそう複雑多端なものとなる。いわゆる「制空権下の艦隊決戦」となるのである。

すなわち艦隊決戦の前座として、まず航空母艦同士の航空戦が実施され、この結果は一方の航空母艦は全滅するか、いくらかは生き残ることになるであろう。どのていどでも航空母艦が生き残った方は、それだけその後の艦隊決戦が有利になる。

大和、武蔵の出現をもって、日本海軍は最後まで大艦巨砲主義から抜けきれず、戦略思想に大きなレターデーションがあったのではないかと批判するものもあるが、これは当たらない。

海上決戦兵力として、航空機と戦艦との地位が、予期以上の急テンポで交代してきたことは事実であるが、これを機敏《きびん》に見やぶって、開戦後いち早く機動部隊本位の作戦様式にきりかえたのは日本海軍が先であり、アメリカ海軍はこ

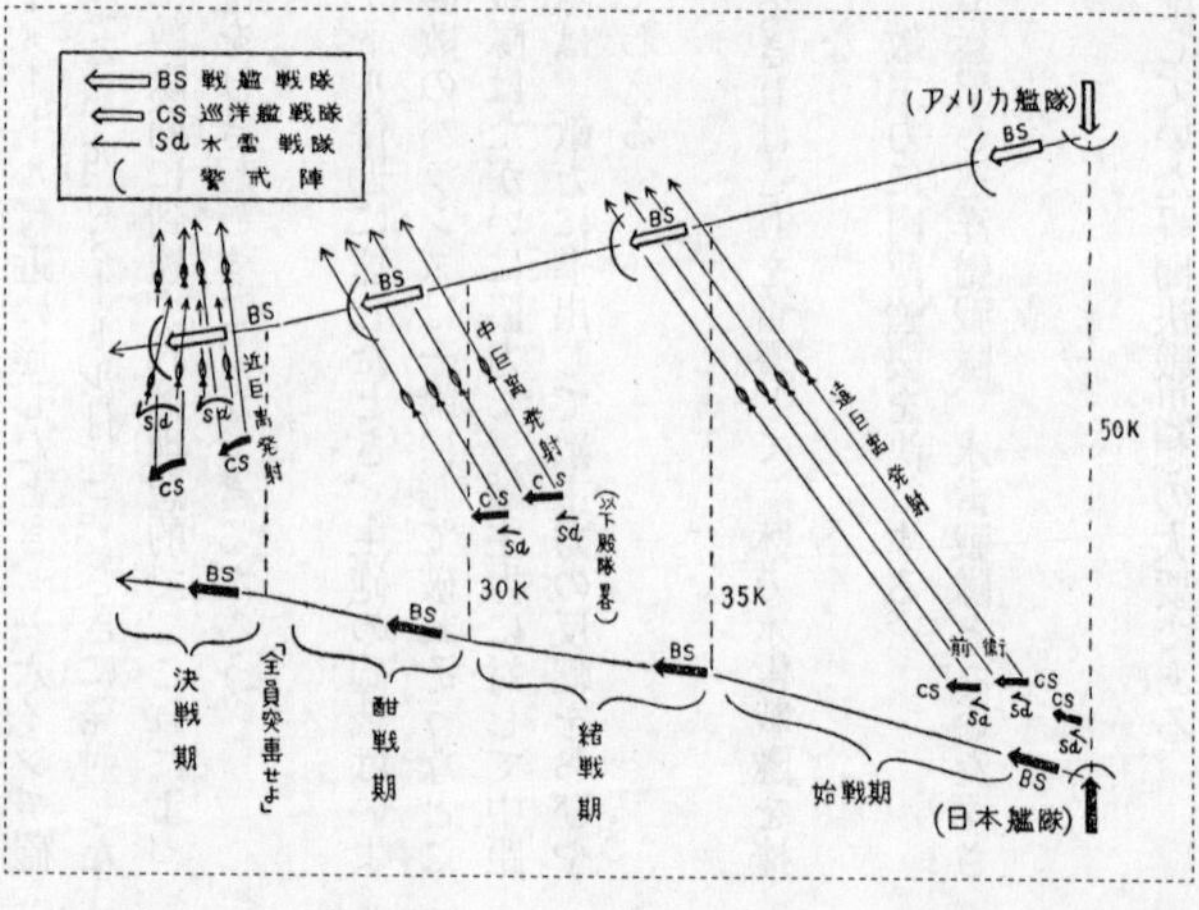

れにならったといっても過言ではないようだ。

水雷戦隊の血路をひらく軽巡隊

全力夜戦においては鈍重な戦艦戦隊は、自衛のため少数の巡洋艦戦隊をしたがえ、戦場をはなれて翌朝戦にそなえ、その他の兵力はあげて夜戦部隊に編入する。

すなわち戦前のわが海軍においては、夜戦部隊は数個の巡洋艦戦隊、水雷戦隊、金剛級の高速戦艦戦隊をもって編成し、艦隊長官みずから総指揮官となって（旗艦は大巡）夜戦戦場に突入し、敵情に応じて夜戦の指揮統制をした。

夜戦部隊の主体は、もちろん水雷戦隊で巡洋艦戦隊、高速戦艦戦隊はこの掩護部隊である。敵の主力部隊は、その周辺に巡洋艦戦隊や水雷戦隊を配して厳重な警戒陣をしき、わが水雷戦隊の襲撃をはばむことは当然である。水雷戦隊は、敵の防禦砲火をおかし、敵主力に対しておよそ一千メートル内外にまで肉薄近接して一撃必中の魚雷攻撃をしようとするのであるから、まずもって敵の警戒陣を突破して、水雷戦隊の突撃路をきりひらかなければならない。これは主として掩護部隊の任務である。

すなわち巡洋艦戦隊は高速戦艦戦隊の協力をえて、近距離砲戦、できれば魚雷戦の併用によって敵巡洋艦戦隊を撃破し、好機をつかんで敵主力に対し魚雷発射を決行し、水雷戦隊の襲撃に協同、全夜戦部隊の綜合戦果を最大に発揮しなければならない。

司令長官はじめ司令官および艦長、司令および駆逐艦長らの一瞬の判断処置の遅速も、すぐさま一艦の運命に関係してゆく。これは一に連綿不断の訓練によって夜戦に慣熟し、夜戦部隊指揮官の統制下に一糸みだれず、打てば響くように各級指揮官の呼吸があい、時々刻々と変化する戦況に応ずることができる腕前をきたえ上げるほかに方法はない。

昭和二年八月夜の美保ヶ関事件で、四隻を損傷するという大惨事をひきおこしたが、夜戦は日本海軍必須不可欠の戦法として、この訓練はいささかもゆるめられず、いっそう拍車をかけ、艦隊の乗員は上下一心、全身全霊をうち込み、最大の緊張をもって訓練に従事した。

夜戦訓練中は寸分の油断もスキもゆるされない。演習終わって、長官旗艦からサッと一条の探照灯の光芒が上空に射出され、これがくるくると振りまわされたとき（演習終結の規約信号）、「やれやれ今夜も無事にすんだか」と、初めて一本の煙草のうまさを味わう気分は、いまになっても忘れることはできない。

日米血みどろの魚雷戦

わが海軍は以上のような兵術思想と訓練のもとに、昼間艦隊決戦においても全力夜戦においても、自信満々として太平洋戦争にのぞんだのであった。しかし開戦後の洋上作戦は、しだいに航空機とレーダーが主体となり、戦闘の様相は一変して、大規模な水上部隊の洋上決戦も全力夜戦も、一回も起こらなかった。

しかし、規模は小さかったが、昭和十七年二月二十七日のスラバヤ沖海戦において、わが第五戦隊（那智、羽黒）は巡洋艦五隻よりなる連合国艦隊に対し、二万メートル付近から遠

軽巡多摩の左舷前部の六年式53cm 連装発射管から魚雷が発射された瞬間。多摩の雷装は発射管４基に53cm 魚雷16本

距離発射をおこなった。この魚雷群が敵隊列に到達するころ、ちょうど味方水雷戦隊が突撃に転じ、敵は外方に九十度以上の大回避をおこなったため、不幸にして効き目はなかったが、しかし、そのときの夜戦でみごと敵の二艦を雷撃撃沈した。

太平洋戦争中、巡洋艦の魚雷戦で最大の戦果をあげたのは、昭和十七年八月八日夜（敵がガダルカナル島に上陸した翌夜）に三川第八艦隊（重巡五、軽巡二）がサボ島付近において、米豪艦隊（重巡六）に奇襲をくわえ、わずか一航過の魚雷攻撃によってその四隻を撃沈、一隻を大破せしめた（第一次ソロモン海戦）。

当時、敵はまだレーダーをもっていなかったようである。ところが、二ヵ月後の十月十一日夜、サボ島沖において五藤存知第六戦隊（重巡三）は、だしぬけに近距離から敵艦隊の猛砲撃をうけ、司令官は戦死し、重巡一隻沈没、一隻大破の大損害をうけた（サボ島沖夜戦）。

このころから敵はレーダーを使いはじめたらしく、その後ソロモン方面における夜戦は、わが方にきわめて不利となり、すっかり敵にお株をとられるようになった。かくて日本海軍が多年苦心《くしん》惨憺してようやく築きあげた夜戦の奥義も、レーダーの出現によって、たちまちその特性を失ったことは、まことに残念であった。

日本海軍水雷戦隊の〝魚雷戦法〟入門

酸素魚雷を擁し米軍をふるえあがらせた水雷戦術と勝利の秘密

元「矢矧」艦長・海軍大佐　原　為一

私は大正七年八月、齢十九歳で海軍兵学校に入学したときから、格式ばった砲術関係士官よりか、なんとなく船乗りらしい水雷屋になりたいと思い、まず海軍水雷学校を志望して水雷戦術を学び、以後はもっぱら連合艦隊において、主として「水雷戦隊の魚雷戦法」の研究に専念した。とくに太平洋戦争中は米、英、豪、蘭などの大小艦艇を相手におよそ十数回、昼夜の決死的魚雷戦をまじえる機会にめぐまれたので、その体験を参考として、水雷戦隊の魚雷戦法について解説したい。

まず、魚雷戦に関する日米の戦術思想の相違と、その優劣を比べてみよう。

大正十一年二月のワシントン条約および昭和五年四月のロンドン軍縮条約の規定によって、戦艦、航空母艦はもちろん、巡洋艦、駆逐艦、潜水艦などの補助艦艇までも建造を制限され、日本海軍は主力艦および航空母艦が対米六割、巡洋艦および駆逐艦は対米七割に制限されたので、わが海軍としては夜戦奇襲の主兵力たる駆逐艦の魚雷戦力の躍進的向上強化を期する

ダビットで吊上げて特型駆逐艦（Ｉ型）　磯波　艦上へ揚収中の八年式２号魚雷。左端上と手前に防楯つき一二年式61cm ３連装発射管が見え、甲板上に運搬軌条。魚雷はのち九〇式に換装された

ため、魚雷関係士官、とくに技術関係士官の不眠不休の研究工夫によって、いままでの魚雷の駛走原動力であった高圧高温空気のかわりに高圧酸素を利用することに成功したので、魚雷の駛走能力（魚雷の駛走速力および到達距離）を躍進的に向上することができた。

すなわちいままでの九〇式魚雷の駛走能力四十六ノット、七千メートルにくらべ、新しい九三式酸素魚雷は五十ノット二万メートル。また魚雷頭部の炸薬量も四百キロから五百キロに増強され、その戦力は二倍以上に躍進した。当時、私は海軍水雷学校教官で、この実験発射に一委員として参加していた。そして「この驚異的酸素魚雷さえあれば、アメリカ海軍恐るに足らず」と強い自信をもったのは私一人ではなかった。

さらに私たちが意を強くしたことは、当時の連合艦隊の各艦は天体観測用ほどの二〇ミリ六型双眼望遠鏡が艦橋その他要所要所に装備され、暗夜の敵情観測能力も倍加されていたので、私たちは日本海軍の砲戦力、航空戦力などは別として、水雷戦隊の夜戦に関してはある程度、必勝の自信を持っていた。

だが結局、私たちは世界情勢、とくに重要要素である相手国アメリカの国情や国民性などをよく知らないで、自惚《うぬぼ》れ的な偏見があり、また水雷関係以外の諸戦力、とくに新兵器たる飛行機の性能、戦力、あるいはアメリカ海軍特有の砲戦魚雷戦関係の新兵器の威力などを無視した皮算用であったことが、戦ってみて初めてわかり驚かされた。とくに電波探知機のような奇想天外な新兵器によって、いかにわれわれ日本海軍の夜戦部隊が悲惨な犠牲をはらったことであろうか。

欲と感情のとりことなって盲目的に猪突猛進したわれわれは、ふかく反省しなければならないが、以下、水雷戦隊の水雷戦法を研究する前に、魚雷兵器に関する一般常識、魚雷発射法に関する概念、魚雷戦法の大要を説明し、最後に太平洋戦争中の主たる魚雷戦の概要を説明したい。

魚雷兵器に関する一般常識

▽魚雷と砲弾の破壊力比較

魚雷および砲弾の種類、大きさ、命中場所などによって被害状況すなわち破壊力がちがってくる。したがって一律には断言しにくいが、もともと砲弾や爆弾は敵艦船の上部構造物や、諸兵器を上方より爆破するので、被害は一般に水線上である。が、魚雷の方は水線下の外鈑を爆破するので、艦船はたちまち浸水沈没または航行不能におちいる。したがって、被害は一般に致命的である。

現に戦艦大和も武蔵も大砲や爆弾ではなかなか参《まい》らなかったが、魚雷が命中して浸水、つぎに大傾斜して火薬庫が爆発し、轟沈したのだ。このように破壊力の点だけみれば、魚雷の方が効果的であるが、その反面、魚雷は海面に残す白い航跡や、速力が大砲にくらべて低いから、敵に回避されやすく故障も比較的多いという欠陥がある。

また砲弾は空中速度が大、そして連続的であるからその回避は非常にむずかしく、故障も魚雷にくらべて少ないという大きな利点がある。その反面、大砲は発砲ごとにふきだす火炎と轟音によって、自分の所在を敵に暴露する。だが、魚雷はその憂いがないので、夜間奇襲などにはもってこいの兵器である。飛行機による雷撃などは、まず爆撃によって敵の防禦砲火をある程度破壊しなければ、雷撃機の突入はむずかしい。

要するに魚雷、砲弾、爆弾などはいずれも、それぞれ長所短所がある。だから各兵器を適時適切に活用してはじめて偉大なる戦果をあげることができるのである。なお、砲弾の秒速は各国とも約七百メートル。魚雷の秒速は米英の魚雷が約二十メートル、日本の魚雷は二十四メートル程度であった。

▽魚雷が起こしやすい故障

(1)水面航走＝魚雷をして調定深度を正しく走らせる横舵機系統に変調を起こすと、魚雷は水面上を白波をたてて走る。したがって敵から発見され、ただちに回避される。
(2)大偏斜＝所定針路を走らせる操舵機が変調すれば、魚雷は右または左に大偏斜する。だから敵艦に命中しないのみならず、味方に危害を及ぼすおそれも出てくる。
(3)冷走＝魚雷を推進する内部機関の蒸気加熱装置に故障をおこし、高圧蒸気を発生しない。そのため魚雷はのろのろと走り、敵に回避されやすく、目標までとどかない。
(4)触雷＝駛走の途中、魚雷と魚雷が衝突して水中爆発をおこし、または魚雷の機構が変調し、大傾斜、水面航走、沈没などいろいろの故障を併発する。
以上のような故障が、太平洋戦争開始前までは相当多かったが、機構の改造、魚雷調整の合理化などによって、大戦中はこれらの故障は非常に少なくなっていた。
▽大砲と魚雷の命中率比較
次頁の第一図にしめすとおり、目標に対して砲弾の命中範囲は点にちかく、魚雷の命中範囲は線にちかいので、発射数に対する命中数、すなわち命中率は魚雷の方がはるかに優秀である。戦史にあらわれた各国海軍の成績をみても、魚雷命中率は大体一五パーセント、すなわち百本発射して十五本命中、砲弾の方は約五パーセント、すなわち百発で五発ぐらいしか命中しない。
▽酸素魚雷の特性
駛走能力はこれまでの高圧空気を利用する魚雷の約三倍、すなわち四十八ノットで約二万

メートル。四十二ノットでは約三万メートル走る。しかも駛走中、水面に残す航跡がほとんど見えず、冷走などの故障もすっかりかげをひそめた。警戒すべき点は、あまりにも駛走距離が長大であるから、よほど槍先に注意しないと、バタビア沖海戦のように力がありあまって、味方の陸軍輸送船まで撃沈することになる。また燃えやすい酸素の取り扱いは、とくに慎重にやらねばならない。取扱いをあやまれば大怪我をする。

魚雷発射法に関する概念

砲弾は全砲一斉に発砲するが、魚雷は一本ずつ二秒間隔で圧搾空気をもって射出する。なぜならば砲弾は、砲身内側の旋条によって旋転性をあたえられて射出され、空中弾道がきわめて安定で、弾丸と弾丸とのぶつかり合いなどはほとんど考えられない。

だが、魚雷の方は艦の速度、艦の動揺や傾斜、波浪など外界の状況および魚雷自体の性能（縦舵、横舵の作動状況その他）の差により、その水中軌道はわりあい不整不規である。とくに魚雷の大きさは少なくとも砲弾の十数倍以上もあり、触雷の公算が大きい。したがって絶対に触雷しない範囲内で、もっとも短時間（約二秒間隔）で発射する。艦尾の方の魚雷から一本ずつ射ち出し、各魚雷とも二度の開きをもって突進するよう計画されていた。（第二図）

▽方位角と射角

方位角とは第三図にしめすごとく、照準線（ＡＢ）と敵針（ＢＣ）とでつくる角度である。そして敵艦の現針路にたいし、発射艦の占位位置、すなわち魚雷発射点（射点）の良否を判定するのが、この方位角である。

言いかえると、発射艦は敵艦にたいし方位角六十度付近（M点）で魚雷を射てば、魚雷の命中率が最大となり、方位角一八〇度付近（N点）で魚雷を射てば命中率が最小となる。すなわちM点は最良の射点であり、N点は最悪の射点である。

駆逐艦や潜水艦または雷撃機は、敵に対して、できるだけM点付近の最良射点に進出し、

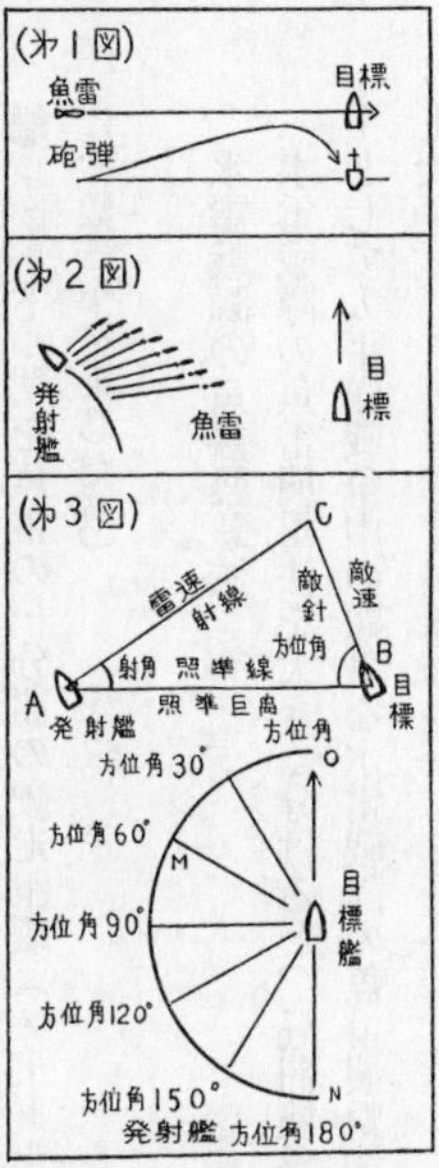

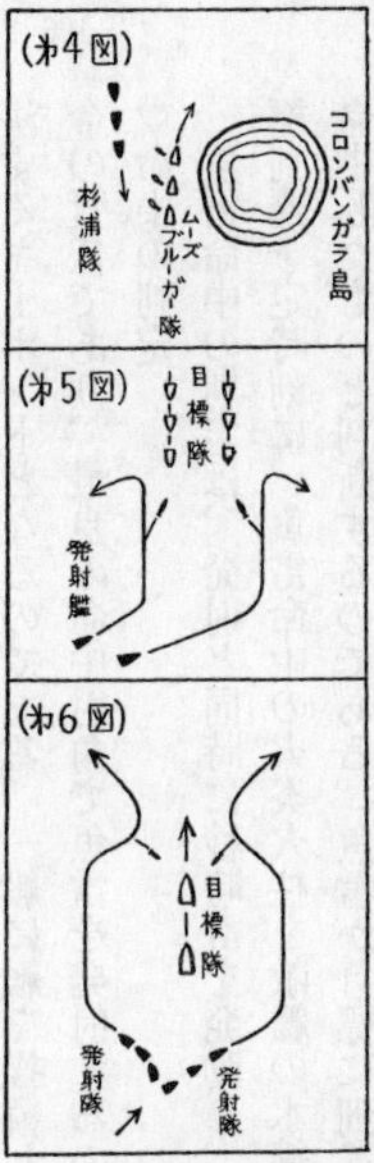

魚雷発射を敢行するよう努力しなければならない。N点などで発射すれば、魚雷をすてるにひとしい。
射角とは第三図にしめすように、照準線（AB）と魚雷を射出する方向（AC）とでつくる角度である。発射指揮官（水雷長または艦長）は発射直前、敵の方位角と敵艦の速力を観測し、さらに魚雷到達までの敵艦の変針回避を予想して射角（命中射角）を案内し、その方向に魚雷を射ち出すのである。
この射角決定の適否が、ただちに魚雷の命中を左右し、一艦一隊の運命を

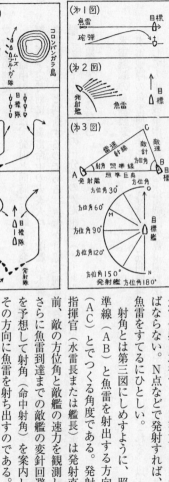

決するキーポントとなるのである。一般に艦を操縦して最良射点に占位するのは、艦長、司令の責任であり、最良の命中射角で魚雷を発射するのは、水雷長の任務になっている。

▽命中の判定

魚雷命中の判定は、発射と同時に秒時計を発動し、魚雷の駛走時間を報告させ、魚雷の目標到達予定時刻に、魚雷命中の火炎火柱を敵艦の水線付近にみとめたならば、自艦の魚雷が命中したものと判断するのである。魚雷が目標に到達する予定時間（分）は発射時の照準距離（メートル）を魚雷の一分間の駛走距離（メートル）で割ったものである。（魚雷のノットに常数三十を乗じた数）

水雷戦隊の魚雷襲撃法

水雷戦隊の魚雷襲撃法を大きく分けると、昼間襲撃法と夜間襲撃法とに区別される。以下、主として太平洋戦争中の顕著な水雷戦隊の魚雷襲撃法に関し研究をすすめ、読者の参考に供したい。

まず、昼間襲撃法である。昼間の魚雷襲撃はスラバヤ沖海戦のように、艦隊と艦隊とが、広大な海面で昼間、一挙に勝敗を決せんとする場合におこなうものである。

水雷戦隊としては、味方主力部隊と連絡を密にしながら、すみやかに敵艦隊の前方に進出し、艦隊長官の「全軍突撃せよ」の号令によって全軍いっせいに、勇猛果敢に敵に近迫し、味方主力部隊は主として敵主力に猛烈な砲撃をくわえ、水雷戦隊は犠牲をかえりみず、敵の

軽巡大井の六年式53cm 連装発射管。兵学校練習艦として発射訓練中

前程に突進近迫し、照準距離六千メートル以内、方位角六十度ないし七十度の絶好の射点に突入し、敵主力部隊を目標として魚雷攻撃をくわえ、一挙に敵主力の撃滅をはかるのである。もし敵が大転舵して、わが水雷戦隊の魚雷を回避した場合は、味方主隊の砲力で敵に大打撃をあたえようという刀と槍の二段がまえの必殺作戦である。

もちろん、昼間襲撃といっても、できるだけ敵に近迫するにこしたことはないが、発射前に敵の防禦砲火により被弾、発射不能になるおそれがある場合は、いくらか遠距離発射を実施し、公算的命中効果を期すべきである。

スラバヤ沖海戦においては、味方の第五戦隊（那智、羽黒）が二万七千メートルの遠戦であったため、敵主隊の魚雷回避のスキに乗ずる砲力発揮が不充分であった。

にもかかわらず、わが第二、第四水雷戦隊（軽巡二、駆逐艦十数隻）の果敢な魚雷攻撃によって、重巡エクゼターは被雷落伍、駆逐艦数隻を撃沈破し、敵艦隊はたちまち混乱におちいり、戦勝の端緒をひらいたことは周知のとおりである。

夜間襲撃法

一発必中を期する夜襲においては、とくに敵に発見されないで、できるだけ敵に近迫し、最良射点で魚雷を発射することが第一要件である。そのため次のようにさまざまの戦法が研究されていた。

▽天象地象などを利用する戦法＝山影、島影、スコールなどを背景に利用したり、また濃煙幕や稀薄煙幕をはりめぐらすなど、あらゆる天象地象を利用して一メートルでも深く敵陣に突入し、ふいに魚雷襲撃をくわえる戦法である。

昭和十八年八月六日、米海軍のモースブラッガー大佐の駆逐隊はたくみにコロンバンガラ島を背景にして近迫、杉浦嘉十大佐の駆逐隊を夜襲、一瞬にしてわが駆逐艦三隻を雷撃撃沈した。私の乗艦時雨《しぐれ》だけは敵を発見して、すみやかに回避したため難をのがれた。ベラ湾夜戦である。（第四図）

▽逆落とし反航奇襲戦法＝視界ぎりぎりの前方真正面から逆落とし的に反航奇襲する戦法である。相対速力六十ノット以上、疾風の勢いですれちがいながら魚雷を発射し、アッというまに勝負を決する俊敏巧妙な戦法であるから、非常に熟練を要する。第三次ソロモン海戦で、私の乗艦天津風が開戦直後、米駆逐艦バートンを撃沈したのはこの手であった。また前記の

モースブラッガー大佐は、地象利用と本戦法を併用したきわめて有効な奇襲戦法であった。

（第五図）

▽協同襲撃戦法＝襲撃部隊が敵主力の両側より分進して敵を包囲し、適当な時機にたがいに示しあわせて、敵の両側より一斉に近迫、襲撃する戦法である。片側の襲撃隊が回避されても、別の襲撃隊が有効なる雷撃をくわえるという戦法であって、日頃の演習ではしばしば研究され、訓練されたが、実戦にはあまり使われなかったようである。（第六図）

▽警戒艦利用の攪乱戦法＝警戒艦または特定艦を敵陣に突入させ、敵の全砲火および全魚雷を、その一艦に集中させておいて、そのスキに乗じて友軍がひそかに奇襲雷撃を敢行する戦法である。

ルンガ沖海戦において、わが田中部隊は警戒艦高波の犠牲的攪乱戦術をたくみに利用し、またたく間にライト部隊の巡洋艦四隻を奇襲雷撃し、大破または撃沈してしまった。偶然に

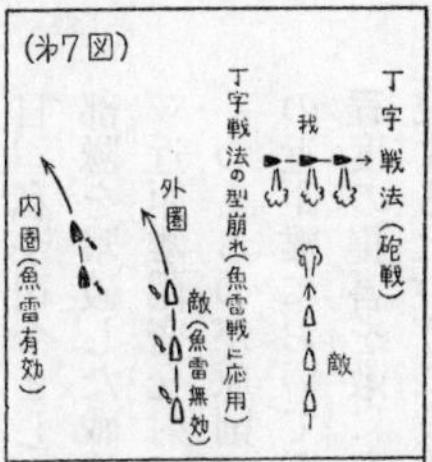

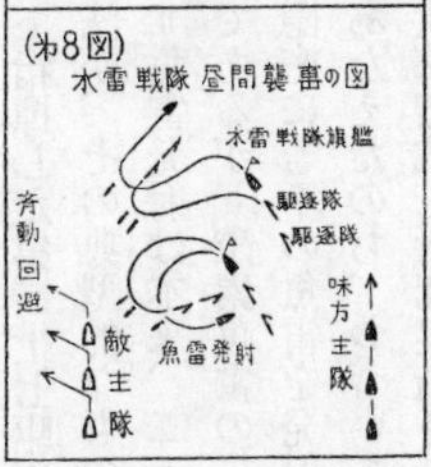

現出された特殊な戦法であるが、電探射撃に対抗上、研究し利用価値ある魚雷戦法である。

▽魚雷襲撃の丁字戦法＝巡洋艦または駆逐艦間の戦闘において、わが方は同航平行の内圏をえがいて敵の先頭を圧迫しながら、ときどき魚雷攻撃をくわえ、敵の魚雷発射を封止するというきわめて有利な戦法である。（第七図）昭和十八年十月六

日、私が司令として指揮した第二十七駆逐隊（時雨、五月雨）がベラベラ沖でウォーカー部隊を撃破した戦法が、その典型的なものであった。
▽近距離隠密発射＝魚雷発射は本来、二～三千メートルの至近距離に突入して、必中攻撃をくわえるのが原則であるが、酸素魚雷の雄大な駛走能力を活用して、まず七～八千メートルの近距離において隠密に若干の魚雷を発射するのである。そして先制の一撃によって、ある程度の損害を敵にあたえたのち、つづいて本式の肉薄必殺襲撃を実施して、敵を徹底的に撃滅するという二段攻撃方式も研究実施され、相当の効果をおさめたこともある。
魚雷の戦法も他の一般芸能と同様に、研究すればするほど奥深く、またその妙味は深くつきるところがない。

近代海戦の先兵〝水雷屋〟誕生秘話

軍縮条約の制約を克服すべく質の向上に邁進した精強水雷戦隊の八十年

元大本営海軍部主席副官・海軍大佐　有田雄三

日本海軍において水雷戦隊と呼ばれていたのは、正しくは軽巡洋艦を旗艦として、駆逐艦三〜四隻よりなる駆逐隊三〜四隊で編成された戦隊で、水雷兵器を主兵装とする戦術単位のひとつであった。連合艦隊の戦時編制では、六個水雷戦隊をもっていたが、これに編入されていない駆逐艦、駆逐隊も多くあり、巡洋艦はいずれも日本海軍が水雷戦を重視したため、優秀な水雷兵器によって重装備されていた。

これらの軽快な艦艇がともに協力する水雷戦の威力の増進に、日本海軍は渾然一体となって水上水雷戦部隊をつくりあげ、精強ぶりを遺憾なく発揮した。したがって、とくに水雷戦隊だけを切りはなして論じるのはむつかしい。

第二次大戦の直前まで、列国はすべて大艦巨砲主義をかかげていた。日本においても、こ

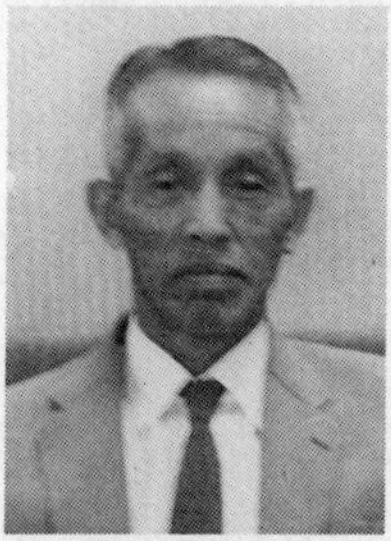

有田雄三大佐

れらの列国と変わらず、海上作戦の主力として、世界最大最強をほこる大和、武蔵をはじめとする戦艦部隊を大きな期待のうちに整備充実した。しかし、この大艦部隊は、航空部隊の躍進的な威力の増進による用兵思想の変革の影響をうけ、戦争の全期間を通じて、海上作戦の主役としてその威力を発揮することはほとんどできなかった。わずかに高速戦艦部隊が、いくつかの作戦の支援などに活躍を見せたのみで、むなしくその姿を消してしまったのであった。それにかわって、航空部隊が緒戦の劈頭《へきとう》より東に西にあばれまわり、華々しい大戦果をあげた。また潜水艦部隊も、ひろい戦域の全般にわたって勇戦苦闘しながらも成果をおさめ、期待にこたえた。

一方、機動力にとむ水上水雷部隊は、緒戦より終戦にいたるまで、大小あらゆる作戦に例外なく参加した。そしてつねに、日本海軍を代表するかのように、その栄光をになって伝統の海軍精神、海軍魂を思う存分に発揮して、最後まで少しの士気のおとろえも見せず、めざましい働きをしたのであった。そのあたえられた任務役割はじつにはばひろいもので、緒戦いらい東西の太平洋からインド洋にかけて展開された航空機動部隊の大作戦、南西方面よりはじめられた雄大な進攻作戦などには必ず参加して、警戒、対潜、対空護衛、敵海上部隊の掃討、上陸掩護などに、その持てる力を十分に発揮して任務を完遂した。

とくにハワイ攻撃以来、つねに敵を圧倒してきたわが航空部隊が、ミッドウェー海戦の敗戦を契機として、やがて消耗戦の様相をみせはじめ、米軍の圧倒的な物量と生産技術能力には、とうてい太刀討ちができず、形勢はますます不利となった。しかし、南太平洋方面からの反攻が開始されたのち、数次のソロモン海戦などが戦われ、敵の制空権のもと、レーダー採用の立ちおくれなどの大きなハンディキャップを負いながらも、圧倒的に多数の敵にたいして一歩もひかず、敢然と立ちむかって、しばしば寡兵よく衆敵を撃破することがあった。また、奇跡でもおきなければ成功しまいと見られた困難な情況のもとで行なわれたキスカの撤収作戦や、ガダルカナルの撤収作戦を、綿密な計画と粘り強い作戦行動によって成功させたことなどは、水雷戦部隊の活躍として、特筆大書すべきものである。

このような精強無比の水雷戦部隊は、もちろん一朝一夕にしてつくり上げられたものでは

4本煙突の旗艦那珂を先頭に襲撃訓練中の水雷戦隊。続航するのは夕霧、朝霧ら特型駆逐艦で、特型は防楯つきの一二年式61cm 3連装発射管3基を中心線上に配置。次発装填装置はもたず、予備魚雷は後部煙突の両脇に各3本と左舷後部甲板室の格納筐内に3本が納められていた。魚雷は九〇式

ない。それは、遠く明治初年、日本海軍の創設時よりつちかわれ、その後ながく伝統となった海軍精神、海軍魂、国防思想、兵術思想に根源がある。

これをもとにして、激しく移りかわる国際情勢と、科学技術の進歩発達、またこれにともなう用兵思想の変遷などにも対処してきた。そして数次の大戦役をへて、国防の第一線の重責を果たしてきた日本海軍が、水雷戦を重視する必要を感じて、長い間にわたる研究努力と、猛訓練をかさねた戦果として生まれたものである。

この歴史的な沿革の事実を見ないで、精強水雷戦部隊の実態をつかむことはできない。そこで日本海軍の沿革から、順をおってその跡をたどってみたい。

ナポレオンを嘆かせた海峡

日本のように四面を海にかこまれた島国にとって、国土と人民を外敵からまもり、さらに発展するためには、まわりの海洋を制することができるだけの海上兵力をそなえ、海防に万全を期さねばならないのは宿命的なことである。その一面、海洋は渡洋する外敵にたいして天然の障害となる。防衛する側としては制海権があるかぎり、どんな強大な攻略部隊にも本土上陸をゆるさず、国土の安全が確保できる有難い存在である。

欧州における小島国の英国が、数世紀にわたって列強の間に伍し、国土をおかされることなく繁栄をつづけられたのは、四面をとりまく海と、これを制する強力な海軍力を持っていたおかげである。欧州を席捲したナポレオンが、ドーバー海峡を眺めながら「余をして五時間、この海峡を自由にさせるならば、英国の死命を制することができるものを」と嘆かせた。

第一次大戦では、航空機の発達により空襲をうけ、潜水艦の通商破壊戦に苦しめられはしたものの、ドイツ艦隊の主力を撃破したため、ドイツ軍の本土上陸をゆるさなかった。第二次大戦においても、もしあのように圧倒的な海軍力で制海権を保持していなかったならば、英本国はフランスと同じように、全土が占領されるという憂き目を見たかも知れなかった。

しかし、国土資源の乏しい島国が、ひとたび制海権をうばわれ海上交通を絶たれたときには、まことに惨《みじ》めなものである。広く長い海岸線は、いたるところ敵の思うままの攻撃にさらされ、たとえ精強な陸上防衛兵力の備えがあっても、攻撃指向点の選定は敵の自由となり、ただ防衛軍は東奔西走、いわゆる「守らざる所なければ薄からざる所なし」で、やがては欠点をあらわし、敵の侵入をゆるすことを覚悟しなければならないのだ。また国外からの補給を絶たれては、持久力にも限度があり、じり貧となって結局は屈服するよりほかにないことは、常識的に考えても明らかである。

日本は徳川三百年の鎖国時代の間、海防にかんしてほとんど無関心であった。世界の科学技術の進歩からとりのこされ、まったく無防備の状態にありながら、太平の夢をむさぼることができたのは、科学技術がまだ十分に発達せず、渡洋が困難であった時代、西欧の先進諸国より遠くはなれた東洋の島国であったおかげである。

しかし、徳川時代の末期になると、欧米の先進諸国の技術はおおいに進み、海外に植民地を獲得するために争って乗り出し、ついに東アジアにまで手をつけはじめた。海上防衛力をまったく持たない日本の運命は、まさに風前のともしびであった。だが、かろうじてその侵略をのがれられたのは英、米、ロシア、フランスなどの国々が、たがいに牽制しあったためであった。

さすがに当時の先覚者たちは、国防上、強力な近代海軍の必要を痛感し、明治維新の直後、いそいでその創設に乗りだした。こうして生まれた日本海軍は、立ちおくれを急速にとりもどすため、乏しい国家財政から多くの国費を支出して、新しい知識と技術の吸収消化、艦船兵器の充実、人員の養成に必死の努力をした。将兵は国防の大任を自覚して、激しい猛訓練にたえ、実力の練成につとめた。

日本海軍は、他国を侵略するためにつくられたものではない。日本の安全と発展、繁栄をまもるため、黙々と実力の練成につとめきたのである。

新興の日本海軍は、どちらを向いても相手はお師匠格の強大海軍ばかりであった。どこと対決するにしても、普通の手段では、とても勝つことはできない。当然、大敵をおそれず、俊敏果敢な機動戦をいどみ、犠牲をかえりみないで敵の核心に挺身肉薄し、先制の集中猛撃をくわえて、一挙に死命を制する戦法をとる必要があった。艦艇や兵器の整備充実も、用兵技術の演練も、すべてこれを目ざしておこなわれた。そして、この海軍魂、思想、猛訓練は、ながく日本海軍の伝統となり、第二次大戦にいたるまで貫ぬかれてきたのである。

このようにして軍備の充実につとめ、実力を練成してきた日本海軍は明治二十七年、日清戦争において、当時の世界第一流であった清国海軍の北洋艦隊を撃滅し、制海権を確保して、戦争を勝利にみちびいたのであった。

その後、ロシアはドイツ、フランスとともに有名な三国干渉により東洋に拠点をしめ、かねてから持っていたアジア進出の野望を露骨にあらわした。そして、強大な軍事力に物をいわせ、シベリアをへて続々と大陸軍を送りこみ、旅順、ウラジオストックには有力な艦隊を常駐させ、満州はじめ朝鮮、日本までも襲う勢いをしめした。

日本は国家存亡の、ピンチに立たされた。ついに明治三十七年、日露の開戦となったのであるが、この戦役においても日本海軍は、まずロシア東洋艦隊をほうむり、ついで本国から来襲したバルチック艦隊を日本海に迎え、これを撃滅したのであった。また満州で強力なロシア陸軍と対抗するわが陸軍にたいし、補給線を確保して後顧の憂いなく戦い、優勢のうちに戦局を進展させることができた。これによって、ロシアの東洋侵略の野望を粉砕し、祖国の防衛を成し遂げたのである。

この結果、日本に脅威をあたえていたロシア海軍は崩壊した。一方、これをやぶった日本海軍は、いちやく英、米につぐ一流海軍の実力を認められ、海洋国日本の国防は、安泰となった。また、海軍だけでなく、心ある人々は、わが国をまもるために、どれほど海軍の充実が大切であるかを、あらためて深く心に銘じたのであった。

世界の列強のあいだにおいても、国家の発展と繁栄のために、海上兵力の必要性が再認識され、このの ち建艦競争がはじまった。第一次大戦によるドイツ海軍の脱落はあったが、これは大正十一年の軍縮会議までつづいたのである。

水雷学校で六年式53cm 連装発射管の講習をうける水雷科員たち

列国のドギモを抜いた大戦果

水雷兵器が開発され、列国海軍に取り入れられるようになったのは、約百年ほど前からで、それは日本海軍の創設と時を同じくする。自力で水中を航進し、敵艦の防禦の弱点である水線下に、大炸薬で致命的な打撃をあたえることの利点に着目され、急速に研究と改善がおこなわれて進歩してきた。

日露戦争のころは、日本海軍においても多くの艦がこれを装備し、これを主兵装とする水雷艇も持っていた。しかしまだ、洋上の艦隊決戦につかわれるまでには、発達していなかった。

黄海海戦後、根拠地の威海衛に逃げこんだ清国艦隊を、百トンていどのボートに毛のはえたくらいのわが水雷艇隊が夜間、防材を乗りこえて港内ふかく侵入し、肉薄強襲して数艦に損傷をあたえた。終戦時に内閣総理大臣となった鈴木貫太郎大尉は、水雷艇長として参加している。伝統の海軍魂を発揮したこの戦いは、清国艦隊の戦意をくじき、降服にふみきらせた一因となり、列国海軍のドギモを抜くものであった。後年、世界に冠たる精鋭水雷戦部隊をきずきあげた兆しが、すでにこの頃にうかがえるのである。

日露戦争時代には、さらに進歩と発達をとげ、新式の主力戦艦にまで水雷兵装がほどこされ、駆逐艦や水雷艇などの性能も大いに進歩があった。とはいうものの、やはりまだ、艦隊主力の洋上決戦に登場するまでにはなっていなかった。旅順港外の夜襲、日本海海戦の戦果の拡充などに活躍したのみであった。

軍縮ショックからの脱皮

日本海軍では、建艦競争時代の大正にはいり、魚雷兵器はいちじるしい進歩発達をみせはじめ、諸性能がいちだんと増した新魚雷がつぎつぎと開発され、列国をリードする感があった。

建艦競争は、各国とも大艦巨砲主義にもとづき、軍事費の増大に悩みながらも、とどまるところを知らぬ様相ですすめられていた。日本においてもおなじで、世界の最強国にのし上がったアメリカがそろそろ東洋に進展する気配をしめし、太平洋をさしはさんで、日本と対決のかまえを見せてきた。これに対し、万全の備えをおろそかにすることは許されない。そのころ日本海軍は、厖大な国家予算をさいて八六艦隊、ついで八八艦隊の計画をすすめつつあった。

大正十年八月、米大統領より世界海軍軍縮会議の提案がおこなわれ、同年十一月、ワシントンにおいて会議が開催された。各国とも、それぞれ国家財政に耐えられないほどの負担をかけ、あえぎ苦しんでいたときでもあり、この会議はタイミングよく開かれたといってよいだろう。

そこで会議の劈頭、議長の米全権ヒューズは、満場に非常なセンセーションをまきおこす爆弾動議を出し、示された具体案にたいして各国ともそれぞれ言い分もあり、不満もあったが、これをもとにして多少の修正をくわえ、次の要項が議決された。

㈠主力艦の保有トン数の比率を米、英、日、仏、伊に五、五、三、一・七五、一・七五とする。このほかの主力艦は既存のものも、建造中および計画中のものも、すべて廃棄する。

㈡主力艦のトン数は三万五千トン以下で、備砲は一六インチ以下とする。

㈢航空母艦の保有トン数を米、英、各十三万五千トン。日、八万トン。仏、伊、各六万トン。

㈣主力艦、航空母艦いがいの軍艦は、一万トン以下とし、備砲は八インチ以下とする。

㈤今後十年間、主力艦の建造は休止。

㈥補助艦の保有トン数の比率わりあての議案もでたが、これは各国の主張、異議が強く、結局は見送られて協定は成立しなかった。

なお、この補助艦の比率は昭和二年のジュネーブ補助艦軍縮会議でも決裂し、昭和五年のロンドン会議で日本は対米英七割を要望したが、六・九割、大巡六割ということで妥結された。

日本は主力艦の比率が七割ならば、兵術用兵の妙によって、なんとか対等に戦える方策もあろうということで、七割を主張したが認められなかった。三万五千トン、一六インチ砲八門を装備する最新鋭戦艦の陸奥が、原案では廃棄のリストにあったのを辛うじて復活させることができた。

そのころの日本海軍は、八八艦隊計画の完成をめざして張りきっており、士気は大いに上がっていたときで、これに水をかけられた格好となり、せっかく心血をそそいで建造した艦も、多くが廃棄の憂き目をみた。しかも、苦心して育成した精鋭な将士も、多数が整理を予想され、大きなショックであった。

国家の財政上からみると、八八艦隊の整備は、ほとんど耐えられる限度で、のちの維持費の捻出のめどもつかぬ段階に追いつめられており、軍縮会議で一応の協定が成立したことで、ホッとしたというところであったらしい。私は当時、遠洋練習航海をおわって任官したばかりのホヤホヤ新少尉で、陸奥乗組であった。国家財政上の悩みなど知るわけもなく、七割の主張がいれられず、六割を押しつけられたと切歯扼腕したり、乗艦陸奥の存廃にかんする報道に、一喜一憂したものである。

ところでわが海軍としては、この兵力量で、なんとか海防の万全を期さねばならない。世界最大最強の米海軍との対決の備えもしなければならない。そうなると当然、兵術の真剣な研究、用兵の苦心工夫が必要となり、ここに夜間水雷戦を重視する思想がめばえ、水雷戦部隊の実力が躍進的にのびはじめたのである。

尊い犠牲を乗りこえて

兵術上、優勝劣敗の原理は千古不滅である。すなわち、二者が相戦うとき、優勢なものは勝ち、劣勢なものは敗れるということである。もちろん、優勢とか劣勢とかいうのは、単に数量的なことだけでないことは言うまでもない。量、質、術力、用兵術、精神力など、あらゆる要素を総合して比較検討しなければならない。日本は、量において圧倒的に劣るハンディキャップを負わされているので、そのほかの要素でこれをはね返すだけの、優れたものを求めねばならなかった。

各要素について必死の努力がなされ、成果も見るべきものがあったが、相手もこの点、ただ手をこまねいて放置しているわけではないことを考えると、圧倒的な大差をつける期待はもてない。用兵術の上で、なにか相手の数量的な優勢の利を封じるものが必要である。

これにかんして、躍進的な進歩発達の途上にあった航空機と潜水艦を増強し、その戦力を海上作戦に活用する用兵の研究にも、つよい期待と努力がはらわれたが、夜間水雷戦による戦法にかけられた期待は、それらをしのぐほど大きいものであった。

海軍の用兵者も、生産技術の関係者も一丸となって、数量的な劣勢をはね返して海上権を

夜間演習中に阿武隈と衝突、破壊された軽巡北上の六年式53cm 連装発射管

確保し、それによって祖国防衛の大任を果たす道がここにある、という信念の意気に燃え、戦力の増強に、戦法の演練に、まさに必死の努力をかたむけたのである。

生産技術関係者の努力も、まったく見事なもので、着々とその成果をあげた。魚雷兵器は大正時代からすでに列国をリードしていたが、血のにじむような研究はその後もつづけられ、昭和に入り、ついにすべての性能威力で、これまでのものに数倍する、画期的な酸素魚雷を完成したのであった。

艦艇の建造にかんしても、技術陣は用兵側の無理難題ともおもわれる要求にたいし、苦心惨憺の末これに応えて、列国を驚嘆させる優秀な駆逐艦などの軽快艦艇をぞくぞくと誕生させた。また、これまでのものに倍する明るい視界をもつ双眼鏡の完成は、夜間視界の増大となり、大夜戦の実施を可能にしたことも見のがすことができない。

連合艦隊は総力をあつめて、夜間水雷戦力の急速な増進に創意をこらし、伝統の猛訓練をかさねた。夜間の行動は、ふつうの航行といえども、いっさい無灯で航行することを励行し、夜戦訓練の演習はできるだけ視界のせまい暗夜をえらび、その隻数をふやしながら艦艇を参加させ、夜間に大部隊の統制ある協同動作を訓練した。暗夜、多数の艦艇が入りみだれ、高速で、同時に目標の一点に肉薄殺到する行動は、危険きわまりないもので、昭和二年の美保ヶ関事件では、軽巡二隻が損傷し、駆逐艦も二隻が切断沈没して、多くの尊い犠牲者をだしている。

しかし、この猛訓練はつづけられ、はじめのうち夜間襲撃といっても、せいぜい駆逐隊単位であったのが、水雷戦隊単位となり、大戦の直前にはついに四個水戦、数個巡洋艦戦隊に、高速戦艦戦隊まで参加する大夜戦部隊が、統制された夜戦ができる域にまで練成されていたのである。

大戦では残念ながら、この戦法を適用する機会はなかったが、わが軽快な水雷戦部隊が幾多の予想もしなかったような難戦、混戦にさいして、その判断を誤まらず、善戦健闘よく偉功をたて精華を発揮できた実力は、この間にやしなわれたものである。

実験責任者が告白する酸素魚雷の秘密

軍機のベールにつつまれた酸素魚雷の完成始末記

当時呉工廠魚雷実験部員・海軍技術中佐　大八木静雄

日本海軍の秘密事項に関する用語は、その重要性の順に、軍機、極秘、秘の三つに分けられていた。山のような衝立《ついたて》をつくって秘密裡に建造された戦艦大和、武蔵、信濃などとともに、酸素魚雷の設計および実験は、いちばん重い軍機のなかでおこなわれた。

魚雷は、その原動力素によって空気魚雷と酸素魚雷、それに電気魚雷の三つに大別される。空気魚雷の歴史は古く、日本海軍が創設された明治三年より四年もさかのぼる慶応二年、すなわち一八六六年に、オーストリアの海軍士官ルピスが着想したことにはじまる。これに協力したのは、のちに魚雷の父といわれたスコットランド生まれのイギリス人技師ロバート・ホワイトヘッド（一八二三〜一九〇五年）である。参考までに、ホワイトヘッドが初めてつくった魚雷の性能をあげると、スピードはわずか

大八木静雄技術中佐

〔九三式酸素魚雷の構造図〕

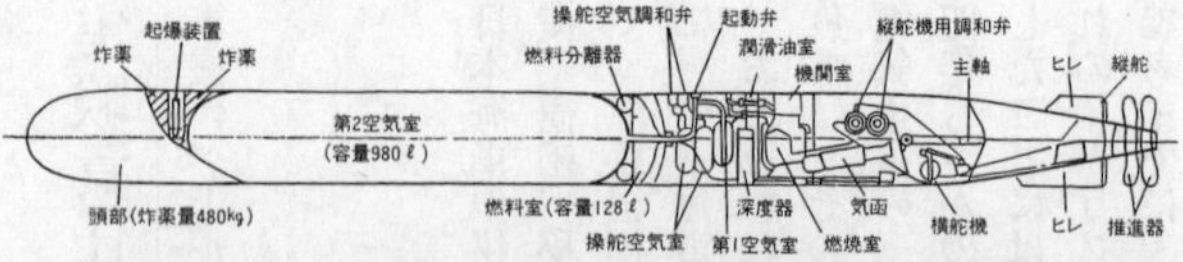

ガダルカナル島の海岸に不発のまま打ち上げられた九三式61cm 酸素魚雷

六ノット、射程六四〇メートル、炸薬量は八キロであった。この玩具《おもちゃ》のような魚雷が、のちに十倍のスピード、六十倍の駛走力、おなじく六十倍余の炸薬量にまで発達したのである。

ホワイトヘッドは当時、イタリアのフューメに住んでおり、後年、イタリア海軍の魚雷が評判をとったのは、そのためであろうか。しかし、なんといっても、いちばん関心をもったのは彼の母国、当時、七つの海にユニオンジャックの旗をひるがえしていたイギリスであった。

航空機の発達をみないころの海戦は、戦艦が花形である。その大艦に、小さなからだを水中にもぐらせて肉薄し一挙に屠る新兵器の出現は、まさに画期的な戦術だった。英、米、仏、独、伊の各国が、これに注目したのは当然のことである。ホワイトヘッドの母国イギリスでは、ビッカース社が英仏海峡にのぞむ絶好の地に魚雷製造工場をつくり、彼の高弟A・E・ジョーンズをここに招いたのも、また当然のなりゆきだった。

その後、改良につぐ改良で魚雷はいよいよ兵器としての重要性を増していった。すなわち自動推進と、安定した自動操縦装置の発明は、大砲とならぶ威力をしめしたのである。また魚雷を主兵器とする潜水艦の出現は、軍艦の種類、艦隊の編成、その陣形運動などに革命的な影響をあたえるようになってきた。ついに航空機による魚雷攻撃、潜水艦による交通破壊、海上封鎖などの空と海底からの立体戦となるにおよんで、魚雷の真価はますます列強海軍の注目するところとなった。

遅ればせに参加した日本海軍が、世界の強大海軍国をひきはなし、魚雷の研究製造に十年余の差をつけた技術は、高く評価されてよいであろう。酸素魚雷の出現こそ、日本の科学技術が世界の水準をひときわ抜いていたことをしめす、現実の証拠といっても言いすぎではないのだ。

初登場はスラバヤ沖海戦

昭和十六年十二月八日、太平洋戦争は真珠湾攻撃によってはじまった。あの狭い浅い港湾に飛行機より発射された魚雷が、海底につくことなく目標艦をつぎつぎと餌食にしたことは、その訓練とともに魚雷性能がいかにすぐれていたかを、如実に物語っている。また翌々日の十二月十日、マレー半島のクワンタン沖合において、英国のほこる不沈戦艦プリンス・オブ・ウェールズとレパルスの二隻がわが海軍雷撃機によって攻撃され、数体の魚雷と運命を共にしたことは、戦史を一変させるものとして全世界を唖然とさせた。

これらは空気魚雷の戦果であって、わが海軍の虎の子・酸素魚雷はまだ戦場にその姿をあらわさず、魚雷にかんしては、まだまだ小手先の戦いだった。

酸素魚雷が神秘のベールをぬいで、太平洋上にその姿をあらわし、真価を発揮したのは、昭和十七年二月二十七日のスラバヤ沖海戦においてであった。巡洋艦から発射された酸素魚雷が、遠距離から高速で走りきたって幾多の敵艦船を撃沈、または大損害をあたえたのである。

このとき敵側は、彼我のへだたりがとうてい魚雷の達しうる距離とは考えられないので、まさか魚雷による攻撃とは思わず、いつのまにかこの海面まで日本海軍が進出し、ひそかに機雷をまいておいたのかと不思議がったということである。あとで魚雷攻撃であることがわかっても、雷跡がぜんぜん認められず、また高速の点や爆発力のものすごさに疑問をいだき、半信半疑であった。自分の国の魚雷とをくらべて考えるならば、その疑いは無理のないところである。

戦争末期、南アフリカにほど近いマダガスカル島沖合で、イギリス巡洋艦を一発の酸素魚雷（九三式三型）で船体を真っ二つにしたことがある。これは戦時中の経験にもとづいて、駛走力よりも炸薬量に重点をおいた結果、これまでの二倍、八〇〇キロ魚雷の威力をしめしたものである。

当時、アメリカ海軍の魚雷は、原動機にタービンをつかっていたが、回避できないほどのスピードがあるとは思えなかった。イギリスの潜水艦用魚雷はエンジンが四気筒で、その加熱室の原理が熱力学上の興味をひいたが、先進国の権威をしめすほどのことはなかった。ドイツ海軍の魚雷はエンジンが四気筒の十字型で、吸排気弁の構造がたくみであるにとどまった。イタリア海軍の魚雷は比較表C（一三二頁）にしめすごとく、列国のなかでもっともスピードが高かった。

これら米、英、独、伊の魚雷は、いずれも数字がしめすとおり似たりよったりで、日本の魚雷にくらべると、その性能はとても問題にならなかった。後進国たる日本が、どうして米英の魚雷に対して優位に立ったか、その経過をふりかえってみるのも一興であろう。

日本海軍独特の着想なる

まず魚雷の構造をかんたんに説明すると、かたちは魚よりもむしろ葉巻タバコに似て、スマートな流線形である。圧縮空気（または酸素）と燃料と清水（または海水）でエンジンをうごかし、推進器をまわし、自動操舵（縦、横舵）で水中を一定の雷速と深度で走る。これが空気魚雷である。酸素魚雷は空気のかわりに酸素、清水のかわりに海水をつかったものである。

水面の下を一定の深さをもって目標に向かってすすみ、これに衝突すれば炸薬が爆発して敵艦船に損害をあたえる兵器である。直径はふつう五三センチ、長さ七メートルがだいたいの基準であるが、日本の水上艦艇用の魚雷には、直径六一センチ、長さ九メートルにおよぶものがあった。

その構造は前から後ろにむかって頭部、気室、前部浮室、機関室、後部浮室、尾框《びきょう》、推進器にわかれている（一二六頁＆一四七頁参照）。それぞれ細部にわたって説明しなければならないが、私にあたえられた課題が酸素魚雷なので、ここでは気室のみにとどめておく。

気室とは頭部の後ろにつながる特殊鋼でつくられた気蓄器のことである。魚雷そのものの最大径とおなじ外径をもつ円壔《えんとう》形で、長さは魚雷の全長の半分ほどである。その中にエンジンを動かすための原動力素、すなわち圧縮空気（または酸素）が、約二〇〇気圧の高圧で満たされている。そのため材料には、特別にあつらえた特殊鋼がつかってある。

一八六六年、ホワイトヘッドが発明した魚雷は、原動力素として二五気圧の圧縮空気をつかっていたが、その後、すべての点において改良がかさねられ、圧力を増し、気圧の容積を増して、魚雷の能力を高めることにつとめたのである。だが、気室材料の強度の関係から、圧力も二〇〇気圧を越えることはむずかしく、また魚雷の太さ、長さにも限りがあって、むやみやたらと気圧を増すことができない。

したがって、改良の終着駅は原動力素、すなわち空気のかわりに何を使うべきかにある。圧縮空気のもつポテンシャル・エネルギーと、これが加熱装置で石油を燃やしたときにできる熱エネルギーとが、魚雷のエンジンを動かす原動力となる。

そのなかで燃焼の過程をしらべると、空気が石油を燃やすとき、空気中にふくまれる重量で二三パーセントしかない酸素が石油と化合するのであって、窒素その他七七パーセントの異分子は、燃焼に関係しない。ただ、燃焼生成ガスの温度を下げる役目はしている。これでは熱力学上からみて効率がわるい。効率を高めるためには、これらの異分子を少なくして、酸素のパーセンテージを多くし、たくさんの燃料を燃焼させるにかぎるわけだ。

さらに考えをすすめてゆくと、圧縮空気を純粋な高圧酸素にきりかえて、原動力素として使用すればよいことに気がつく。この着想が日本海軍独特の酸素魚雷の出現に結びついたのであった。

偶然つかんだ英海軍の秘密

日本における空気と酸素の混用魚雷の初めての実験は、大正五年に横須賀海軍工廠においておこなわれた。このときの記録はすべて焼失してしまったが、数回にわたる実験も爆発事故をおこし、成功のきざしを見ることなく失敗に終わってしまった。その後、空気魚雷の研究改良に重きをおかれたことは、戦後の資料を見るまでもなく、日本海軍もまた世界各国とおなじである。そのまま研究が一本道をたどったならば、酸素魚雷はついに陽の目を見ずに終わってしまったであろう。

やがて幸運は、その手をさしのべてきた。大正十五年、日本海軍がイギリスのホワイトヘッドにたいして、空気魚雷を二十本注文した。四十六ノット、射程三千メートルの性能をもつ魚雷である。当時、呉海軍工廠の魚雷実験部員だった私は、監督官としてイギリスのウエイマスにあるホワイトヘッド工場へ赴くことになった。英国は魚雷について、もっとも古い歴史をもつ国である。私はよろこび勇んで昭和二年のはじめ、イギリスへ向かって出発した。明くる昭和三年のことである。私はじつに偶然のチャンスから、日本にとって重大なる情報をつかんだ。そのころ、私の隣家にイギリス海軍の一特務士官が住んでおり、毎日顔を合わせるたびに互いに親しみにおぼえるようになり、レストランへ夫婦ともどもまねいて会食したり、お茶によばれるようになった。

もちろん、相手は英国海軍軍人であり、異国の海軍士官たる私に、軍事上のことなどを表むきに話すわけはなかったが、茶のみ話のおり、ホワイトヘッドの隣りにある英国海軍の魚雷発射場で酸素が大量に使われて、酸素発生機まで備えつけられていることなどがわかった。たちまち私の脳裡に、ピーンとひらめくものがあった。これは酸素魚雷の研究に使われているのだ、ということであった。そのうちこれらを裏書きする事件がおこった。当時の新鋭主力艦ネルソンに酸素魚雷を搭載しているとの情報である。私はますます確信を深めたのである。

さて私は、その年の十二月、まる二年の滞英生活から帰朝を命ぜられ、前任地の呉へもどった。私の頭のなかは酸素魚雷のことで一杯だった。貴重な、かけがえのない唯一のみやげである。

まもなく、私たちの魚雷実験部に対し、まことにタイミングのよい通牒が艦政本部から出された。すなわち、一時中止されていた酸素魚雷の研究実験を、昭和四年から実施せよというのである。

当時、呉工廠においては後に九〇式魚雷と名づけられた六一センチ、四十六ノット、射程七千メートル、炸薬量四〇〇キロの魚雷が、また三菱重工業の長崎兵器製作所においては後に八九式魚雷と名づけられた五三センチ、四十五ノット、射程五五〇〇メートル、炸薬量三〇〇キロの魚雷が、それぞれ実験に供されていた。

A表・空気魚雷性能表

名 称	直径 cm	雷速 knot	射程 m	炸薬量 kg	搭載艦種	製 造 所
90式	61	46	7,000	400	水上艦艇	呉海軍工廠
89式	53	45	5,500	300	潜水艦	三菱重工業KK 長崎兵器製作所

B表・酸素魚雷性能表

名称	直径 cm	雷速 knot	射程 m	炸薬量 kg	搭載艦種	製 造 所
93式	61	50 40	20,000 32,000	500	水上艦艇用	呉 工 廠
95式	53	49	6,000	400	潜水艦用	長崎兵器
93式 3型	61	48 40	15,000 25,000	800		呉 工 廠
95式 2型	53	48	5,000	550		長崎兵器

C表・各国艦艇用魚雷性能比較表

国 名	直径 cm	雷速 knot	射程 m	炸薬量 kg	名 称	製 造 所
日本	61	50 40 36	20,000 32,000 40,000	500	93式	呉 工 廠
	53	49 42	9,000 15,000	400	95式	長崎兵器
アメリカ	53	48 32	4,000 8,000	300		
イギリス	53	46 30	3,000 10,000	320		
ドイツ	53	44 40 30	6,000 8,000 14,000	300		
イタリア	53	50 40	3,000 8,000	300		

そこで、さっそく研究をはじめたのが空気五〇パーセント、酸素五〇パーセントの原動力素で、三十八ノット、射程二万メートルにおよぶ遠距離魚雷である。

まずはじめは、空気魚雷とおなじく空気と燃料を化合させて着火し、あとから酸素を送りこむ方式をとって、酸素魚雷のいちばんの難点である、着火時の爆発を防止する着想を得た。これは昭和七年のことで、ついに実験に成功した。いよいよ待望の酸素魚雷へ、大きく一歩すすんだわけである。そのころの関係部員たちは誰ひとり官舎へ帰るものはなく、全員泊まり込みで、文字どおり寝食をわすれた日々だった。

空気魚雷から酸素魚雷へ

昭和六年、岸本鹿子治海軍中佐（のち少将）が艦政本部第一部第二課長に着任して、とくに酸素魚雷と特殊潜航艇に力を入れはじめた。設計主任には朝熊利英造兵中佐（のち技術中将）があたり、民間では東大航空研究所の長井雄三郎教授らが協力した。

ここに原動力素の空気にかわる酸素、すなわち酸素魚雷の研究が本格的にはじまった。朝熊中佐の設計になる純酸素＋石油＋海水の方式をもちいた試製魚雷Aは、同年ついに完成し、皇紀二五九三年にあたるので、九三式魚雷と名づけられた（性能はB表参照）。

ついで潜水艦用の魚雷が完成したのは二年後であって、これは九五式魚雷とよばれた。酸素魚雷はとうぜん馬力が大きく、スピードもあるので震動もはげしく、また射程もすこぶる長距離なので、エンジンその他の強度保持のため、改良をかさねなければならなかった。

縦舵機も震動のため偏斜を生じてきたので、ジャイロの改善や防震ゴムの改良によって防ぐことができた。加熱装置の燃料噴霧口は、ときに高熱のために溶けて、燃焼状態が急にわるくなり、いわゆる冷走を起こすことがあった。そこで、噴霧口の材料に金属タングステンをつかって解決した。

　このようにいろいろの障害を乗りこえて、ようやく軌道に乗ってきた酸素魚雷だが、その性能はまったく素晴しいものであった。設計にあたった朝熊中佐、実験を担当した私ともども、二人の喜びは大きかった。

　かくて昭和六年に生産をはじめた九〇式魚雷（空気魚雷）は昭和十一年に終止符をうち、かわって酸素魚雷が量産にはいり、同年、海軍制式兵器に採用された。そして昭和十三年から逐次、連合艦隊の巡洋艦、駆逐艦の全部に供給された。なお、五三センチの酸素魚雷は、三菱重工長崎兵器製作所に設計研究試作が発注され、同所の福田由郎工博が主となってこの研究にあたった。そして二年おくれて兵器に採用され、昭和十五年ごろから全潜水艦に供給された。これが九五式魚雷一型である。

　C表で五大海軍国の魚雷をくらべてみると一目瞭然、わが酸素魚雷はスピードにおいてすぐれ、また射程においては格段のちがいがあることに気づく。そのうえ炸薬量は多く、爆破力の大きいことはいうまでもない。戦時中、駛走力より炸薬量をふやしてくれとの作戦上の要求によって誕生した九三式三型魚雷のごときは、各国の二倍ないし三倍の威力をもつ八〇〇キロである。一発よく大艦を屠るに足る量だ。マダガスカル島沖合のイギリス重巡撃沈事件は、この事実をはっきり示している。

　では、どうして日本魚雷の炸薬量が多いのであろうか。それは気室の大きさを減らして、その重量の配分を火薬の方へまわしたからである。また気室の容積は比較的小さくても、その駛走能力がすぐれていることを意味しているのである。もし炸薬量を列国の魚雷なみに減らしておいたら、駛走能力の差はさらに大きくひらいて、敵側の作戦運用を非常に混乱させたにちがいない。

日本海軍では、直径六一センチの大型魚雷をもっていることすら非常に秘密にしていたが、まして魚雷の原動力素が圧縮酸素であることは、軍事機密のなかでも最高度の「軍機」であった。したがって酸素発生機が水雷関係に属することも絶対の秘密であり、関係者は圧縮空気を「第一空気」または「普通空気」と名づけ、酸素を「第二空気」または「特用空気」とよんで、機密保持につとめた。

また、駛走能力も秘密であって、その計測した数字などはすべて、わざと低く書くことになっていた。すなわち*じるしをつけて、雷撃は十ノット減、射程は半分にしたが、それでも列国の魚雷の性能にくらべてみて、すこしも不自然なところがなかった。

酸素魚雷の特徴は、駛走距離が長いばかりでなく、かならず排出しなければならない気泡が空気魚雷にくらべて、きわめて小さいことである。いくらかでも細波《さざなみ》の立っている海面では、ほとんど航跡を見つけることができない。その理由は、空気魚雷は水に溶けない多量の窒素その他を排出するが、酸素魚雷の場合は主に炭酸ガスと水蒸気だけで、それも多くは海水の中に溶けてしまうのだ。

雷跡の発見が困難になればなるほど、狙われた敵艦は舵をあやつって逃れ去るチャンスを失い、射った方はそれだけ命中音を聞くパーセンテージが高いことになる。

苦心した設計や実験上の難点

設計において酸素魚雷における困難はいろいろあったが、なかでも至難なことは加熱装置の点火である。圧縮空気のかわりに圧縮酸素を加熱装置に送り、ここに石油を噴霧し信管で点火したら、たちまち大爆発をおこして魚雷はふっとばされてしまう。酸素をつかっても爆発をおこさないことが、酸素魚雷を可能にするか不可能にするかの分かれ道であった。

長井教授は、この解決を物理的にもとめ、加熱装置のモデルをつくり、燃料噴霧器の付近に各種の比較的燃えにくい自然性（たとえばセルロイド）の膜をつけ、まずこれに点火したのち酸素をおくる方法などいろいろ実験したが、実用をみるにいたらなかった。

また、化学的に解決しようとして、酸素になんらかの物質をあたえて、点火時に爆発を起こさずに石油を燃焼させる研究もこころみられた。飛行船につかう水素ガスの引火性をへらす薬品、ガソリンのアンチノック剤などが実験に供された。しかし、いずれも成功をみなかった。

さまざまな実験の結果、先にのべた昭和四年ごろの着想、すなわち加熱装置のなかに減圧した圧縮空気を送りこみ、石油を霧の状態にして点火しても爆発は起こらず、安全に着火する――このことから再出発したのである。

そこでつぎに、石油を燃やしている空気に酸素をくわえてゆくと、燃焼はそれにともなってしだいに激しくなるが、爆発はしない。最後に純酸素にかえてしまっても、燃焼はいっそ

発射実験中の九三式酸素魚雷。初雪から発射後2000メートルを駛走中

う熾烈となるが、爆発は起こらないということがわかった。あとはこの原理をじっさいに応用してみることである。この過程もだいぶ苦心を要したが、わが技術陣はみごとに克服し、ここに画期的な酸素魚雷が出現し、日本海軍の一大戦力となったのである。

魚雷実験部にあって終始、実験に立ち会った私がもっとも改良に苦心したのは、つぎの点である。

すなわち、魚雷が四十六ノットから五十ノットの高速を出すとき、よく頭部および尾部、あるいは推進器に空洞現象を生じた。これは形状が悪いためにおこす現象である。

この現象は、空洞現象または剥離現象といって、魚雷にとっては致命的な欠陥を意味するのである。そこで私は、この現象をおこす頭部・尾部および推進器にたいして修正をほどこし、ようやく完全なものにすることができた。また酸素で燃料を燃焼するとき、エンジンに高温のガスが入るが、この温度を適当に下げるため、海水をポンプで吸入して燃焼室にいれて目的を達した。

まだまだ設計および実験についてのエピソードは多いが、紙幅の関係から割愛する。ただ危険きわまりない作業であったが、この間、事故がわずか二件にとどまったことは、不幸中のさいわいであった。

世界に冠絶した酸素魚雷創造の裏ばなし

当時艦政本部一部二課長・海軍中佐　岸本鹿子治

現在、アメリカ海軍がもっている魚雷（過酸化水素を原動力素とするもの）は、太平洋戦争中の日本の九三式酸素魚雷と同程度の能力しかないであろうと推測されている。酸素魚雷は、いままでの空気魚雷の約三倍の能力をもっていたから、この三倍の能力が、酸素魚雷をもたぬ諸外国に十余年という科学兵器上の時間のへだたりをつけていたのであった。

しかしこの日本海軍だけしかもっていなかった革命的な魚雷を完成するには、技術者たちの血のにじむような二十年間にもおよぶ努力があったのである。

魚雷の原動力素として純酸素をもちいるという着想は、一八六六年にイギリスのホワイトヘッドが二五気圧の圧縮空気をつかって空気魚雷を初めてつくった当時から、おそらく考えられていたことであろう。しかしその後、イギリスをはじめとする列強海軍国は、この新原動力による新兵器の完成に鎬《しのぎ》をけずったが、加熱装置において、酸素に点火するときに大爆発事故があいついで起こり、多くの犠牲者をだして計画を中止せざるをえなかった。

これは日本においても同様であった。ひとまず酸素魚雷の研究実験をあとまわしにして、手近な空気魚雷の性能改善に努力し、英米の二一インチ魚雷に比し、日本独特の二四インチ大魚雷をつくったりした。

昭和六年十二月一日付で、私が艦政本部一部二課長（水雷、機雷、掃海航海兵器所掌）の職についたのは、そういう時期にあった。私は着任早々、このお蔵入りしかけた酸素魚雷の実験を、ふたたび手がけようと決心した。

当時、軍艦の八インチ砲は二万メートル以上もの射程距離をもっていた。これに反して魚雷は、いたずらに大型化され重くなりつつあったので、アメリカでは砲の兵器としての優位をみとめ、巡洋艦から発射管をとりはずという情報が入ってきた。この情報は、水雷学校の教官をしたことのある私に、大きなショックをあたえた。魚雷そのものの運命にとって、重大な危機である。日本海軍は水雷戦闘に伝統をほこっていたが、後進の水雷志願者にも大きな影響があるにちがいない。

そのうちには、七〇センチ魚雷説もとなえられるありさまで、このころの水雷関係者たちはまったく困惑をきたし、動揺の色をかくせなかった。私はなんとか対策をたてねばならないと考えた。魚雷を大型化せずに、駛走距離と速度を増すこと――これが最も緊急にして最後の鍵である。そして、そのためには原動力素として酸素をつかう以外に途はない。

やめたらどうか

私は部下の水雷関係技術者たちをあつめ、彼らの意見をきき、自分の考案を述べたのち、酸素魚雷の研究実験にふたたび着手することを命じた。しかし、私のこの念願に対して、海軍部内の風当たりは意外に強かった。科学の発達した先進諸外国においてもできず、日本の過去の実験も失敗の連続だったものを、なんで素人同様のお前にできようか、という次第である。また、もし爆発事故でも起こそうものなら、事は人命にかかわる。

当時の軍務局長からは「やめたらどうか」といわれたりした。少々頭にきた私は「やめろと言われるのですか、やめたほうがいい、と言われるのか」と押し問答した一幕があった。また、呉工廠の総務部長からも同じことを言われ、部下の田中水雷部長に「ケンカしてこい」といって呉にやったこともある。

なるほど多年、先輩や諸外国が何回も失敗してやめているものを、私がふたたびとりあげて実験しようとするのであったから、ちょっと無謀でもあり、大胆でもあったであろう。やめろというのが、当時の空気としては当然であったのかもしれない。しかし私は、衷心より国を愛していた。日本海軍を愛していた。

大正十一年のワシントン軍縮条約以来、主力艦では日本は米英の六割におさえられていた。したがって戦艦同士の主砲で争えば、負けるのは一目瞭然である。劣勢艦隊で優勢艦隊に勝つためには、訓練も必要だが、敵のもたない有力なる新兵器をもつにしかず——私はこういう強い信念をもっていた。幸い実施部隊からの声援もあったので、いろいろな忠告や妨害や中傷をもしりぞけ、喧嘩しながら実験をおしすすめてゆくようになった。

酸素爆発を防止

それまで、電池魚雷の研究もすすめられていたが、これは航跡がなく、製造も簡単であったので量産化には適していたが、残念ながら兵器に採用するには能力不足だった（射程三千メートル、速力二十五ノット）。一方、七〇センチ空気魚雷は、魚雷の容積、重量の上からいって最大限度であり、それ以上は取扱い困難である。特型駆逐艦などは雷装の改良によって魚雷の大型化をなんとか受けいれている始末だった。また炸薬量は従来の三〇〇キロもあれば充分であり、爆発効果は艦底起爆などの方法によって解決すべきである。

当時、長崎造船兵器製作所で、内火エンジンを魚雷にいれたBY魚雷というものを研究していた。昭和四年ころからの実験研究の結果、三十ノット、三万メートルの性能を出すまでにこぎつけ、酸素魚雷にかわるべき有力魚雷として試射が待たれていた。

しかし、いざ発射してみてわかったことだが、これは速力の安定度がきわめて悪い。三十ノットで突っ走る魚雷が、途中でガタッとスピードが落ちる。それはエンジン内の八基のプラグに火をとぼすのだが、そのプラグの火が、駛走中に消えるからであった。速力の低下の度数によってプラグの火が何個消えたのかわかる。二段式に速力の低下があれば、二つの火が消えた勘定である。

この欠点をのぞくためには、プラグ方式をやめてディーゼルエンジンに切りかえたらよいのではないか——私はただちにこの研究に着手することを命じ、長崎の一技師をアメリカへ

危険を伴う酸素魚雷の開発以前は空気魚雷が主流で、写真は大井の艦上で操法訓練中の六年式53cm 発射管。装填されているのは空気魚雷で全長6.48m、炸薬205kg、雷速36ノットで射程7000m だった

送った。

だが皮肉にも酸素魚雷が実験に成功し、試作品が完成されたのは、その長崎の一技師が渡米中の出来事だった。

実験所は呉工廠の魚雷実験部、廃棄されていた八インチ砲塔のなかに実験用装置をつくり、厳重な管制のもとに、着々と実験はすすめられていった。艦政本部の水雷技師である朝熊利英造兵中佐（のち技術中将）が設計にあたり、呉の魚雷実験部の大八木静雄中佐（のち技術少将）が実験を担当した。

この朝熊、大八木両技師は、魚雷の開発を古くから手がけ、長年の実験と知識とによって酸素魚雷の可能性を追いつめていた。また東大航研の長井雄三郎教授に、酸素の着火実験を依頼していたが、種々実験したが思わしくなく、ついに実験を中止することになった。彼が実験をことわるといってきたとき、私はまたかと思ったが、彼がそのとき、自分がこれまで行なった実験の成果として報告したものを聞くにおよんで、私は欣喜雀躍した。

――圧縮酸素を加熱装置におくり、ここに石油を噴霧して点火すれば、たちまち大爆発をひきおこすが、最初に空気をおくって燃焼を起こし、そのあとで酸素を供給するのであれば爆発はぜったいに起こさない――。これさえ聞ければ、私には十分であった。

きわめて少なかった犠牲者

さっそく翌日から、設計にとりかかった。圧縮酸素を装塡した気室と発停装置とのあいだ

発射実験中の九三式61cm 酸素魚雷。雷速40ノットで射程３万2000m

に、不還弁と高圧空気瓶をつくった。魚雷が発射されると同時に、発停装置の空気弁をとおって、加熱装置に高圧空気が送りこまれ、着火されて燃焼がはじまる。内容の減ってゆく空気瓶には、不還弁をとおって酸素がしだいに添加され、燃焼は逐次強烈となり、ついには純酸素のもっとも猛烈な燃焼状態と変化してゆく。

これで、酸素魚雷の最大の難問題が解決された。あとは空気魚雷の様式をそのまま取りいれればよい。しかし着火時の酸素の爆発が防止されても、なお酸素は危険物であり、取扱いに関してはとくに注意が必要だ。酸素のとおる部分には可燃物はいっさい厳禁であったから、油気を丹念にとりさり、潤滑剤にも水以外には油性のものは使えない。また酸素の弁の開閉はとくべつ静かに行なわれねばならなかった。

こうした注意事項は、プリントに刷られ、酸素魚雷関係者に配布されて組織的に教育訓練されたものである。さいわいにもそれが厳守されたためか、この新兵器製作という危険な作業にもかかわらず、災害事故はきわめて少なかった。私が知っているだけでは、事故は二件にとどまる。一度は、実用実験の初期、呉工廠で、酸素バルブを急にひらいたためか、盲管に入った酸素が圧縮熱を起こしたらしく、付近に付着していた油が燃えだして爆発を起こし、作業中の技術者が一人死亡した。もう一つは、横須賀の水雷学校で、漏出中の酸素を防ごうと、ボルトを締めなおしていたさい、爆発を起こして下士官一名が吹きとばされた。犠牲者はこの二人だけだったと思う。その後、この魚雷が制式に兵器に採用され、艦隊に渡されてからも一度も故障はきかれなかった。

試射実験うらばなし

さて、こうして昭和八年（紀元二五九三年）、待望の九三式酸素魚雷はついに完成された。試製魚雷ができて、いざ試射をしようとして当惑したのはその射場であった。これはむしろ喜ぶべき困惑なのだが、なにしろ四万メートルの駛走能力をもつので、呉付近の瀬戸内海で発射するにしても、内海を縦につかったのでは、四国の海岸にのしあげてしまう。

そこで内海を横につかったり、時には酸素を半分くらい装塡して試験したりしたものである。それでも、発射角度の誤差などによって、しばしば陸地に乗りあげてしまう。わずかの誤差でも、遠距離においては途方もない針路を進んでしまうのだ。農家や漁師の台所にとびこみ、細君が腰をぬかすやら、家具を破損することが一度ならずあった。魚網を焼いて新聞ダネになったことも記憶にある。

さて、この九三式魚雷が兵器に制式採用されたのが昭和十一年であり、ただちにこれが量産にはいると、以前にあった空気魚雷（航空機用のものを除く）の製造は中止となった。そして十三年に初めて二艦隊四戦隊の演習につかわれたが、それまでにいたる訓練が大変である。

昭和十年には試作魚雷が二十本あまりつくられ、水雷学校において重巡鳥海で発射訓練がおこなわれた。それ以後、毎年、戦技がなされ、極秘のうちに艦と兵との猛訓練がつづいた。秘密をまもるためには、性能の数値を割引して呼称したものである。

酸素魚雷に雷跡が少ないことは、いざ実戦のときにはきわめて有利な武器となったが、これが演習のときには、その針路がつかめないので、ちょっと具合が悪いことがあった。領収発射では、射程のおわりで魚雷を捕捉する必要があるので、雷跡が見えないと発射訓練がきわめて困難となる。

発射のたびに飛行機でつけさせても、見失うことがしばしばであった。

そこで魚雷の頭部に風船をつけてみたり、電気的に連続音を出させてみたりしたが、私は魚雷頭部に電球をとりつけることを考案し、実験の結果、好評を博したので、なお一歩すめて、艦隊別に電球を色分けして演習の便をはかったこともあった。

二一インチの潜水艦魚雷（九五式）は当時の金で一個が二万円前後だった。航空機用の一八インチ空気魚雷は約一万円で、一日平均十本くらいの生産量だったと思う。実験にさいしては、技術者たちが、その全能力を発揮できねばならない。そのために私は、彼らの研究費の取得から行政上の交渉にいたるまでを強力に推進し、十二分の力をふるってもらった。

私は兵学校出で技術には詳しくなかったが、着想と用兵上の性能を明らかにし、多くの専門技術者の意見のうえに総合判断をくだし、成功の確信がえられたときに、職権から技術者を動員して新兵器の完成に邁進したのであった。研究遂行上で重大な障害は、大臣命令をも行使して取りのぞいていった。

これは余談だが、昭和八年ころ、かねてから計画していた特殊潜航艇の成案をえたので、伏見宮軍令部総長の御付武官であった同僚の高崎武雄君に相談し、最短距離をとって（ショート・サーキット）直接、宮殿下に計画を申し上げた。

このころ、ちょうど満州事変の当時であり、日米間も険悪になりつつあったので、殿下はそくざに海軍次官と艦政本部長を召して研究するよう申し渡された。

やがて土佐沖での海洋実験も成功し、これが開戦のさい、甲標的として真珠湾を奇襲したものであった。このときのショート・サーキットは、部内でさんざんの不評をかったが、順序を追ってやっていたのでは、戦機にまにあわないと考えたのである。兵は巧遅よりもむしろ拙速を尊ぶものである。

酸素魚雷の完成では、私と朝熊、大八木両技師の三人が、勲二等瑞宝章をもらう栄誉をえたのであった。

魚雷の誕生と歩み日本雷撃兵器の全貌

航空用、潜水艦用、水上艦用、動力は電池、空気、酸素。花形兵器＝魚雷のすべて

元六艦隊水雷参謀・海軍大佐　泉　雅爾

魚雷はその動力によって自動的にすすみ、自動的に操舵し、思いのままに深さを保って水中を直進し、または斜進することができ、はじめに調定された距離を走って自動的にとまり、浮きあがること（平時訓練のとき）も沈むこともできる。

魚雷はその使用する動力によって分けることができる。空気をつかうものは空気魚雷。酸素をつかうものは酸素魚雷。電池をもっていてモーターをまわすものは電池魚雷。その他、将来には過酸化水素、硝酸などをつかって水中または空中を走る特殊な魚雷もあらわれるであろう。

また使用される艦艇の種類によって、駆逐艦用魚雷、潜水艦用魚雷、航空機用魚雷とよばれ、その機構にいちじるしい差がある。さらに敵艦に命中して爆発する装置の種類によって、衝撃式《しょうげき》（拘挺《こうてい》式と慣性《かんせい》式がある）と、磁気や光を感じて直接命中せずとも艦底で爆発をおこす感応式があり、操縦方式によっては自分で敵艦の方へ舵をとって進むホーミング式魚雷も

各国の魚雷性能向上の経過

国別	採用年度	名称	直径（センチ）	全長（メートル）	全重量（キロ）	最高雷速（ノット）	最大射程（メートル）	炸薬量（キロ）	原動力	使用艦艇
墺	一八六六	ホ式	三五・五		一三六	六			空気	巡・駆
〃	一八六八	〃	〃			一一	六〇〇		〃	〃
英	一八七〇	〃	四〇・六			八	三六〇	三四・五	〃	〃
〃	一八七五	〃	三八・一	五・八		二〇	一八〇		〃	〃
独	一八八二	シュ式	三五・五	四・五		二二	四〇〇		〃	〃
英	一八八七	ホ式	四〇・六	五・二		二四	七〇〇		〃	〃
〃	一八九六	〃	四五・七	五・二	五〇〇	二七	九〇〇	五〇	〃	〃
〃	一九〇三	〃	四五・七	五・二	五四〇	三四	一、八〇〇	六〇	〃	〃
〃	一九〇八	〃	〃	五・五	六三五	四〇	三、七〇〇	一〇〇	〃	〃
〃	一九一二	〃	五三・三	六・一	一、三六〇	四二	六、四〇〇	二〇〇	〃	〃
独	一九一四		六〇	九・〇		二八	一五、〇〇〇	二五〇	〃	〃
英	一九二五	ホ式	五三・三	六・四	一、四五〇	四二	八、〇〇〇	二五〇	〃	〃
〃	一九三七	〃	〃	七・三	一、五九〇	二八	一一、九〇〇	三〇〇	〃	〃
〃	一九三七	〃	四五・七	五・八	九一八	四六	七、八〇〇	二〇〇	〃	〃
米	一九三〇	Mk一三	五三	四・〇	八七〇	三五	三、六〇〇	二七〇	アルコール	飛・魚雷艇
〃	〃	Mk一四	五三	六・〇	一、三〇〇	四六	四、二〇〇	三〇〇	〃	潜水艦

空気式魚雷

A頭部　B拘挺　C翼螺　D信管　E炸薬　F気室　G前部浮室　H機関室　J後部浮室　K尾框　L縦舵　M推進器　N横舵　O縦舵機　P機関　R燃焼室　S燃料タンク　T深度機　W清水タンク

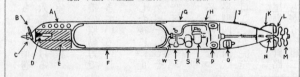

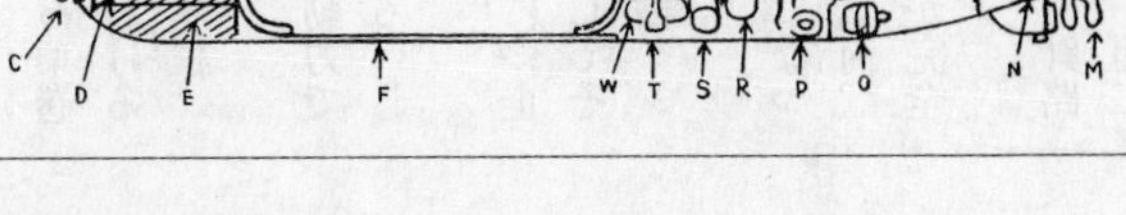

ある。

つぎに魚雷の構造について大要を述べてみよう（図参照）。魚雷は魚形よりもむしろ葉巻型をしていて、近代のミサイルは魚雷に似ている。この魚雷は構造上、つぎの六部にわけることができる。(1)頭部。(2)気室または電池室。(3)前部浮室と機械室。(4)後部浮室。(5)尾框《びきょう》。(6)推進器である。

頭部には炸薬がつめてあって、起爆（爆発をおこす）装置がある。気室は魚雷の原動力である圧縮酸素や圧縮空気をたくわえる場所であり、高圧に耐えられるようにできている。しかし電池魚雷には気室はないから、この部分には電池をしまっておくのである。

前部浮室には、発射のさい自動的に魚雷の機関を起動し、所定の距離を航走した後に停止する発停装置のほかに、空気の圧力を加減する調和器や燃料タンク、清水タンク、そしてその下に水圧鈑をもった深度機などがある。酸素魚雷では、このなかに操舵用の空気圧縮タンクと海水ポンプがあり、清水タンクはない。

機関室には燃焼室と機関の高温部があって、ともに外海の水で直接冷却されるようになっている。この主機械は魚雷の種類によっていろいろあり、ピストン式のものは星型四気筒《きとう》、星型八気筒と横型二気筒があり、またタービン式のものもある。電池式魚雷ではここが完全に密閉されていて、直流主モーターがついている。

後部浮室にはジャイロを利用した縦舵機と、推進軸の減速歯車装置がある。尾框《びきょう》には針路をさだめる縦舵と深さをさだめる横舵があり、その後方に回転方向がたがいにちがう一組二個のプロペラがある。

ホワイトヘッド魚雷

昔から水中兵器はたくさん考案されたが、そのうちもっとも進歩した強力なものが魚雷である。魚雷は今日より約一世紀前に発明され、その間、多くの実戦経験をへて絶えず改良進歩がくわえられ、第一次大戦、第二次大戦では海戦の花形兵器として活躍した。

とくに第二次大戦では、航空機と潜水艦の発達につれて、ますますその重要性を増していった。ドイツの誇った不沈戦艦ビスマルクは、英国の航空機と軍艦の魚雷により、イギリスの最新鋭戦艦プリンス・オブ・ウェールズは、日本の航空魚雷により開戦早々に撃沈されたのである。

それでは、魚雷はどのようにして生まれたのであろうか。

一八六〇年、オーストリアのジョバンニ・ルピス海軍大佐は自進爆装ボートというのをつくった。このボートは蒸気によって海面を走り、船首に火薬を入れ、舵は海岸から索条《さくじょう》であやつって停泊している敵艦を攻撃しようとする着想である。

ルピス大佐は一応実験に成功したので、ときの政府に提案したが、実用にならぬといって採用にならなかった。それから四年後、彼はフューメ市にいき、ある鉄工所にきていたイギリス人技師ロバート・ホワイトヘッドに相談をもちかけ、その協力で改良に従事することになった。

ホワイトヘッド氏は海面の動揺をさけ、かつ爆発威力を十分に発揮するためには、水中を走り自動的に舵をとるものでなければならぬと考え、その構想のもとに一八六六年になって最初の魚雷の試作に成功した。

これはいるかの形をしていて、縦と横のヒレをそなえ、最大直径三五センチ、原動力は四十六キロ毎平方センチの圧縮空気であって、短距離ではあったが六ノットで水中を航走した。最初は深度はととのわなかったが、その後、深度機が発明され、気密室、平衡室、自動深度調整装置がそなえられた。そしてこの自動水雷は二年後、オーストリア海軍に兵器として採用され、ついで英国海軍は三五・五センチと四〇・六センチの二種類の自動水雷を注文した。

一八七二年にはホワイトヘッド会社が設立され、この魚雷はフランス、ドイツ、イタリアの各国にも広く採用されるにいたった。しかし当時の魚雷は進行方向が不安定であり、有効射程も短かったのは当然である。

その後、一八八七年に横舵系のサーボモーターが発明されて、横舵の操縦が確実となり、一定の調定された深度をたもって水中を走り、いるかのような運動をしなくなった。なお、たがいに逆回転する二枚翼推進器の発明によって、魚雷の横傾斜もふせぐことができるようになった。

一八九四年、オーストリアのオブリイが、ジャイロの原理を応用して自動方向調整装置、すなわち縦舵機を発明し、イタリア海軍で試験の結果、有効とみとめられた。また米国のフランク・リービットは一九〇二年、空気を加熱して供給することを考え、ついで魚雷の熱機関はピストンよりタービンの方が効率がよいのに気づき、一九〇四年以降タービン魚雷を計画し、それいらい米国海軍は主としてこの方式を採用した。

ちょうどそのころ、英国海軍でも加熱法の研究をつづけており、加熱装置内に清水を吹きこんで、作動ガス温度を適当に調節する噴水加熱法を採用した。そして一九〇九年、直径五三・三センチの魚雷を、一九一四年には直径六〇センチの魚雷をつくることに成功した。

国産魚雷で戦った日露戦争

一方、わが海軍の魚雷の歴史をみると、ドイツのシュワルツコップフ社から初めて魚雷を購入したのは、明治十七年（一八八四）であった。当時、ドイツではホワイトヘッド社の魚雷をもとにして、独自の研究開発に乗りだし、新式魚雷を設計して一時は本家のホ（保）式魚雷をしのぐものがあった。そしてこのドイツから輸入した魚雷を、わが海軍では、シュ（朱）式魚雷と名づけた。速力は二十二ノット、航走距離は約四百メートルであった。

その後、明治二十六年に軍艦吉野をイギリスで建造したとき、ホ式一四インチ魚雷をも同時に購入した。日清戦争の黄海海戦や威海衛の夜襲には、これらのホ式魚雷が大いに威力を発揮した。

日清戦役後（明治三十年）には、オーストリアのホ社から一四インチと一八インチの魚雷を購入し、同年から呉海軍工廠で国内生産をはじめるにいたった。そして日露戦争において

日本魚雷の発達の経過

採用年度 西暦	採用年度 日本	型式	直径（センチ）	全長（メートル）	全重量（キロ）	雷速（ノット）	射程（メートル）	炸薬量（キロ）	原動力機関		起爆装置	使用艦艇航空機
一八八四	明治一七	八八式	三五・五			二三	四〇〇		空気	四気筒	拘挺	巡・駆
一八九七	明治三〇	三〇式	四五						〃	〃	〃	〃
一九〇二	明治三五	三二式	三五						〃	〃	〃	〃
		三二式	四五						〃	〃	〃	〃
一九一一	明治四四	四四式	五三						〃	〃	〃	〃
一九一七	大正六	六年式	五三	六・四八〇	一、四三〇	三七	七、〇〇〇	二〇五	〃	〃	〃	〃
一九一九	大正八	八年式	六一	八・四一五	二、三四〇	三八	一〇、〇〇〇	三四五	〃	〃	〃	〃
一九二九	昭和四	八九式	五三	七・一五五	一、六二五	四五	一五、五〇〇	二九五	〃	二気筒	慣性	〃
一九三〇	昭和五	九〇式	六一	八・五五〇	二、五四〇	四二	一〇、〇〇〇	三九〇	〃	〃	〃	〃
一九三一	昭和六	九一式改一	四五	五・二七〇	七八五	四二	二、〇〇〇	一五〇	〃	八気筒	〃	航空機
		九一式改二	四五	五・四七〇	八三八	四二	〃	二〇五	〃	〃	〃	〃
		九一式改七	四五	〃	一、〇五五	四二	一、五〇〇	四二〇	〃	〃	〃	〃
		四式空雷一号四型	四五	五・七一〇	一、一〇八	四二	〃	四一八	〃	〃	〃	〃
一九三二	昭和七	九二式	五三	七・一五〇	一、七二〇	三〇	七、〇〇〇	三〇〇	電池	四気筒	〃	潜水艦
一九三三	昭和八	九三式一型	六一	九・〇〇〇	二、七〇〇	四〇	三二、〇〇〇	四九〇	酸素	二気筒	〃	巡・駆
一九三三		九三式三型	六一	〃	二、八〇〇	四〇	二五、〇〇〇	八〇〇	〃	〃	〃	〃
一九三五	昭和一〇	九五式一型	五三	七・一五〇	一、六五五	四九	九、〇〇〇	四〇五	〃	〃	〃	潜水艦
		九五式二型	五三	〃		四九	五、五〇〇	五五〇	〃	〃	磁気	〃
一九四三	昭和一八	二式	四五	五・六〇〇		三九	三、〇〇〇	三五〇	空気	〃	慣性	特殊潜航艇

初めて、国産の魚雷がつかわれたのである。

それから二年後、横須賀と佐世保海軍工廠で本格的に魚雷の製造に着手した。かくて四四式五三センチ魚雷（明治四十四年）が出現し、これがわが国の魚雷のもととなって、第一次大戦後の大正六年に六年式五三センチ魚雷、大正八年に八年式六一センチ魚雷を完成した。

しかし、第一次大戦後、艦艇の速力が増大したため三十六ノットや三十八ノットの雷速の六年式、八年式の魚雷では、戦艦を襲撃しても遠くの方から回避され、攻撃兵器として実用に適さなくなってきた。そこで戦後、イギリスのホ社で研究完成した横型二気筒式魚雷の性能が優秀なことがわかったので、昭和二年、二十本の魚雷とともに図面をも買い入れ、これにさらに改良をくわえて高雷速の魚雷を完成した。

八九式五三センチ魚雷は昭和四年（一九二九）三菱造船所の長崎兵器製作所で設計から試験までをおこない、潜水艦用高速魚雷として完成した。九〇式六一センチ魚雷は基本設計を艦政本部でおこない、呉海軍工廠の水雷部で試製した。そして魚雷実験部との共同実験のうえ昭和五年、巡洋艦や駆逐艦用の魚雷として完成した。

しかし、これらの魚雷がはじめて艦隊の潜水艦や駆逐艦にもちいられるようになったころは、雷速がでなかったり偏斜したり、沈没するなどの苦情が艦隊から続出したものだった。艦隊の乗員が自信をもって使いこなしえたのは、設計してから十年はかかったであろう。

酸素魚雷の初成功は英海軍

ふつうの空気魚雷の動力が、空中にふくまれている酸素であることは誰でも知っているが、純酸素だけで魚雷を走らせることに成功したのは英国海軍が最初であった。しかし、イギリスはのちに爆発事故のため、けっきょく酸素魚雷はつかわなかった。よって酸素魚雷の実用に成功した唯一の国は日本であって、その酸素魚雷は戦後、英米海軍が真相を知るにおよんで、驚嘆の的となったのである。

わが国でも魚雷に純酸素を使用する着想は、遠く大正五年のころからあって、呉海軍工廠の水雷部や横須賀の海軍水雷学校で、しばしば一部の研究実験がこころみられてきたが、つねに酸素爆発の危険がともなうので、その実現はきわめて困難であった。

一九二七年(昭和二年)十二月、在英造兵監督官から、英海軍が酸素魚雷を実用している確証をにぎった報告がきた。それによると、わが国の長門級の超弩級戦艦ロドネーが、ポーランド軍港の魚雷発射場で発射訓練をおこなったのち、二四、五インチの魚雷を一番砲塔の前から揚収しているのを望見したことと、同地にちかいウエイマス射場の一部に大型の酸素発生装置があって、これを時どき運転しているという確証をにぎったとのことである。

大正十一年のワシントン軍縮会議で、日本海軍は主力艦の保有量を英米の六割におさえられたため、わが海軍としては制限外の巡洋艦、駆逐艦、潜水艦の充実に力をそそぎ、とくにその搭載主兵器である魚雷の能力向上をもっとも重視していたのである。

そんなとき、イギリス海軍がすでに実用中であるとの報告は、わが海軍の魚雷関係者をつよく刺激したのである。かくて昭和四年初頭、艦政本部長から酸素魚雷実験再開の通牒が発せられ、呉工廠の水雷実験部で長いあいだ放置されていた酸素動力の研究実験が、ここにふたたび本格的に始められたのである。

九三式酸素魚雷の誕生

酸素魚雷でいちばん重要な点は、燃焼室の着火方式と操舵空気をどうするかということであった。それで着火兼操舵空気室をもうけ、着火ははじめ空気でおこない、それからだんだん酸素の混合比をましてゆくように設計された。

純酸素にすすむまでに、空気五〇パーセント、酸素五〇パーセントの混合ガスと石油をつかって、燃焼室内の冷却には海水を使用するものを試作して、実験した。これを特殊魚雷とよんで、機密保持がかたく守られていた。

つづいて、さらに純酸素を使用する研究が強力に促進され、ついに昭和十一年、五十ノット、二万メートル、炸薬量五〇〇キロの世界一の能力をそなえた酸素魚雷が誕生したのである。これがいわゆる九三式魚雷とよばれるものであった。

この魚雷は完成後、ただちに艦隊の巡洋艦および駆逐艦につまれ、艦隊司令部の技術指導官の指導のもとに、発射訓練をおこなった。また艦隊の実用と併行して、魚雷の改造も着々とおこなわれ、用兵家および技術家一体の血のでるような努力によって、五年後の第二次大戦開始のころまでに、信頼できる兵器として完成されていた。

そして、第二次大戦中に魚雷の爆発威力の増大が要求されるにおよんで、炸薬は八〇〇キロに達し、その能力は四十ノット、二十五キロとなった。この魚雷はとくに九三式魚雷三型とよばれる。

潜水艦用には、九三式よりひとまわり小さく、直径が五三センチの九五式魚雷がつくられた。昭和十一年、長崎兵器製作所で完成し、翌十二年より量産にはいって艦隊潜水艦に供給された。その能力は空気式の八九式魚雷の約二倍で、速力五十ノット、射程は九キロである。この九五式魚雷一型のほかに、戦時中、炸薬量を増して五〇〇キロとした二型も生まれた。むろん無航跡の魚雷で、一発でよく数千トンの商船を撃沈しえた。

また酸素魚雷のほかに、艦底起爆魚雷の構想もすすんでいた。

艦船でもっとも防禦の弱いところは艦底である。舷側は装甲鋼鈑をそなえ、あるいはバルジ（防禦隔壁）を装備して、砲弾や魚雷に対し防禦が厳重であるが、罐室や機関室の下は二重底にするくらいがせいぜいで、厚い装甲はつけられない。したがって、ここで魚雷を爆発させることが、効果がいちばん大きいことになる。

これをねらったのが、艦底起爆装置であって、日本海軍も昭和のはじめから研究に着手し、磁気式とか、凧式とか、あるいは光線式の研究試作をおこなったが、成功したのは戦争末期であって、その戦果は不明であった。

米海軍の不発魚雷

一方、米海軍ではすでに、一九二六年（大正十五）、艦底起爆用の磁気爆発尖を完成していた。これをMk（マーク）6 Exploderと呼んでいたが、機密保持に専念したあまり、その実物は艦隊にも供給されず、わずかにダミーMk（マーク）5という代用品が供給されていた。

一九三九年（昭和十四）、米国海軍ではこの爆発尖をそなえた魚雷を実艦の標的に発射してみたところ、早発の欠点が発見された。しかし、研究改善のすすまないうちに第二次大戦が勃発し、開戦後はこの爆発尖をそなえたＭｋ14魚雷では、大失敗をくりかえしたのであった。魚雷の深さは調定深度よりいつも深すぎるうえに、Ｍｋ６磁気爆発尖の感度は不良で、早発とか遅発になやまされたのである。

開戦後一年半の昭和十八年七月二十四日、南洋のトラック島の沖で、米潜ティノサ号は日本の第三図南丸（徴用補給船・元捕鯨母船）を発見し、最初に命中した二発で航行不能にしたが、さらに十三本の魚雷を射ちこみ八本の爆発を確認したが、ついに第三図南丸を撃沈することができなかった。潜水艦長はあきれて最後の一本を残し、真珠湾にもちかえって原因を調査した。

それから一ヵ月後、またもや同じトラック島沖で、日本の一万トン級の給油艦が、米潜ハドコックから十三本の魚雷をみまわれた。しかしこのときも、日本給油船は四本の不発魚雷を舷側に抱いたまま、ぶじ航行をつづけ、トラックに逃げこんでしまったのである。このときの米国太平洋艦隊司令長官ニミッツ提督は、麾下の全駆逐艦長、全潜水艦長に命令して、魚雷の磁気式起爆装置の使用を禁止した。そしてただちに改造に着手したが、Ｍｋ14が完全な魚雷として実戦にもちいられたのは、開戦二年後の一九四三年の末であった。

浅海面でも使えた九一式魚雷

日本の航空機用魚雷は昭和五年に海軍工廠で設計され、明くる六年、兵器に採用されて九

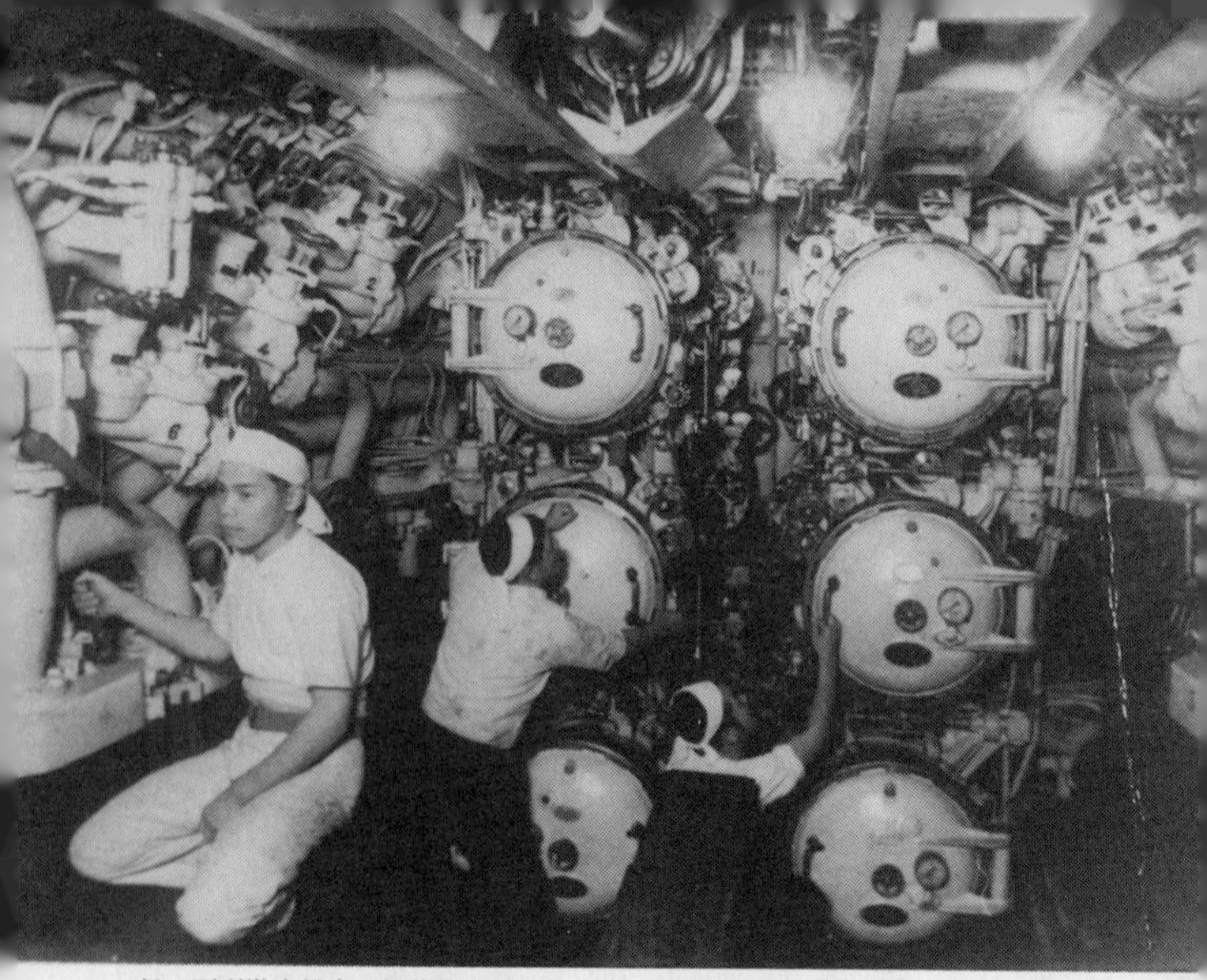

伊53丙型潜水艦内の艦首部６門の九五式一型発射管。搭載魚雷17本は九五式53cm 酸素魚雷で全長7.15m、重さ1655kg、炸薬405kg、雷速49ノットで射程9000m、45ノットで１万2000m

空母赤城の飛行甲板上に置かれた九一式改二45cm 航空魚雷。全長5.47m、全重量838kg、炸薬205kg、雷速42ノットで射程2000m。航空機の魚雷の原動力はすべて空気で９種類におよんだ

一式魚雷と名づけられた。直径四五センチ、重量約一トンの小型魚雷で、構造は堅牢、調整取扱いは簡単確実を第一とされた。原動力は空気、石油、清水であって、主機関は星型八気筒である。

航空機用魚雷の特徴は、重量の軽いこと、空中雷道が安定していて海面に落下したときの射入状態のよいこと、着水時に高速のための衝撃に耐えることなどである。

とくに着水時、海中深くもぐる傾向があるので、沿岸や湾内の浅い海面では使用することができなかった。しかし開戦前、山本連合艦隊長官のつよい要望があり、関係者のめざましい努力によって、開戦直前にいたり浅海面の魚雷発射に成功した。これによって、真珠湾の浅い海面でも海底に突きささることはなかった。

これはさらに、第二次大戦末まで用兵上の要求に応じてつぎつぎと改造され、九一式改一、改二、改三、改四、改五、改六、改七、四式魚雷一号二型、同四型の九種類におよんだ。頭部の炸薬量は一五〇キロから、最後は四二〇キロまで増加した。このため魚雷の射程は短くなって、二千メートルから一五〇〇メートルとなったが、これは雷撃機がそれだけ敵に肉薄すればよいという日本海軍の伝統の考え方にもとづいたものである。

改Ｍｋ13の威力

米海軍は第一次大戦時からすでに飛行機用魚雷の実験をはじめていた。最初はＭｋ７、ついでＭｋ13が試作され、第二次大戦前から航空母艦に搭載されていた。しかし、開戦後はＭ k14魚雷とおなじように、多くの故障や事故があいついで起こった。

一九四三年のなかごろ、一五〇ノットの飛行機から、一〇五本の魚雷を発射した。この実験の成績をみても、当時の米海軍雷撃機乗りが、なぜMk13魚雷を信頼していなかったかがわかる。二〇パーセントは沈没、二〇パーセントは偏斜、一八パーセントは深度をとるのに失敗し、二パーセントは海面にとびだし、三六パーセントは走っても発火しなかった。満足に走ったのは、わずかに三一パーセントという記録であった。全部を合計すると一〇〇パーセントを越えるが、多くの魚雷の失敗が重複しているからである。

兵器局はMk13の欠点をとりのぞくことを国防研究委員会にもちだし、同委員会は一九四二年末から、この緊急問題の解決にとりくんだ。一九四四年の秋になって、ようやく艦隊全部にゆきわたった改Mk13は、高度二四〇メートルで三百ノットの飛行機から落射することができるようになった。

一九四五年四月七日には、雷撃によって戦艦大和を撃沈した。もうこの頃になると、改Mk13は世界一の航空魚雷として、敵味方ともに認められるようになったのである。

魚雷＆魚雷戦ものしり雑学メモ

「丸」編集部

最初の自動魚雷は一八六〇年（万延元）にオーストリア海軍大佐ルピスの研究を基礎として、英国人ロバート・ホワイトヘッドが設計したものである。この魚雷は一八六八年（明治元）ごろ（一八六六年ともいう）完成したが、直径三六センチ、長さ三・三五メートル、炸薬は八キロのダイナマイト、速力六ノット、全射程六四〇メートルという代物だった。

その後、能力は少しずつ改良されていったが、まだ進路がよく定まらない欠点があった。それでも各国海軍はその恐るべき新兵器であることを認めてこれを採用した。魚雷の出現にともない水雷艇ができ、さらに駆逐艦ができた。一八八二年（明治十五）日本海軍も五十本を注文し、二年後に到着したが、これを朱式（シュワルツコップフ社製）とよんだ。

一八八五年にアメリカの発明であるジャイロを応用した縦舵調整装置ができたのち、その確実性はふえた。すなわち、オーストリア人のオブリイが進路を直進させることに成功し、魚雷の価値はここに定まった。さらに一九〇四年（明治三十七）にはアメリカ人ブリスが加熱装置を発明（これ以後のものを熱走魚雷といい、それまでのものを冷走魚雷という）、射程は三六〇〇メートルに飛躍した。

自動魚雷を実戦にはじめて使って成功したのはロシア海軍だった。一八七八年（明治十一）約七十メートルで発射された二本のホワイトヘッド魚雷は、うまく二千トンのトルコ軍艦（商船ともいう）に命中してこれを沈めたというのである。

その後十五年、日本海軍水雷艇は威海衛で清国軍艦四隻を撃沈して世界をアッといわせた。このころの魚雷は直径三六センチ、速力は二十七ノット、射程は八〇〇メートル、炸薬は四十キロ足らずであった。日本海海戦の夜戦における日本駆逐艦の勇猛な夜襲は、ロシア艦隊に止《とど》めを刺す活躍をした。さらに第二次大戦では、その百倍の偉力をもつ酸素魚雷が出現した。

▽日露戦争と魚雷戦

日露戦争のころ魚雷はもうかなり進歩していた。直径は四五センチ、速力は三十ノット内外、射程は四千メートルに達し、炸薬量は八十キロ近くだった。日露戦争直前、日本海軍は駆逐艦十九、水雷艇七十六の計九十五隻をもち、時到らば伝統の水雷戦法にモノいわせんものと手ぐすね引いていた。

そのチャンスは早くも明治三十七年の二月はじめにきた。旅順沖夜戦である。十隻の駆逐艦は旅順艦隊の主力に襲いかかった。その結果は戦艦二隻を撃破し、戦艦一、巡洋艦一を坐礁させ、わが方は損害なく引きあげたのである。

日本の水雷部隊がつぎに、その威力を十分に見せたのは、名にしおう日本海海戦の夜戦においてであった。その前の昼戦の終わりにも、乱打されて孤立した敵の戦艦スワロフに止めをさしたのは駆逐隊の三本か四本の魚雷だった。生存者は一名もない。

五月二十七日の日が暮れると、わが水雷部隊の駆逐艦二十一隻、水雷艇三十一隻は砲戦部隊と入れかわって、残存敵部隊を三方からかこんだ。大恐慌が暗夜の海上に起こった。六十度の傾斜、滝のように落ちかかる海水をモノともせず、水雷部隊は肉薄しては恐怖の魚雷を放つ。

この襲撃により、戦艦ナワリンは三本をうけて沈没した。突如、眼のくらむような炎がパッと闇を引き裂いた。そして海がマストより高くもちあがって、何千トンという海水が甲板や艦橋や生存者の肩にドドドと崩れおちた。戦艦シソイウエリキー、巡洋艦ナヒモフ、モノマフの三艦も雷撃されて浸水のはて、つぎの朝までに沈んでしまった。

この水雷攻撃は四時間にわたってつづけられ、逃れたのは四隻だけだった。わが方の損失は水雷艇三隻のみ。航行中の戦艦を魚雷で撃沈した最初だった。

▽魚雷の命中率

実例からみて、うまく近接ができれば、潜水艦発射が一番その命中率は高いようだ。しかし、艦長が老練で魚雷がよくなければ、せっかくのチャンスも活用できない。航空雷撃は四方から押しつつんで魚雷をうてば、逃げきるわけにゆかないから命中率はあがる。

日清戦争（威海衛夜襲）は、碇泊艦隊夜襲の典型的なものだった。八隻の水雷艇が、少な

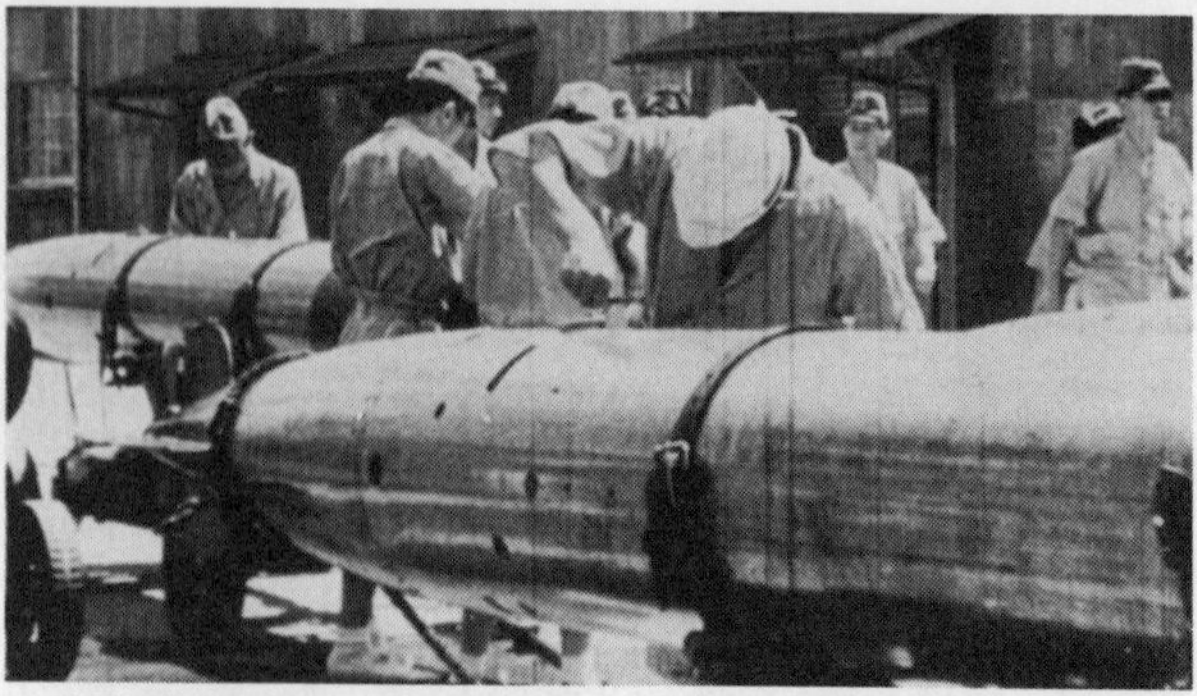
魚雷の整備を行なう水雷科員。駆逐艦にも空母にも魚雷分隊は欠かせない

くとも六本以上を命中させたことになり、命中率は三〇パーセントと見てよかろう。日露戦争の場合は、旅順港外敵艦隊夜襲は二〇パーセントというところ。つぎの日本海海戦の夜戦は相手が敗残の部隊だったが、命中率はまず一割。

第一次大戦では、ジュットランド海戦で両軍あわせて一五〇本を発射して十五本命中だから、一〇パーセント（英国二〇％、ドイツ四％）。航行中の艦船襲撃では一割という数字が妥当だ。

さて第二次大戦となると、水上魚雷戦の成績は、あまりよくない。魚雷の性能は飛躍的に向上したが、命中率はさっぱりだった。スラバヤ沖、バタビア沖では日本が命中ゼロの記録をつくり、ルンガ沖では米国側がゼロ。有名な第一次ソロモン海戦では十七本のうち三本、ルンガ沖では四十四本中の六本が日本部隊の命中数だった。米国側の圧勝に終わったベラ湾では三十四本中の七本命中となっている。三回の平均一七パーセント。

潜水艦発射の命中率は、アメリカの記録では初期は二〇パーセント以下だったが、後期には四〇パーセント以上になったという。

航空発射は、日本が真珠湾で九〇パーセント、マレー沖で四三パーセントという見事な成績を打ちたてた。珊瑚海海戦では両軍が三〇パーセント以上の記録をつくったが、この辺が航空発射の標準と思われる。ただし、大和の場合はせいぜい一〇パーセント内外であったようだ。

▽雷撃と爆撃と砲撃の優劣

これはなかなかむずかしい問題で、どちらかに軍配をあげることは、当を得ない比較論になる恐れがある。そこで結果論になるが、魚雷と爆弾と砲弾で沈められた艦をくらべることにしよう。

魚雷を射ちこまれることは、十中八九は致命傷になるが、この点ではだんぜん雷撃の方が有利なことに異存はない。というのは、戦艦はじめ大艦で雷撃されて沈んだもの九十九隻に対し、砲撃で沈んだものは十四隻にすぎない。爆撃によるものは四十七隻であるから、ちょうどその中間である。

全体でいえば、爆撃によるもの五三四隻で断然他をひきはなして一位であり、つぎは雷撃の二二四隻、砲撃はぐっとへって八十六隻となっている。雷撃のなかで、潜水艦によるものは七割近くの一五九隻で、航空雷撃と水上雷撃は仲よく三十二隻となっている。爆撃がずばぬけて撃沈数が多いのは、これでやられた潜水艦が三五〇隻を上まわることと、駆逐艦も一〇〇隻以上やられたのによる。

さて、今度は日本と米国の戦闘艦艇の損失について、雷撃、爆撃と砲撃の成果をくらべてみよう。

雷撃によりアメリカは三十四隻、日本一〇七隻。爆撃は米国十四隻、日本は八十六隻。砲撃ではアメリカ十七隻、日本が十九隻やられている。

日本の雷撃の損害が大きいのは米潜水艦の予想外の活躍によるもので、このほか商船損失の半分（四八六万トン）も同様に潜水艦にやられて、日本敗北の主因となったものである。なお、機雷や爆雷はあまり注目されない武器であるが、機雷による損害は一〇〇隻をこえ、爆雷によるものは二五〇隻にのぼっている。

▽第二次大戦と魚雷

第二次大戦の最もいちじるしい特長は、航空機が王座に進出して、その威力をふるったことは誰でも知っている事実だ。これとならんで潜水艦の大きな活躍も見のがせない。それどころか大西洋戦は潜水艦で、すんでのことで勝負が決まりかけたくらいだ。

さて、今度は魚雷という立場から第二次大戦を眺めてみよう。魚雷はいったいどのくらい敵艦を沈めたり、撃破しただろうか。一次大戦で老朽戦艦をやっと一隻しとめたのが関の山というのと雲泥の差である。

魚雷といっても水上艦、潜水艦、雷撃機と、三つに分かれているが、それをひっくるめて魚雷で沈められた戦闘艦艇は二二〇隻以上。その内訳は空母二十五、戦艦十七、重巡十九、軽巡三十八、駆逐艦九十六、潜水艦二十九となっている。軽巡以上の大艦の大半は魚雷が致命傷であるが、それは当然のことである。

第二次大戦では魚雷の能力は恐るべきものがあり、最大のものは直径六一センチ、長さ九メートル、最大射程は四万メートル、炸薬量は八〇〇キロだった。航空魚雷でも第一次大戦の水上艦用魚雷の能力があり、潜水艦用はその中間だった。

米国海軍が主として日本海軍の魚雷で沈められた数は、潜水艦以上三十四隻、小艦艇六十六隻、計一〇〇隻に達するが、これは砲撃と爆撃で沈められた数とだいたい同数である。つまり、雷撃による損失は砲撃や爆撃のちょうど二倍であった。また日本の戦闘艦艇は、雷撃によるもの八十六隻、砲撃によるもの十九隻、爆撃によるもの八十六隻となっている。魚雷による沈没のうち潜水艦による雷撃の損害は、第二次大戦喪失艦艇全部のうち最も多く、一六〇隻となっている。

▽ジュットランド海戦と魚雷戦

第一次大戦最大の海戦であるジュットランド海戦（一九一六年五月三十一日）に参加した英独の駆逐艦は、七十八隻と六十一隻の計一三九隻であった。この両軍の水雷部隊は、その収めた戦果は別として、もっともよく戦ったというべきである。その勇戦健闘は、その走った距離の二五〇浬《かいり》と、沈没した隻数（十三隻）を見れば明らかだ。

水雷部隊の戦闘は六回と数えられるが、その内訳は駆逐艦同士が二回、ドイツ駆逐艦対英主力部隊が二回、イギリス駆逐艦対ドイツ主力部隊が二回となっている。

いずれも友軍の危急を救わんとし、あるいは主力の身代わりとなって奮戦した不朽の記録を残している。とくに駆逐艦三十隻をひきいて英主力部隊に対し、決死の襲撃を敢行したハインリッヒ隊の三十一本の魚雷は、ゼリコーの主隊を退避させ、ドイツ主力の破滅的危機を救ったのである。

このとき、その一艦G41号は敵弾命中し、水雷長ワグナー中尉以下の発射管員をなぎ倒した。全身朱にそまったワグナー中尉は屈せず、残った片方の手で魚雷二本を発射した後、力つきて事きれたという。

ジュットランド海戦で両軍の駆逐艦の放った魚雷は一四九本に達した（英五二、独九七）。ドイツは旧式戦艦ポンメルンを撃沈されたが、これは英駆逐艦四隻の発射した八本の魚雷によるものといわれる。また、英国側はマルボローが魚雷一本をうけて損傷したが、沈没はしなかった。駆逐艦シャークとノーマッドが雷撃をうけて沈んだ。

ドイツ側は巡戦ザイドリッツが一本命中したが沈まず、軽巡二隻と駆逐艦二隻がそれぞれ一本の命中をうけて撃沈された。なお、ドイツは駆逐艦といわず水雷艇といったが、魚雷の能力も駆逐艦の艦型も英国の方がかなりすぐれ、かつ大型であった。しかし水雷部隊の勇猛さでは五分であった。

▽ドイツの音響魚雷

一九四三年一月、デーニッツ提督がレーダーにかわってドイツ海軍総司令官となった。彼は音響魚雷を使用する潜水艦作戦に勝利の希望をつないだ。

音響魚雷というのは、敵艦船の推進器音の超音波伝播障害を利用する音響追尾装置によって自動操縦される魚雷のことである。航行中の船は推進器をとめるわけにはゆかないから、この音響魚雷の出現は、連合軍船舶の損失をふやして、このままだと手を上げざるを得ないところまで押しつめた。

　この魚雷は船団の付近で発射さえすれば、プロペラの音に引き寄せられてゆくし、一隻に三本も四本も射ちこむ不利もなかった。高速を出す必要もないし、船団の速力より少し早い程度でよいから、長時間にわたって獲物を追いかけまわすことができた。船団にとっては全く厄病神のような相手で、グルグルまわって撒《ま》いてしまうほかはないが、編隊の船団ではできないことだった。

　連合国の科学者たちは頭をしぼって対抗策を考えはじめた。どんな新兵器でも相手が対応策を考える前に、思い切って大量に使用せねば駄目である。

　フォクサーと呼ばれた騒音発生器を船尾に引っぱることがはじめられると、音響魚雷はその器具にだまされて、みんな吸い寄せられて船団はなんの損害もうけなくなった。こうして、音響魚雷による危機は救われることになった。

　ドイツ海軍は、このほかに自動変針魚雷という面白い運動をする魚雷をつかった。この魚雷の操縦装置には歪輪をとりつけ、八字型、そのほか望むかたちに走らせることができる。この魚雷を船団に数本射ちこむと、魚雷の方向が予知できないので、雷跡を見て回避することはほとんどできない。そこで運の悪い船は、まごまごしてるうちに命中されてしまうことになるわけである。

▽米海軍を救った電気魚雷

昭和十七年(一九四二)のはじめに、一本のドイツ電気魚雷がアメリカ海軍の手に入った。この魚雷はすぐにウエスチング電気製作会社に送られ、同じものを生産するよう命ぜられた。しかし多くの困難があり、同じものの生産は生やさしいことではなかった。

ドイツの電気魚雷は最高司令部がひどく肩をいれたもので、無航跡というのが大きな狙いだった。この特長は、ほとんど探知ができず回避のできない点であった。値段も蒸気魚雷の何分の一ですむ。量産もきく。ただ、雷速が低いため(四十六ノットの普通魚雷にくらべ三十ノット内外)誤差が大きくひびき、命中の機会をへらすのが欠点だった。

この魚雷(米海軍ではマーク18魚雷)は最初はあまり成績がかんばしくなく故障続出し、とくに大偏斜や沈没が多く、長い間の頭痛の種であり人泣かせの代物《しろもの》だった。改良のため、一時供給をとめたこともあったくらいだ。ついに昭和十九年一月中旬、改良されたものがぞくぞくと供給されることになった。この完成された電気魚雷の出現によって、はじめて米国の魚雷問題は解決された。そして俄然アメリカ潜水艦の活躍は本格的となり、日本は海上交通線に致命的大打撃を受けることになった。

昭和十九年に発射された潜水艦魚雷の三〇パーセントが電気魚雷だったが、終戦直前の六ヵ月間には、その比率は六五パーセントに上昇した。日本側は護衛艦もしだいにへったが、無航跡魚雷をさけることができないため、被害は増す一方だった。戦艦金剛が撃沈されたのも電池魚雷である。

大井艦上の六年式53cm連装発射管と魚雷発射操法訓練にはげむ兵学校の生徒

太平洋戦争の初期には、魚雷不足と不良が潜水艦長をひどく苦しめ、米国を苦境に追いこんだが、昭和十九年なかばには魚雷の供給がダブつき、一部は送り返したほどだった。終戦時には一二〇〇本に達した。

▽不評のマト米国の磁気魚雷

魚雷には、磁気魚雷とか電気魚雷とか音響魚雷とか、いろいろちがった種類があるが、原動力からわければ蒸気魚雷と電気(電池)魚雷の二種である。磁気魚雷というのは魚雷の起爆装置の名前で、これには撃発と磁気の二種があるが、米国のものはマーク6磁気爆発尖といい、一九四一年夏にはじめて供給された。その後、機能不良のため、さんざん手を焼き不評をまねいた主人公である。

磁気魚雷はなにも米国の特許ではなく、本家はむしろ、ドイツや英国である。皮肉なことに米国の参戦直前、ドイツ海軍は磁気魚雷は故障だらけで見込みがないというので、この型式を断念した。

英国海軍もしばらくあとで、やはり放棄したイワクつきのものである。

一方、米海軍当局は、これらの事実を知っていたにかかわらず、長い間この信頼性のない気まぐれものに恋々とかじりつき、とどのつまり、ついにサジを投げたのが一九四三年(昭和十八)七月末であった。おかげで、日本の船舶で撃沈をまぬがれ生きのびたものはかなりの数量にのぼっている。

もともとこのマーク6爆発尖は、一九二五年いらい、誰一人として将来アメリカが無制限潜水艦戦にしたがうものと予想しなかった時代に脚光を浴びて発達したものだ。

潜水艦乗りや駆逐艦長は、魚雷を敵艦に命中させずに、戦艦なら十フィート下(そのほかは五フィート下)に射ち込むように指令された。

しかし磁気発射の理論には誤りがあり、この爆発尖はショックに非常に敏感だった、艦底下十フィートの計画は実際はもっと深くもぐるし(不発)、深度を浅くすると五十フィートも前方で爆発する(早発)という始末だった。

この問題が解決したのは、終戦直前のことである。

▽戦艦は魚雷何本で沈むか

日清戦争から第二次大戦まで、魚雷はその間にめざましい発達をとげた。その間に魚雷で何隻の戦艦を沈めたかといえば、撃沈二十一、撃破九の計三十一隻となっている。

それでは何本で沈めたのか? その前に、第一次大戦までの五隻は駆逐艦か水雷艇にかぎられ、二次大戦では水上艦が二隻、潜水艦(豆潜をふくむ)が三隻、雷撃機が十一隻となっているのに注目。

ところで、戦艦といっても新旧、大小さまざまであり、魚雷にも大小があり、また命中場所にもよることだから何本で確実に撃沈しうるという公式はむずかしい。事実だけを並べてみよう。

▽日清戦争（威海衛夜襲）＝定遠（大破擱坐、本数不明なるも二本か）、来遠（沈没、本数不明、二～三本？）

▽日露戦争＝旅順港外夜襲／戦艦三撃破（本数不明）。日本海夜戦／スワロフ（沈没三～四本）、ナワリン（沈没三本）、シソイウエリキー（沈没一本ただし砲撃を受け大破後）

▽第一次大戦＝ジュットランド海戦夜戦／ポンメル（沈没八本）、マルボロー（撃破一本）、ザイドリッツ（撃破一本）

▽第二次大戦

(1)雷撃機によるもの――オクラホマ（沈没五本）、アリゾナ（沈没一本）、カリフォルニア（沈没二本）、ウエストヴァージニア（沈没五本）。比叡（大破三本）。コンテディカブール（沈没本数不明）。武蔵（沈没二十本、ほかに爆弾二十五発）、扶桑（沈没二本）、山城（沈没四本）、大和（沈没十二本ほかに爆弾五発）

(2)潜水艦によるもの――バーラム（沈没四本）、ロイヤルオーク（沈没三本）、金剛（沈没四本）。ラミリーズ、ヴァリア

▽**魚雷艇と水雷艇**

水雷艇と魚雷艇はどう違うか？　これを説明する前に、まず水雷と魚雷はどう違うのかをハッキリさせる必要がある。といっても、この二つは同じものに使われることもあるし、違う場合もあるからややこしい。

最初は水雷という言葉があって、水中爆発物を指していた。それが魚形水雷になり、敷設水雷になり、機械水雷に進化した。その後、魚雷や機雷になり、水雷は総称となり、魚雷と同じ意味に使われることもあった。

水雷艇は、一八七三年（明治六）に誕生したが、魚雷を主用する目的だった。日清戦争当時の一〇〇トン足らずのもので、形だけ見ると、むしろ潜水艇に近い。

第二次大戦のドイツの水雷艇は五十一隻あったが、一二〇〇トンもあり、中型駆逐艦といっても差支えないほどだった（発射管六門）。日本は六〇〇トンのものを十二隻持っていたが、どっちつかずのものだった（発射管二門）。

魚雷艇は第一次大戦で出現したもので、魚雷を持ったモーターボートである。イタリアが元祖でＭＡＳと呼ばれ、英国ではＣＭＢと呼んだ。

第二次大戦では英国はＭＴＢといい、米国ではＰＴとよび、ドイツはＳ何号と呼んだが、英国ではこれをＥボートと名づけた。大体二〇トンから六〇トン内外で、魚雷も二本から四本積んでいた。速力が五十ノット近くの快速艇もある。

地中海のような島かげの多い水域で使われるが、大洋ではあまり使い道のないものだったが、ソロモンやニューギニアの沿岸でなかなか活躍した。特にケネディ中尉が艇長で天霧に沈められた話が有名になって、誰でも知るようになった。

スリガオ海峡の海戦で魚雷艇が戦艦山城を撃沈したようなことが発表されたことがあるが、これはウソだ。米国は七三〇隻の保有で一位、日本と英国は三六七隻と三九三隻で第二位だ。

▽スラバヤ沖海戦

ドールマン少将の指揮する英米豪蘭部隊（重巡二、軽巡三、駆逐艦八）は、日本部隊（重巡二、軽巡二、駆逐艦十）を攻撃のため出撃し、昭和十七年二月二十七日の夕方にスラバヤの北西方で両軍相まみえた。

七時間にわたるこのスラバヤ沖海戦で、連合軍兵力の約半数（軽巡二、駆逐艦三）は撃沈され、他は撃破され、ドールマン提督自身もその旗艦とともに海中に没した。一方、日本側は一隻の艦艇も喪失せず、わずかに駆逐艦一隻が大破しただけだった。こうして三月一日朝のバタビア沖海戦をもって、連合軍海上兵力は南方海域から一掃されたのだった。

さて、海戦の模様をあらまし述べれば――ドールマン提督がスラバヤにおいて率いることになった兵力は、紙上の比較では対抗する日本軍とほとんど差はなかった。しかし連合軍側は旧式艦が多く、乗員は疲れ果てており雑軍で、とても戦って勝利を収める見込みはなかった。

それでもドールマン少将は、出撃して日本軍を撃破せよという命令を受けて乗り出したのだった。

二月二十七日の午後四時から両軍は視界に入り、重巡隊の遠距離砲戦で火蓋が切られた。

スラバヤ沖海戦で煙幕をはりながら突撃する水雷戦隊。旗艦那珂の四水戦と旗艦神通の二水戦が参加し、雷速40ノット３万2000mと長射程の九三式酸素魚雷が発射され敵艦隊を驚愕させた

日没までの間に、両軍とも大量の砲弾を撃ち合い魚雷を発射したが、決定打はなかった。わずかに一発ずつの砲弾が、デロイテルとエクゼターに命中したにすぎない。

午後七時半、両軍はふたたび触接して夜戦がはじまった。そのときドールマン隊は巡洋艦四、駆逐艦一が参加していた。

日本部隊は避退しつつある敵にたいして、恐るべき長射程の酸素魚雷を射ちこんだ。距離は七千メートル。オランダ軽巡のデロイテルとジャワは、たちまち火炎につつまれ、のたうちまわった。こうして連合軍攻撃部隊は、その指揮官とともに、ジヤワ海の底に消え去ってしまったのだ。

▽クラ湾夜戦

昭和十八年七月はじめ、米軍はニュージョージアのセギ岬に対する上陸作戦を開始した。こうしてビラおよびムンダの守備隊に軍需品を供給のため通過するクラ湾航路を日本軍に使用させないように計画された。その支援作戦が七月に二回の水上部隊の夜戦を引き起こしたが、その第一回のものが七月六日のこの海戦である。日本側は駆逐艦十隻のうち二隻を失い、巡洋艦三と駆逐艦四よりなる米任務部隊は、その代償として軽巡一隻と駆逐艦一隻を支払わねばならなかった。

米国部隊と日本部隊の間には、一方は砲力、装甲がまさり、一方は三隻以外は輸送隊という不均等はあったが、日本軍の方が優勢だったといえる。しかるに、エーンスワース提督は日本側の予備魚雷を有する巨大な酸素魚雷の存在すら知らなかった。日本側は敵の射撃開始後一分もたたないうちに十六本の長射程魚雷を射ちこんだが、一本も命中しなかった。米国側も六インチ砲弾二五〇〇発以上も注ぎかけたが、手応えはあまりなかった。てっきり全滅させたとばかり思いこんだのは、アメリカ側の希望的観測で、三隻のうち司令駆逐艦の新月(三水戦司令官・秋山輝男少将＝昭和十八年三月〜七月＝座乗)を撃沈しただけにすぎない(秋山司令官以下約三〇〇名戦死)。

で今度は、小破したにすぎない他の二隻の秋山隊の恐るべき魚雷がアメリカ軍の隊列に飛びこんできた。軽巡ヘレナがその犠牲になった。つづいて三本の魚雷が命中したのだ。艦首

4連装発射管の登場と共に魚雷も進化、空気魚雷から酸素魚雷に

が切断しもぎとられた。さらにもう一本が艦尾に命中した（不発）。

遅ればせながら、米側駆逐隊も九本を発射したが、全部後方通過。さらに二隻は敵の輸送駆逐艦に五本を射ったが九千メートルで一本も命中せず。こうして海戦は終わった。日本側は新月を失い、長月は坐礁したところを翌日B25に爆破され、他に駆逐艦二隻が損傷したが、ヘレナを撃沈し輸送は一応成功した。

▽コロンバンガラ沖夜戦

この海戦は、エーンスワース少将の指揮する軽巡三隻と駆逐艦十隻よりなる任務部隊が、輸送駆逐艦群を護衛中の第二水雷戦隊（神通および駆逐艦五）と、コロンバンガラ沖の暗夜の中で交戦したものである。連合軍側は駆逐艦一隻が沈没、軽巡三および駆逐艦二隻が損傷した。日本側は軽巡一隻沈没。

昭和十八年七月十三日の午前一時すぎ、米

巡洋艦部隊は距離九千メートルで砲戦をはじめ、三隻の軽巡の射弾は神通に集中したが、実に二六三〇発が撃ち出された。

神通は少なくとも十発の命中弾をうけて大破し行動不能となった。さらに駆逐隊の魚雷一本が後部機械室に命中し、二本目が二番煙突のところで船体を両断した。それらは猛烈に炎上し、爆発を起こして伊崎俊二司令官以下四八〇名のほとんど総員が壮烈な戦死をとげてしまった。

これより先、豪軽巡リアンダーも日本の魚雷が命中落伍した。

午前二時、米国側の二隻の軽巡と駆逐艦グウインは日本の酸素魚雷の射線内に入りこんだ。三本の魚雷がホノルルの前方、一本が艦首の下を、さらに他の二本が艦尾の後方を通過した。また一本はセントルイスの左舷艦首に命中し、同艦はたちまち速力を減じた。

二分後、今度はホノルルに向かって二本の雷跡が突進してきて、一本は右舷艦首に命中、その爆発で同艦は空中に持ちあげられた。つぎに駆逐艦グウインに一本命中、同艦は沈没した。ホノルルにはさらに艦尾に一本命中したが、それは不発だった。

日本の四隻の駆逐艦は三十一本の魚雷で良好な命中率を得たのだ。とにかく伊崎少将（二水戦司令官＝昭和十八年一月〜七月）は田中少将の樹立した立派な日本水雷戦隊の伝統を辱しめなかった。彼は旗艦と運命を共にしたが、駆逐艦一隻を沈め、軽巡三隻を叩きのめし、駆逐艦二を大破させたのだ。損傷した巡洋艦の二隻は数ヵ月、他の一隻は戦争中ずっと行動不能になったままだった。

▽ベラ湾海戦

ソロモン諸島のコロンバンガラに、増援隊と補給品の輸送をくわだてた日本駆逐艦四隻がアメリカ駆逐艦六隻の奇襲攻撃をうけた時に起こった海戦で、日本側は三隻沈没、一隻損傷の被害をうけ、アメリカは損害なしという一方的なものだった。

昭和十八年八月六日の夜中、モースブラッガー中佐の指揮する米駆逐艦六隻は、折しもベラ守備隊に九五〇名の陸兵と五十五トンの軍需品を輸送中の日本駆逐艦四隻と出会った。杉浦嘉十大佐の指揮する第四駆逐隊と第二十七駆逐隊だった。

アメリカ側は、一足先に電探で北方十浬に敵影をつかまえた。指揮官は「敵水上部隊、確実、距離一万八千メートル」と各艦につたえた。日本側は高速で南下中、微風は雲を吹きはらい、月のない晴天暗夜で、海上はさざなみもない静穏さだった。

電探のない日本軍は、距離が七千メートルになっても、敵を発見できなかった。その一分後、モースブラッガーは一番隊の三艦に対し「発射始め」を令した。電探発射をやろうというのである。各艦八本、計二十四本の魚雷が水中に躍りこんだ。情況はとびきり上等で申し分のないものだった。目標は真横で射程は約三七〇〇メートル。一番隊は発射後、右九十度に一斉回頭して敵魚雷の回避運動をした。

発射後四分、一番艦萩風《はぎかぜ》には一本か二本、つぎの嵐には二本か三本命中した。三番艦江風《かわかぜ》にも一本命中して前部が吹き飛んだ。四番艦の時雨だけは魚雷が艦底を通過して事なきをえた。

米側二番隊はひきつづき十本を発射した。かくて、アメリカ軍は魚雷三十四本を射ちこみ、三艦に六本〜八本を命中させた。この奇襲により日本側は一五〇〇名以上の陸兵と乗員を失い、沈没した三隻は第一線の新鋭駆逐艦ばかりだった。この海戦はアメリカ側が駆逐隊だけで日本駆逐隊を雷撃して、みごとな大成功をおさめた最初のものであった。

▽ブーゲンビル島沖海戦

メリル少将の指揮する任務部隊（軽巡四、駆逐艦八）が、エンプレスオーガスタ湾の輸送船群を攻撃のため進撃中の大森仙太郎少将（五戦隊司令官）指揮下の日本部隊（重巡二、軽巡二、駆逐艦六）を阻止せんとして起こった海戦で、日本軍は軽巡一、駆逐艦一沈没、重巡二、駆逐艦二が損傷して反転後退した。米国側は軽巡二、駆逐艦二が損傷しただけで、日本軍を撃退した。

昭和十八年十一月二日の午前二時半、アメリカ巡洋艦部隊は例によって、敵部隊をレーダーによって発見、八隻の駆逐艦にまず魚雷攻撃を命じた。ベラ湾海戦以後、それまで砲戦を主にしていた戦法を魚雷戦に切り替えたのだ。

この結果起こった戦闘で、三水戦旗艦の軽巡川内《せんだい》（司令官・伊集院松治少将＝昭和十八年七月〜十二月＝座乗）は命中魚雷二本と砲撃のため撃沈され、駆逐艦五月雨と白露は敵の魚雷と砲火を避けようとして高速運動中に衝突事故を起こし、戦闘不能となった。

さらに、旗艦の重巡妙高もまた砲撃を回避のため操艦中、駆逐艦初風（十戦隊）と衝突した。初風は速力が落ちたところを敵の集中砲火の目標となって撃沈されてしまった。重巡羽

右上端の隠戸から給油中の朧(右)を、その甲板越しに給油をうける左の曙艦上より撮影。曙の一二年式3連装発射管の下を給油蛇管が走り、朧の発射管後部が見え、甲板には魚雷運搬軌条

黒は六発の命中弾をうけたが、そのうち四発までは不発だった。アメリカ側の魚雷はこのころ、ようやく不発はなくなっていたが、砲弾の方は依然として性能がよくなかったのだ。

この海戦中、日本側指揮官は星弾や吊光投弾を多数つかったが、全くの雲の多い暗夜のうえに敵はかくれ煙幕をつかったので、さっぱり敵情がつかめなかった。そこで攻撃もあまり効果あがらず、軽巡一隻と駆逐艦二隻を小破する程度にとどまった。

敵情や兵力もよく分からず衝突の損害も少なくないし、さらに夜が明けると航空攻撃圏内に取り残されるという懸念から、日本部隊は戦闘を切りあげてラバウルに後退した。そこで、日本軍指揮官はその責任を問われることになった。

その日の夕方、米軍上陸拠点は確保され、さっそく滑走路と海軍基地の建設がはじめられた。この海戦の不成功は日本にとって大きな不利をもたらしたのだ。

▽スリガオ海峡夜戦

主力（栗田部隊）と呼応して、昭和十九年十月二十五日の早朝、レイテ湾突入を命ぜられた西村部隊（戦艦二、重巡一、駆逐艦四）は、予定よりずっと早くスリガオ海峡にさしかかった。そこには、オルデンドルフ少将のひきいる戦艦六、巡洋艦八、駆逐艦二十六、魚雷艇三十七の大兵力がまちうけていた。

まず、島蔭から飛び出した魚雷艇群が西村隊に襲いかかったが、三隻を撃破された。息つく間もなく、今度は三隻の駆逐艦が右側から近寄り、二十七本の魚雷を射ちこんだ。日本側は探照灯を点じ、砲火を浴びせた。今度は左側から二隻の駆逐艦があらわれ、二十本の魚雷を発射。はやくも戦艦扶桑は二本の命中魚雷をうけて大破し、駆逐艦満潮は落伍した。

しかし、西村部隊は前進を止めなかった。第二陣の駆逐艦六隻の魚雷や砲火の弾幕をものともせず、たちまち一本の魚雷が山城に命中、山雲もやられた。二十五日午前三時すぎのことだ。

「われ魚雷命中を受く。各艦は前進して敵を攻撃せよ」これが旗艦山城から西村祥治中将の発した最後の命令だった。

傷ついた扶桑、最上、朝雲、時雨がレイテ湾に進撃をつづけた。午前四時すこし前、一本の魚雷が山城の弾薬庫に命中、艦は爆発して真二つにさけ、海底深く消え去った。つぎは第三陣の六隻の駆逐艦が三方から魚雷と砲弾を注ぎかけて、日本軍の進撃を阻止した。まもなく、湾口に一列にならんだ六隻のアメリカ旧式戦艦群の片舷砲が扶桑の艦上に雨のように落ちはじめた。

一方、西村部隊の後方二十浬に続航していた志摩部隊（重巡二、軽巡一、駆逐艦四）がスリガオ海峡に入ってきた。前方には砲火がひらめき西村部隊が苦戦中だったが、その模様はわからない。入口で阿武隈（一水戦旗艦。司令官・木村昌福少将座乗）が魚雷艇群から襲撃され、一本が命中して落伍（翌二十六日ミンダナオ海で空襲をうけ沈没）した。午前四時には志摩部隊もまわれ右をして、スリガオ海峡を後にした。

青い眼が見た九三式酸素魚雷奮戦記

姿なき暗殺者〝酸素魚雷〟に戦慄の日々を送った一米兵の海戦レポート

元米海軍兵曹長・戦後米海軍報道班員　ジョセフ・D・ハリントン

太平洋戦争がはじまったとき、実戦の経験にとぼしいアメリカの戦略家の多くは、三週間もあれば確実に勝てると思っていた。「日本人は模造品ばかり作っている。満足な玩具《おもちゃ》も作れない日本人がなんで戦争なんかできよう。アメリカの兵隊は日本人を軽くやっつけるに決まっている」というのが彼らの意見だった。

ところが、いざ蓋《ふた》をあけてみると、遅れているはずの日本が世界史上かつてないほどの大攻勢で挑《いど》んできたのを見て、アメリカの素人《しろうと》戦略家はもちろん職業軍人の多くも、少なからず驚いた。

数ヵ月を出ないうちに、日本は地球の周囲の三分の一にもあたる守備線を展開した。しかもそれは中国大陸での戦争をつづけ、満州ではソ連軍を封じ込めてのことなのである。

ハリントン兵曹長

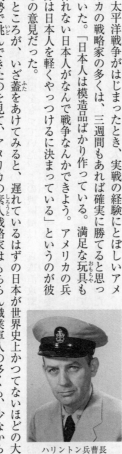

日本軍の進撃があまりにも激しいので、アメリカの太平洋岸に住む人たちは、沿岸に日本の潜水艦があらわれたと報じられるたびに、恐れおののいたものだ。また豪州の防衛は、日本軍を阻止するまでに国土の三分の一は失われるだろうといわれていた。

日本の航空隊が優秀であったことは、アメリカ人の初めてうけた大きなショックであった。日本の飛行機といえば、外国の真似のように思われていたのだが、日本軍はすばらしい性能をもった零式戦闘機《ゼロ・ファイター》をもっていた。この戦闘機は、真珠湾攻撃以前にすでに三百の敵機をおとしていたし、それまでも、またその後も相当期間、この三菱製の零戦を撃墜したといえるパイロットは一人もいなかった。

日本帝国海軍は、アメリカ人が考えていたようなボロ海軍ではなく、最高級のものだった。戦艦大和と、そのあとにできた武蔵は世界最強のものであったし、戦艦、巡洋艦、駆逐艦など、どれをとってみても当時、太平洋にあったものとしては、もっとも足の速いものだった。また空母群は、世界中の空母が束《たば》になってかかってきても、まだそれらを十分に撃破できるだけ優勢であった。

軍人であり、多くの著書を出しているエドワード・ビーチ海軍大佐でさえ、一九四一年（昭和十六）における日本海軍は「艦艇の比較において、また人員の比較において米海軍よりすぐれていた」と書いている。それに帝国海軍の将兵は、ホノルルやサンディエゴにいる米水兵とはモノがちがっていた。高度の訓練をうけた日本海軍の兵士は、悪天候さえも自分のほうに有利に利用する方法を知っていた。

じっさい、日本海軍がもっとも活躍したのは慣れない水域で、高速でおこなう夜襲においてであったが、これも日本海軍の兵士が世界のどこにも見られない猛烈で、たゆまない訓練をしていたためだった。

日本海軍航空隊のごく一部の勢力が真珠湾を攻撃している間に、他の一部はフィリピンに向かい、真珠湾攻撃から数時間を出ないでフィリピンの航空兵力をたたいた。さらに第三の部分は、その後まもなく英国の誇る戦艦プリンス・オブ・ウェールズとレパルスをマレー沖に沈めて、航空兵力に新時代をもたらした。この戦いで英艦と運命を共にしたトーマス・フィリップス提督は、味方航空機の援護なしで虎の子の戦艦二隻を外海に出したことについて、のちに本国の人たちから批判をうけた。しかし当時、爆撃機が五〇〇浬《かいり》も沖合に出て、敵艦に攻撃をくわえうると考えた人は一人もなかった。それを日本人がやってのけたのである。サイゴンを発進した日本機は五〇〇浬南下して、英艦を撃沈して引きあげたのだ。飛行機で、これだけのことをやってのける芸当を日本の敵（米国その他）がやれるようになったのは、それから数年後のことだった。それにアメリカ人は艦上機による敵空母の撃沈は珊瑚海海戦が最初のように思っているが、日本の艦上機はそれよりまる一ヵ月前、インド洋で英空母ハーミスを撃沈している。

日本の褐色のサムライは、まったく驚くべきものを着物の袖の中にかくしていたと言わなくてはならないが、そのうちでも驚くべきものは一九四五年、日本軍が降伏したあとまでアメリカ人にはわからなかった。

4連装発射管と共に開戦前には駆逐艦や軽巡にも61cm 酸素魚雷を搭載した

つまりそれは日本海軍がほこった九三式魚雷である。この強力で高速、ほとんど航跡を残さないですすむ怪物のために、十数隻の米艦が数千名の将兵とともに失われたのである。

ソロモン群島の奪い合いに、日米の海軍は前後十回も矛《ほこ》をまじえているが、その十回のうち日本海軍は六回も勝ち、一回はアメリカに肩すかしを喰わせている。しかもそれは優秀な九三式魚雷による勝利であった。あと一押しすれば、日本軍は米軍をソロモン水域からしめだし、米軍は少なくとも数年間は攻撃のチャンスをなくしていたに違いない。

ソロモンをのぞく地域での日本軍は、航空機による幾重もの防御網をもち、その防御網は島づたいの補給路によってつねに強化されていた。この防御網の外側では、日本の連合艦隊が巡洋艦や駆逐艦をつかって、アメリカ人にはとうてい信じられないほどの威力をもつ九三式魚雷を連合軍艦艇に叩き込んでいたのである。

想像もつかない射程

サボ島沖海戦（昭和十七年八月八日＝一次ソロモン海戦）は、米海軍創設いらいの惨敗ぶりであったが、この敗北も主として九三式魚雷によるものだった。日本海軍は九三式魚雷を「長槍」と呼んでいたが、これは、この魚雷の射程距離がたいていの戦艦の主砲の射程距離より長かったことを思えば、まことにふさわしい名前であったといえる。

九三式魚雷は三十六ノットという高速で、三十五キロの地点にある目標に達することができたし、また二十キロ以内にある敵艦になら四十九ノットという、とうてい信じられないスピードで走ることができた。そのうえ爆薬は米海軍のものの二倍で、アメリカの魚雷は足もとにも近寄れない威力をもっていた。

ソロモン海戦において、日本海軍は考えられないほどの遠距離から、驚くべき正確さをもって九三式魚雷を射ち込んできた。遠方にある日本艦隊が米艦のレーダーにはっきり映し出されると、そのレーダーの上に潜水艦らしいものが一直線に米艦めがけて進んでくるのが見られる。そこで米艦では潜水艦の潜望鏡の発見につとめるのだが、それが日本艦隊からの贈り物の魚雷なのだ。日本艦隊があれだけの遠方から魚雷を発射しうるということは、当時の米将兵には想像もつかなかった。

姿なき暗殺者の脅威

一九四二年（昭和十七）八月七日、午前七時を期して米海兵隊はガダルカナル島への上陸を開始した。ところがそれから四十四時間後に、上陸部隊を守るため後方水域にあった米艦隊が、日本艦隊に完全に叩きのめされてしまうという事件が起こった。

日本海軍の数隻の艦艇が、警戒にあたっていた米駆逐艦の間をぬけて主力部隊に殴り込みをかけ、無傷で引きあげたことは今や有名な話である。しかし米海軍に対して、一八一三年ボストン港外で砲艦チェサピークが沈められていらい、最大の驚異をあたえたのが日本軍の誇った魚雷「長槍」であったことを知る人は少ない。日本魚雷の威力は、文字どおり米豪海軍将兵の心胆を寒からしめた。

米豪連合軍側は五隻の巡洋艦がいたのだから、これはニューアイルランド島方面からやってきた日本の大型艦五隻に立ち向かうには十分だった。

米艦の巨砲速射は、日本艦隊に対して大きな威力を示しうるものだった。それに日本側が軽巡二隻と駆逐艦一隻によって護られていたのに対して、連合軍側は駆逐艦六隻をもっていたのだから、この点でも連合軍側は有利であったと言わなくてはならぬ。

ただこの場合、この海戦で戦死した一千名の米豪将兵の知らなかったことは、相手が前にも後にもなかった最大、最高速、最強の魚雷をもっていることであった。正直にいってその夜、サボ島沖の米豪艦隊には初めから勝ち目はなかったのである。

開戦にあたって指揮官三川《みかわ》軍一中将は「各員冷静に全力をつくせ」と訓令したが、全員は文字どおりこの言葉にしたがった。世界で、その比を見ないほどの訓練をうけた日本海軍の見張員は、一八〇ミリという大きな双眼鏡にしがみついていたが、これはその夜の空がよく晴れていたことを計算に入れると、当時まだ不完全だったアメリカ側のレーダーの長所をしのぐに十分だった。

日本艦隊はまず、サボ島の南側で米駆逐艦ブルーの眼をかすめて侵入することに成功した。時に八月九日午前一時。一時四十三分には米駆逐艦パターソンが日本艦隊を発見したが時すでにおそく、長槍魚雷はいっせいに射ちだされ、ものすごいスピードで米豪艦の方に進んでいた。二本は豪巡洋艦キャンベラに命中、それに日本側からの砲撃もうけて、豪州海軍が誇りとした同艦は五分後には海底の藻屑と化してしまった。

もう一本の長槍は米艦シカゴの艦首に当たり、大損害をあたえた。駆逐艦パターソンはしばらく砲撃をうけたが、まもなく日本軍はこれを無視して北方に針路をとり、アメリカの大型艦に襲いかかってきた。パターソンは、がむしゃらに魚雷を放ったが、足ののろい、射程距離の短い米国の魚雷では日本艦船はつかまらない。

つぎの長槍は、そのときまだ残っていたただ一隻の巡洋艦アストリアに命中し、アストリアの大砲は用をなさなくなった。そのつぎに長槍は米艦クインシーのエンジンルームに命中した。同艦は二時三十五分転覆し沈んでしまったが、これがあとで「鉄底海峡」と呼ばれるようになったこの水域での最初の犠牲だった。

また長槍は米艦ヴィンセンズにも命中、わずか十五分の間をおいてクインシーのあとにつづいた。

ふしぎな椿事がつぎつぎと
米国の水兵たちは心の底から、自分たちが世界でもっとも優秀な砲手だと思っていたのだから、この夜のことはまっく思いもかけぬ魔の出来事のようなものだった。長槍魚雷は連合国海軍の常識からすると、トテツもない遠距離から発射されたことになる。日本側の魚雷が命中したとき、連合国側の水兵はまだ発射の命令を待っているところだった。

この戦い（第一次ソロモン海戦）で日本側のこうむった損害は少なく、戦傷死あわせて一〇三名にすぎなかった。一方、連合軍側は死者だけでその十倍、それに七〇九名の戦傷者を出している。この大きな数字は、ハワイにある米太平洋艦隊司令部に大きなショックをあたえた。もちろん真相の調査もおこなわれた。

連合軍のうけた損害は極秘とされ、三ヵ月後、連合軍がエスペランス岬沖で勝利をおさめたとき、その結果とだきあわせで、ようやく発表された。エスペランス岬沖では米艦九隻が、ガ島補給の日本軍艦船を奇襲、巡洋艦と駆逐艦をそれぞれ一隻ずつ沈め、米側の損害は駆逐艦一隻であった。

日本軍がサボ島沖で大勝利を博したことは、連合軍側の戦略家たちを驚かせた。連合軍側は、日本軍と戦って負けるなどとは夢にも思っていなかったのである。損害をうけることはあっても、負かされることは絶対にないと信じていた。ところがサボ島沖では、あきらかに叩きのめされたのである。連合軍側は巡洋艦四隻を撃沈され、五隻目も艦橋をつぶされてしまった。しかも日本側へは、ほとんどなんら損害をあたえ得なかったのである。敗因については、いろいろなことが上げられた。しかし、日本の巡洋艦や駆逐艦が途方もなく大きい魚雷をもっていることに思いついた者は、一人もいなかった。戦争中はもちろん、戦後もハーバード大学の歴史学教授であったサミュエル・モリソン博士が日本海軍の記録を調べるまでは、サボ島沖で連合軍のうけた損害の少なくとも一部は、日本潜水艦によるものだと思われていたが、実際のところ、あの晩の海戦海域には、日本潜水艦は一隻もいなかったのである。

長良型軽巡の左舷前部八年式61cm 連装発射管。長良と阿武隈および五十鈴は、戦争の後期には連装４基から後部に九二式４連装発射管２基と、九三式酸素魚雷に換装された

しかしこれが最初ではなく、これより五ヵ月前、ジャワ沖海戦（スラバヤ沖海戦）においても連合軍は、日本海軍の魚雷の威力を味わっているのである。一九四二年二月下旬のある日、オランダの提督カール・ドールマン指揮する米英蘭豪四ヵ国の艦船十四隻からなる艦隊は、ジャワ侵攻をめざす日本船団を襲うため巡洋艦四隻、駆逐艦十四隻からなる日本艦隊に殴り込みをかけて、それを通りぬけようとした。

ところがこの海戦で、連合国の艦艇八隻が長槍の犠牲となった。しかも、その長槍はきわめて遠方から発射されたため、日本側にあたえた損害は駆逐艦朝雲《あさぐも》（朝潮型五番艦）に、遠距離砲撃によって大孔あけるだけにとどまった。

かくて日本海軍は行く手をはばむ連合軍の艦船を西太平洋から一掃したが、それは主として長槍魚雷のおかげであった。

連合国の残った艦船はその後、個々に撃破され、またあるものは豪州の港に避難した。しかも長槍魚雷の存在は連合軍にはわからなかった。なぜかというと長槍でやられた連合軍将兵は、たいていは艦とともに海底に沈んだし、そうでないものも日本軍の捕虜になってしまったからである。

では、その長槍魚雷とは、果たしてどんなものだったのだろう。どうして長槍は、米海軍が全力を挙げてつくった魚雷よりすぐれていたのだろう。世界の工業国にくらべてレベルの低かった日本が、どうしてこんな高性能の魚雷をつくりえたのだろう。

五五三のかたき討ち

こうした問いに対する答えを出すには、一九二一年（大正十）にひらかれたワシントンの軍縮会議まで遡《さかのぼ》らなくてはならない。このワシントン軍縮会議で、日本は不服ながら米英両国それぞれの六割の戦艦であまんじる軍縮条約に署名したのである。これでは将来、日本の敵となる可能性のある国が二ヵ国あわせて十の力をもつのに対して、日本はわずかに三、すなわち三・三対一の比率となるので、日本海軍の作戦家たちは大憤慨したのであった。

しかし当時、日本政府の首脳は南洋統治圏の開発に力を入れていて、あまり他国を刺激することを好まなかったので、政治家たちの意見が通って軍縮は受諾された。そこで海軍戦略家が思いついたのが、この「トン数でのロス」をカバーする方法であった。米英海軍の量的な優位をしのぐため、日本は武器の質的な優位でゆくことをきめた。戦艦と巡洋艦の速力をあげるというのが、第一にとられた方法であった。さらに新造艦艇のスピードもあげられた。

もっとも、これだけではどうしても不十分であった。そこで日本海軍は、なにか特殊なものをつくり出して、それによって第一線艦艇の数的なハンディキャップを一気になくしてしまおうということを考えはじめた。

武器研究の専門家が一つの案を出した。その案というのは酸素魚雷で、専門家は過去十年近くも、この問題と取り組んでいた。そしてこんどは遂に、最高統帥部から酸素魚雷実現の指示をうけたのである。

それまでの魚雷は蒸気によって動いていたのであるが、それでは航続距離において速度において、また爆薬の搭載量において限度がある。ところが、純粋な酸素あるいは酸素の混合物をもちいると、魚雷の推進力は倍加する。少なくとも理論的には、航続距離は二十五浬《かいり》以上になる。敵の一撃をうければ木っ葉みじんになるような小型艦艇でも、酸素魚雷をもっていれば、遠いところから敵艦に致命打をあたえることができるのである。

ところがこの酸素というのは、なかなか取り扱いにくいものである。なんの予告もなく大爆発を起こして、魚雷をのせている軍艦も乗組員も粉々《こなごな》にして、ふっ飛ばしてしまわないとも限らないという厄介なものである。事実、それに近い事件が一再ならず起こったことが、酸素魚雷の実現が遅れていた最大の理由だった。

一九二〇年代の日本は、世界中の国と同じく好景気にみまわれていた。日本人もアメリカ人も金はもうかるし、第一次大戦が終わって平時が来たことを心から喜んでいた。平和が繁栄をもたらし、国際関係はすこぶるよかったのだから、必要でもない海軍を保つために、儲《もう》けた金をもってゆかれるなどということは馬鹿げたことだと誰もが思っていた。

こんな状態のもとで、金のかかる酸素魚雷の研究と実験は、一時おあずけということになってしまった。

偶然入手した秘密情報

ところがその後、偶然なことから酸素魚雷の研究が再開された。一九二七年（昭和二）のある日、魚雷購入のため英国に来ていた日本海軍の一士官が、魚雷発射装置のそばに酸素発生機らしいものを見つけた。その士官はこのことと、近く英戦艦ロドネーが魚雷の実験をするという噂《うわさ》とを考えあわせた。戦艦が魚雷の実験をするということは、当時として考えられなかった。

その後、彼は機会をつくってひそかにポーツマスの海軍基地にはいることに成功、噂が事実であることをたしかめた。英国人は酸素魚雷を完成させていただけでなく、それを戦艦ロドネーの吃水線下に装備することに成功していたのである。巨砲にくわえて酸素魚雷をもつロドネーは、まさに無敵といえると、その日本の海軍士官は思った。

彼の報告はすぐ東京に送られた。驚いた海軍当局は、あらためて技術陣に酸素魚雷の研究を命じたのである。それから六年間の研究の結果、海軍は長さ三十フィート、重さ六千ポンド、尖端に高爆発性爆薬二分の一トン（普通の魚雷の倍）の爆薬量をつけることのできる酸素魚雷を完成、艦隊実験のできるところまで漕ぎつけた。しかし、これは決して容易なことではなかった。

英国人もいっているように、酸素魚雷の本家といわれる英国のホワイトヘッド社でさえ、酸素魚雷がなぜときどき理由もなく爆発するかはわからなかったのである。第二次大戦中、英国は蒸気あるいは電気の魚雷をつかったが、これは日本のもっていた酸素魚雷とくらべものになるようなものではなかった。

魚雷が果たしたガ島戦の役割

軽巡を先頭に突撃する水雷戦隊。酸素魚雷は３万2000mの長射程を誇った

▽エスペランス岬沖の海戦（サボ島沖夜戦／昭和十七年十月十一日）

——この海戦はアメリカ側の「勝利」ということになっていて、米海軍はこの勝利と抱き合わせで、サボ島沖海戦（第一次ソロモン海戦）における損害を発表したのであった。ところがガ島エスペランス岬沖の海戦の勝利というのは、すこし検討を要する。

ノーマン・スコット少将のひきいる八隻からなる米艦隊は、五藤存知《ありとも》少将指揮の五隻におそいかかり、夜襲によって巡洋艦古鷹《ふるたか》と駆逐艦吹雪《ふぶき》を撃沈したが、沈むまぎわに古鷹の放った長槍魚雷は、米駆逐艦ダンカンに命中、これを沈めている。

日本の巡洋艦を沈めたことはアメ

リカでは大きく報道されたが、日本艦隊は隙《すき》をつかれながらもよく酸素魚雷を放って米巡洋艦ソルトレークシティとボイスの二隻に損害をあたえ、しばらくのあいだ使いものにならなかったことは、ニュースの検閲によってひた隠しにしておいた。米海軍の発表は単に、損傷とのみいっていたが、この損害はアメリカ側の戦線に、長期にわたって大きなギャップをあたえるほどのものだった。

はたしてこれが米側の勝利であったかどうか、もちろんこれは見方によるともいえるが、日本側が油断していたところを奇襲した点を考えれば、これだけ大きな損害をうけたことは、アメリカ側の敗北であったといわねばならぬのではなかろうか。

▽東部ソロモンでの海戦（第三次ソロモン海戦）

――一九四二年十一月におこった四日間にわたるこの海戦で、日本側は戦艦二隻と駆逐艦一隻を失い、米側は巡洋艦二隻と駆逐艦四隻を失った。この海戦によって、日本側のガ島奪回の企図がくずれたという点だけをとりあげ、アメリカ側はこの海戦は自分の勝ちだといった。

しかし、日本側の失った戦艦のうち一隻は、航空機による攻撃で沈められたもので、軍艦対軍艦の戦いという点では、これはどう見ても日本側の勝ちだった。とくに魚雷にかんするかぎり、米側はどうみても勝ち目がなかった。千ヤード以下の地点から発射したものも不発であったり、当たらなかったりして日本側に少しの損害もあたえることができなかった。それにひきかえ日本海軍の放った長槍はまたまた巡洋艦二隻、駆逐艦四隻撃沈という大戦果をあげ、しかもアメリカの歴史家サミュエル・モリソン氏によると、米戦艦サウスダコタも九三式魚雷十数発の攻撃をうけたが、直撃とならず「運よく無キズでのがれた」のであった。

▽タサファロング沖海戦(ルンガ沖夜戦/昭和十七年十一月三十日)

――これは海戦史上かつてないほど優秀な駆逐艦の用法をしめすものとして、将来長く研究されるであろう。その指揮をとったのは、日本海軍きっての魚雷の専門家といわれた田中頼三海軍少将である。田中少将はそれまでにも、すでにジャワ沖海戦(スラバヤ沖海戦)で経験をつんだ提督である。

田中少将指揮の駆逐艦八隻は、タサファロングで巡洋艦五隻、駆逐艦六隻からなるカールトン・ライト少将のひきいる優勢な米艦隊によって行く手をさえぎられた。米艦隊のレーダー班は十二浬の距離で、日本の駆逐隊をとらえ、魚雷二十本を発射させて戦端をひらいた。

そのときまで日本側は、米艦隊のいることにまったく気づかなかった。つづいて米艦隊の各艦は一斉に主砲の火ぶたをきり、まず駆逐艦高波《たかなみ》(夕雲型六番艦)をまたたくまに沈めてしまった。ところが主砲発射の火炎が照明になって米艦隊が浮きぼりにされるや、田中少将は魚雷発射を命令、二十発の九三式魚雷は一斉に米艦隊にむけて突き進んだ。

魚雷は米艦隊に大打撃をあたえた。米巡洋艦ミネアポリスは主砲九発を射ったところで、魚雷二発の直撃をうけ、そのまま戦列からはずれてしまった。もう一つの長槍は巡洋艦ニューオーリンズに命中、同艦は自分で自分をうちこわす結果になったが、こんな例は米の海軍史上にもかつてない。つまり日本側の射った酸素魚雷はニューオーリンズの前部火薬庫に命中、その爆破で艦首はえぐりとられ第一砲塔はマストのてっぺんあたりまで吹きあげられた。そして吹きあげられた砲塔は、そのまま艦尾に近いところの下士官室にめり込んでしまった。また米巡洋艦ペンサコラは長槍の直撃で電源をやられ、大砲はいっさい使えなくなってしまった。

これら三隻の巡洋艦は、その後、修理のため米本国に送られ、一年近くも前線に出られなかった。そのうえ巡洋艦ノーザンプトンは、駆逐艦大潮《おおしお》（朝潮型二番艦）からの酸素魚雷二本の直撃をうけて沈んでしまった。この海戦はたった十六分であったが、アメリカ側は兵員四百名を失った。米艦隊はレーダーで先に日本艦隊をとらえていたことを考えると、米側のうけた損害はじつに大きかったといわねばならない。

田中少将の指揮していた駆逐艦は高波だけがやられて七隻のこったが、そのうちの六隻には総計千百個のドラム缶がつまれていた。そのドラム缶の中には、ガ島の日本軍に補給するための食糧その他が、ぎっしり詰まっていたのである。

この戦いの結果を見て、ニミッツ司令長官は各司令官にソロモン水域の制圧は不可能かも知れないと打電したというし、またルーズヴェルト大統領は、米軍がガ島から撤退すれば国内にどういう反響があるかを真剣に考えていたということも伝えられているが、おそらく真実であろう。

ソロモン海戦における対戦記録

▽クラ湾の海戦（クラ湾夜戦／昭和十八年七月六日）

——米軍は日本海軍のもっていなかったレーダーを利用して、日本艦隊の意表をつく機会を得た。しかし結局アメリカ側の巡洋艦と駆逐艦各四隻は、日本駆逐艦七隻にひどい目にあってしまった。日本側は駆逐艦新月《にいづき》（秋月型五番艦）を失ったが、新月の六倍もの大きさの米巡洋艦ヘレナは、足の早い日本酸素魚雷三本の直撃をうけて沈んでしまった。

日本の駆逐艦二隻は魚雷を発射させるとすぐ後退、煙幕を張って予備魚雷を発射管に入れ、ふたたび戦列に加わって魚雷を射ち込んできたので、アメリカ側はすっかり日本側の増強部隊が来たものと誤解してしまった。

一方、同じく日本側の駆逐艦天霧《あまぎり》（特型）は米駆逐艦ニコラスとラドフォードと取っ組むかたわら、撃沈された新月の生存者を救出するという放れ業をやってのけた。天霧の魚雷はすんでのところでラドフォードに命中するところであった。もっとも日本側の駆逐艦一隻（長月）はその翌朝、米機の攻撃をうけて浅瀬に乗りあげ、新月の近くで沈没してしまった。

この海戦でアメリカ側の四巡洋艦は、六インチ砲二五〇〇発をぶっ放したが、それにもかかわらず日本側はふたたび酸素魚雷の偉力を発揮させて、優勢な米軍に大きな損害をあたえた。

こうしてソロモンの海戦では、五対〇でアメリカ側が負け、日本軍はコロンバンガラに到達した。

二水戦旗艦・神通(川内型軽巡2番艦、大正14年7月末竣工)。開戦前には八年式連装発射管4基を撤去し後部に九二式4連装発射管2基、魚雷は八年式から九三式酸素魚雷に換装していた

▽コロンバンガラ沖海戦（コロンバンガラ島沖夜戦／昭和十八年七月十三日）

——クラ湾の海戦からちょうど一週間後に、伊崎俊二少将（二水戦司令官）坐乗の軽巡洋艦神通《じんつう》のひきいる九隻の駆逐艦は、米海軍ウォルデン・エーンスワース少将の指揮する巡洋艦三隻、駆逐艦十隻という優勢な艦隊とコロンバンガラ沖でぶつかった。

神通は六インチ砲二六三〇発を浴びて沈んだが、神通の僚艦は九三式魚雷によってまもなくニュージーランド巡洋艦リアンダーを大破、ただちに後方に避退した。

この交戦があってから約一時間後の一時五十六分ころ、米艦のレーダーはまたもや日本艦隊をとらえた。つまり日本側は魚雷を発射するといちはやく後方に避退、わずか二十八分間で予備の魚雷を発射管に用意してふたたび戦線に出てきたのである。しかもこんどは大戦果をあげた。米巡洋艦ホノルルとセントルイスはともに艦首に魚雷をうけて、五ヵ月間は使用不能であった。また駆逐艦グウィンにも命中、同艦は沈んで乗組員のうち四十八名が亡くなった。そのうち米駆逐艦二隻は、この騒ぎの間に衝突事故を起こしてしまった。いまやソロモン水域での対戦成績は、六対〇で日本側の勝ちとなった。

▽ベラ湾海戦（ベラ湾夜戦）

――それまでの海戦で、あまり成績のあがらなかった米駆逐艦の乗組員も、そう捨てたものではないと考えた人はフレデリック・モースブラッガー中佐であった。ベラ湾でモースブラッガー中佐指揮の六隻の駆逐艦が八月六日（一九四三年）日本駆逐艦四隻と出合ったとき、アメリカ側はすぐ二手にわかれて全速で突っこんできた。

その結果、日本側のほこる魚雷の効率はそがれ、日本側は初めて米側に圧倒されてしまった。この海戦で駆逐艦三隻（萩風、嵐、江風）が撃沈されて、兵員を満載した輸送船が置きざりにされ、兵員一五〇〇名が戦死した。この海戦でアメリカ側は少なからず自信をとりもどすことになった。

▽ベララベラ沖海戦（第二次ベララベラ海戦）

――この海戦は十月六日（一九四三年）に起こった。フランク・R・ウォーカー大佐が米駆逐艦三隻をひきいて、六隻の日本駆逐艦と戦ったのである。まず、アメリカ側の魚雷が夕雲を沈めたので、ウォーカー大佐に凱歌があがったかに見えたが、これにつづいて日本側の長槍が米駆逐艦シュバリエのどてっ腹にあたり、おまけに逃げまどう米駆逐艦オバノンがシユバリエに衝突したので、シュバリエは九十四名の犠牲者を出して沈んでしまった。

これで対戦成績は七対一で、まったく日本側の勝ちとなった。このころになると米海軍士官の一部では、日本側の軍艦のもつ魚雷について疑問をもつようになった。

わが戦術にて日本魚雷をはばむ

▽エンプレスオーガスタ湾海戦（ブーゲンビル島沖海戦）

――一九四三年十一月一日、ブーゲンビル島に侵攻した連合軍は、日本側がサボ島沖海戦（第一次ソロモン海戦）のときと同じように、上陸地点の後方に殴り込みをかけてくることを予想した。上陸の翌晩、大森仙太郎少将のひきいる重巡二隻、軽巡二隻、駆逐艦六隻はおもったとおり、上陸地点沖合の米艦船を粉砕する目的でやってきた。これを迎え討つメリル少将の艦隊は、巡洋艦四隻、駆逐艦八隻であった。

メリル少将は日本側がなにか恐るべき魚雷、または少なくとも米海軍のもつよりははるかに優秀な魚雷をもっていると確信していた。そこで彼は駆逐艦を遠まきに両端から攻撃させ、中央線上には巡洋艦をおいて、遠くから砲弾を射ち込ませるという作戦をとった。

日本艦隊を十六浬のかなたでレーダーにとらえたメリル少将は、まずアーレイ・バーク大佐指揮の駆逐艦隊を両エンドゾーンにおくり、中央から砲撃をする巡洋艦の指揮はみずからとった。巡洋艦から射ちだされる砲弾は、ロケット弾なみの正確さをもっていた。片舷一斉に射撃、弾着を修正しながらときどき進路を少しずつかえてゆくという方法である。

日本側も相当数の長槍を射ってきたが、なかなか当たらない。米巡洋艦がさっきまでいたところを掠《かす》めたり、進路をかわされたりした。大きな損害をうけたのは駆逐艦フットだけで、これとてもさだめられた場所にいなかったので、あわててその方向に一直線に走ったとき一撃くらったのだった。この海戦でメリル少将は日本巡洋艦（川内）駆逐艦（初風）各一隻を撃沈、駆逐艦二隻（五月雨、白露）を大破した。かくてアメリカ側はついに日本艦隊と戦う作戦を見出した。いまや対戦スコアは七対二、この作戦はメリル少将の部下によってさらに研究された。

▽セントジョージ岬沖の海戦（昭和十八年十一月二十五日）

——これは「三十一ノットの男」といわれるバーク大佐が一人でやってのけた海戦であった。米側の魚雷は長槍には及びもつかないものであったが、バーク大佐の指揮する駆逐艦は海戦の全区域をまるで踊るように動きまわり、結局Mk《マーク》15型の魚雷を日本駆逐艦五隻中の二隻（大波、巻波）に命中させ、他の一隻（夕霧）を砲撃によって撃沈させた。

レーダーを使ったこの暗夜の戦闘によってバーク大佐は一躍有名になり、他の司令官も彼の作戦を研究した。日本側から射った長槍は一本も米艦に当たらなかった。バーク大佐はこれは「神の助け」だといっている。日本駆逐艦を追うのに、バーク大佐はなんとなく時折り方向をかえる方がよいと思った。そこで彼は、数分間一つの方向に進んではまたもとのコースにもどるという風にしたので、彼の艦には当たらなかった。

酸素魚雷の犠牲になった米艦をあげてみると——空母ワスプ撃沈、サラトガは二回にわたり損傷、ホーネットも止めをさされた。クインシー、ヴィンセンズ、アストリア、キャンベラのほか、巡洋艦にはヘレナ、ノーザンプトン、アトランタ、インディアナポリス、ジュノーがある。ジュノーは酸素魚雷一本で撃沈された。

駆逐艦に沈められたものは前にも述べたが、戦艦ワシントン、ノースカロライナ、サウスダコタも一九四二年の末頃、ガ島沖で、もう少しのところで酸素魚雷の餌食になるところであった。

けっきょく日本は戦争に負けた。しかし、それにもかかわらず、日本技術陣のうみだした酸素魚雷の威力は、史上に特筆すべきものであったのだ。

米海軍を驚倒させた田中式駆逐艦戦法

〝水雷屋の神様〟と称されて神業を発揮した田中頼三少将の素顔

元二水戦首席参謀・海軍大佐　遠山安巳

昔から名将となるには、統率能力とか頭脳明晰とか、剛毅果断とか智仁勇とか、まだ他にいろいろその徳性に難しいことを言われているが、日本海軍では確かに立派な武将が多く輩出していた。田中頼三少将も二次大戦中、第二水雷戦隊司令官（昭和十六年九月〜十七年十二月）として、一部将ではあったが真に立派な名将であったと思う。

水雷戦隊司令官は、普通一般のデリケートな秀才型ではつとまらない。日常勤務が駆逐艦のような小さい船で、大洋の荒波にもまれて怒涛を征服したうえ、高速力でキビキビと動く艦に勤務する猛者連が多いのだから、太ッ腹な、海の男の代表格の必要もある。田中少将はその点、若い時から生え抜きの駆逐艦育ちの水雷屋であったし、一方、鎮守府参謀などの知的な面の経歴もあって、格好の司令官であったわけである。

遠山安巳大佐

田中司令官は身長約一・八メートル、長身偉丈夫型、色は汐灼けのため人並みすぐれて黒く、美髯をたくわえ眉毛もたくましく黒く長く、眼光に輝きがあった。いわば堂々としたりっぱな体格で、一見近寄りがたい風貌であったが、接してみると案外お人好しの優しい感じのところもあった。

私は昭和十六年の開戦直前から、ソロモン群島方面作戦までの約一年あまり、司令官の幕僚として側近に勤務していた関係上、田中少将の日常生活から戦闘場面における行動まで身近に見て、非常に敬服した者のひとりである。戦争中であったため、家庭的な面はぜんぜん知らないが、軍務中の司令官についてはたくさん思い出があるあので、その一部を実例をあげて紹介する。

みごとな戦勢の好判断

ミッドウェー海戦に参加したときのことである。第二水雷戦隊は田中司令官指揮のもとに、陸軍のミッドウェー占領部隊や海軍の飛行場設営部隊などの輸送船を護衛して、昭和十七年六月五日、ミッドウェー島の西方三百浬《かいり》付近を同島に向かって進んでいた。

ところが、例のわが空母部隊の大損害である。正午少し前ごろ、味方機動部隊（赤城、加賀、蒼龍、飛龍）が全部大損害をうけたという電報を受けた。その損害があまりにも大きいのにみなびっくりした。最優秀の第一線の正規空母で、しかも名実ともにわが海軍の虎の子的存在であり、世界のどこに出しても決してひけをとらないであろうと神憑《かみがか》り的に信じていた空母部隊であるだけに、その驚きはいっそう大きかった。

このとき、田中司令官は毅然たる指揮官の態度で、冷静沈着、落ち着いた調子で、輸送船に反転後退するように命令し、部下の駆逐艦を集結させ、全速力で空母の戦場へ進撃した。しゃにむに敵をとらえて、仇討ちをしてやろうというのだったが、艦隊命令のため止むを得ず引き揚げたというものの、戦場における司令官の戦勢にたいする判断ならびに処置が、スラスラと段取りよく行なわれ、部下の指揮掌握を確実にし、勇猛心をふるい立たせて、勇躍こぞって進撃するようになったことは、惨澹たる損害の真っ只中で戦場心理の作用しているとっさの場面で、みごとなものである。艦隊司令部からの夜戦に関する命令は、行動を起こしてから後に受領した。

戦後、アメリカ海軍の調査団が私に、「ミッドウェー海戦では日本海軍はあれだけ損害を受けたのに、なおよく進撃したのは何故か」と質問した。実は私どもの部隊も、前日からの空襲で輸送船清澄丸、あけぼの丸に損害があった。私は「日本には古来七分三分のかねあいという言葉がある。われがひどい損害を受けて苦しい時には、いっそう元気を出してやれ。相手はわれ以上に損害を受け、われ以上に苦しんでいる時であると教えられている」と返答した。

司令官の勇断による後退

ところが、田中司令官は、猪突猛進するばかりの猪武者でもなかった。

田中頼三少将座乗の第二水雷戦隊旗艦となった軽巡神通。手前は木曽

昭和十七年八月、米豪連合軍のソロモン群島反攻がはじまったころ、第二水雷戦隊は陸軍一木支隊を護衛して、ガダルカナル島（ガ島）に行くことになり、同月二十五日午前六時、同島北方入口近くの海面に進出した。そして、昨夜来のガダルカナルの陸上砲撃を終えて集結した第三十駆逐隊および陽炎《かげろう》、磯風、江風《かわかぜ》を列に入れ、作戦命令を信号中、折りからの断雲をついて突如、まったく不意討ちに敵十数機の急降下爆撃を受けた。

田中司令官座乗の旗艦神通にも爆弾が命中し、艦の前部は火災を起こし、弾薬倉も誘爆の危機に瀕した。つづいて駆逐艦睦月《むつき》（三十駆）が爆沈し、陸軍輸送船金竜丸は大破した。そのとき司令官は、炎を上げて燃えさかる艦上で、周囲が応戦や防火作業、死傷者の処置などでさわがしく、怒号みだれとび、混乱した環境であるにもかかわらず、戦況をつぶさに観察し、わが方の十ノット未満の低速輸送船のことも考慮に入れて大勢を判断し、作戦行動を一時中止して部隊を後退させたのである。

一部には損害をもかえりみず、前進の一途あるのみとして、勇ましい積極論もあるほどのときに、血気にはやる人たちをおさえ、よくも中止を決意されたものだと思った。はたせるかな、間もなく、山本連合艦隊司令長官より「本日の作戦行動を中止しショートランドに回航せよ」との電報命令があった。

戦場においては、とくに戦況の急転が多く、いちいち意見具申をしたり上司の指図をあおいだりすることができず、現場の指揮官の兵術判断によって、出所進退をすることが多い。これがいわゆる独断専行と軍隊内でいうものであるが、これはよく作戦目的に応じ、上級指揮官の意図に合致したものでなくてはならぬし、また、自分の気まぐれや功名心、あるいは気おくれなどで行動してもいけないのだから、独断専行と簡単にいうが、これはきわめて難しいことである。

とくに積極的に行動しての失策に対しては、比較的批難も少ないが、作戦中止後退などという消極的な作戦はとかく風当たりが強い。その後の毀誉褒貶《きよほうへん》や批判などを気にしていたのでは、とても戦争などできるものではない。現場の人たちは最善をつくし、最良と信ずる方策をとったにちがいない。

運送屋のガ島沖殴りこみ

ガダルカナル争奪戦の末期に近いころのことである。田中少将は、ガ島増援部隊指揮官として駆逐艦長波に座乗、私以下の幕僚がこれにしたがい、第十六駆逐隊、第三十駆逐隊、第二十四駆逐隊の各駆逐艦がその麾下にあった。各艦の模様をきくと、休養のない作戦行動のため人間も機械もだいぶくたびれている。まず人間の方は、体力を消耗しても気力でおぎない、隊員一同、士気はすこぶる旺盛、意気軒昂たるものがある。

しかし艦や機械は、そうはいかない。連続長時間の高速力運転のため、オーバーホールの必要があり、とくに艦のスクリューの船体貫通部にあるリグナムバイターや、推進器軸の軸承の摩滅がはなはだしく、人よりも先に機械が休養をうったえる始末であった。

しかし、ガ島の陸上では敵の反攻上陸以来約四ヵ月を経過し、わが陸軍は数次の総攻撃が

肉薄魚雷攻撃をもって敵艦隊を撃滅すべく日夜訓練にはげむ水雷戦隊

失敗し、死闘また死闘、あらん限りの力をしぼって激戦をくりかえしたが、ついに戦況は好転しなかった。

そして戦線は膠着したままジャングルを出られず、補給困難もくわわり、弾薬糧食などが極度に欠乏してきた。あげくのはてに、餓死者や悪疫患者も出る有様で、窮状その極に達し、作戦上、人道上からも輸送補給の絶対必要な状況にあった。

もともと駆逐艦は、平時演習で昼間の艦隊対抗決戦となると、約五十隻ぐらいが白波をけって一斉突撃し、みごとな陣形で、同時に敵戦闘艦列にむらがり肉薄し、勇猛果敢な魚雷攻撃をおこなう海戦の花形であった。夜戦においては、自ら夜戦部隊の主軸となって、美保ヶ関事件以来のはげしい夜戦訓練を積みかさね、寡をもって衆を制する戦法を研究演練していたのである。

いま、この駆逐艦が作戦上の要求とはいえ、自ら運送屋となって、甘んじてむらがる敵小型機の中に突っ込んでいく。そしてそのたびに、わが駆逐艦は二隻また三隻と減殺されるのだ。現地にともに作戦していた水雷部隊の私どもとしては、切歯扼腕、まことに断腸の思いであった。司令官としても補給の成否がガ島の陸上戦闘の死命を制することは万々承知でも、敵の制空権下を、しかもその飛行場の足元まで輸送することは、並みたいていの苦心ではなかった。毎日毎日が苦衷の連続であり、戦争期間を通じてもっとも苦悩した時期ではなかったろうか。

ときもとき、昭和十七年十一月三十日、私どもとしても永久に忘れることのできない鬱憤の爆発するときがきた。

田中司令官は増援部隊（三十一駆逐隊＝長波、高波、巻波、十五駆逐隊＝親潮、黒潮、陽炎、二十四駆逐隊＝江風、涼風）をひきい東方航路をとって、ガ島への輸送任務に従事中であったが、夕刻近くになって、旗艦長波のブリッジでは司令官をはじめ各幕僚の作戦会議がはじまった。見ると司令官は微笑をうかべて、一通の電報を手にしていた。その電報は、ラバウルの司令部からのもので、「無電の傍受によればガダルカナルの海上に敵の有力部隊が在泊しているらしい」とあり、事によったら今夜あたり合戦になるかも知れない。事によらなくとも、わが方から積極的に戦闘隊形で殴り込みをかけ合戦にもちこんで、あばれまわってはどうか、それらが会議の主題になった。

しかし、われわれの任務はガ島への補給増援である。いまの時機においては、敵の戦闘艦一隻を撃沈するよりも、米の一俵、弾薬の一箱でも多く運ぶ方が望ましい、と公言する海軍の上級将校も出る空気になってきた。海軍兵術の原則である、敵海上兵力の撃滅を優先する海軍本来の思想も動揺しかけている。

そこで結論としては、隠密裡の揚陸補給を第一義と考えて、当方から挑発して敵を刺激することはさしひかえる。ただし備えだけは万全にして、少しでも彼に攻撃の気配があるなら、われわれは二兎を追うよりも、揚陸補給の目的を投げうって全力で敵撃滅に専念する、と司令官は判断した。

すぐさま各隊各艦宛てに「今夜は会敵の算大なり。会敵せば揚陸に拘泥することなく、敵撃滅につとめよ」と信号が出された。命令は直截簡明。しかも日没時、ガダルカナル島直前で、まことに適時適切。一般状況とそれに対する心構えをふくませ向かうところを指示し、迷うことなく行動させる。いかにも田中式である。

こうして駆逐艦高波が嚮導し、各隊各艦はいつものとおり、サボ島の南水道から進入して揚陸隊形をとり、タサファロングに向け、速力を十二ノットに減速した。もう少しで揚陸地点に達するとおぼしきころ、突如として嚮導兼警戒駆逐艦高波は、「敵見ゆ」つづいて「敵駆逐艦三隻」と報じ、砲戦を開始した。時に午後十一時二十一分であった。

このとき司令官は、ヨシと肚《はら》をきめた。間髪を入れず「揚陸をやめ、戦闘」揚陸を断念し、殴り込みだ。敵撃滅にあたれとの主将の決意表明である。各艦の反響は早かった。

つづいて「全軍突撃せよ」

超短波電話の略語送話で各艦に伝達され、全軍陣列をはなれ、一斉に敵隊列めがけて殺到し、思い思いに、敵にぶつかっていった。これが世にいうタサファロング沖海戦（ルンガ沖夜戦ともいう）で、味方は駆逐艦八隻中、高波一隻が大破または沈没という損害であった。

米側がみた田中提督の評価

日清戦争の威海衛襲撃、日露戦争の旅順港夜襲など、水雷部隊の活躍は戦例もあるが、近代戦で敵の制空権下、しかもレーダーや新兵器の発達した今日、支援兵力もなしに駆逐艦だけで侵入し、かくもあざやかな作戦用兵で、このようなりっぱな戦果をあげ、敵をしてアッといわせた襲撃は、まだ世界戦史にも類をみない。

米海軍報道班員ジョセフ・D・ハリントンは、「これは海戦史上かつてないほど優秀な駆逐艦の用法をしめすものとして将来、長く研究されるであろう」と。そしてまた「この戦いの結果をみてニミッツ司令長官は各司令官にソロモン水域の制圧は不可能かも知れないと打電した」という。

ニミッツ提督は「田中頼三司令官はとびきり抜群の提督である」といい、彼がこれほど賞めた日本軍人はほかにひとりもいない。ハンソン・ボールドウィン（軍事評論家）は「田中中将はネバリと熟練の点で米海軍に大きな教訓をあたえた」と激賞している。モリソンもまた「戦争中の多くの作戦について、アメリカ側の過失は日本側のそれによって帳消しにされたが、田中提督はルンガ沖ではあやまりを犯さなかった」と述べている。

なお彼らとしては、わが方の不撓不屈の精神と、忍耐とネバリの強さに敬意を表し、駆逐艦の用法に対しては、水ぎわだってあざやかで、熟練の度合は神技に近く、シャクにさわるほどりっぱだったと賞讃している。

水雷屋の神様の両面

ところで、水雷屋の神様にもこんな一面もあった。

敵と合戦し、砲戦をまじえて、司令官の側近として私が砲弾をくぐったのは、蘭印方面スラバヤ沖の海戦と、前記タサファロング沖海戦の二回だけである。二回とも司令官は悠容せまらず、静かなること林のごとく、動かざること山のごとしといった調子で、顔色も態度も別段変わったことはなかった。

駆逐艦長波の先任将校が、タサファロング沖海戦の後、私に「司令官や艦長は合戦の最中に、よくもあんなに落ち着いて冷静にしておられるものですネ」と感嘆の言をもらしたほどである。

また、酒席での司令官については戦争中でもあり、あまり機会もなかった。時と場所はちょっと失念したが、たぶん出征直前であったと思う。とにかく麾下の駆逐隊司令や駆逐艦長を集め、一夕酒宴を催されたことがあった。

酒盃の献酬がすすみ、宴ようやく酣《たけなわ》となり、かくし芸やら合唱やらがでていたころ、司令官はつと立ち上がって踊りはじめた。なんとこれが「コガネムシはカネモチダ」という幼稚園の唱歌と遊戯である。稚気満々まことに愛すべき姿であった。われんばかりの拍手と歓声を浴びたことはもちろんである。信ずべき情報によれば、司令官のお得意芸であったとか、道理で歌も踊りも上手であった。

司令官は酒は好きだが、量は平均以下で、和して乱れず、酒席で聖人君子ぶる野暮でもなかった。年齢のせいもあったかもしれない。

静かに余生をおくる名提督

いわゆる水雷屋は中尉少尉の若いころから水雷艦艇に乗り組み、水雷長、艦長、司令、司令官とすすみ、大部分を海上勤務ですごし、潮風できたえられて色赫黒《あか》く、まったくの船乗りの容貌をしていた。そして艦艇の操縦、部下統御など体験上より得た独特のものをもっていた。

田中司令官は、この水雷屋の頂点に達した人物といえるだろう。その戦歴を見れば、なるほど武勲赫々という感じがするけれども、その実、運のよかったこともあり、悪かったこともある。悪かったときには戦況意のごとく進展せず、上司の誤解も手伝って不興をこうむり、苦吟したこともあろう。しかし、前述のタサファロング沖海戦は、戦果において水雷屋の本懐を遂げたものであり、万丈の気焔をはいて、水雷屋はひとしく溜飲を下げたものである。

このときは、たしかに運がツイていた。戦さには運がつきものである。孫子の兵法書にも「天の時は地の利にしかず、地の利は人の和にしかず」と、人的要素のもっとも大切なことを強調している。人に関する問題はたしかに大きい。田中司令官は、戦果はみな部下の奮戦のたまものであると謙遜しているが、指揮官の識量によることの大きいのは、何人も否定できないところである。

米国の有名な軍事評論家ハンソン・ボールドウィンが言っている。「太平洋戦争を通じて、日本にふたりの名将がある。陸の牛島、海の田中である」と。その田中少将も、いまは山口の片田舎に隠棲し、晴耕雨読、閑雲野鶴を友として、静かに余生をおくっておられると聞く。切に老提督の御自愛を祈りたい。

八艦隊水雷参謀ショートランド戦時日誌

困難きわまりない輸送作戦の渦中で感じた最前線の現実と当事者の心情

当時八艦隊水雷参謀・海軍中佐　杉田敏三

私はミッドウェー海戦の後、しばらくの間は瀬戸内海の柱島泊地にあった主力部隊の戦艦長門に、第一艦隊司令部職員として服務していた。だが昭和十七年八月七日、連合軍が突如ガダルカナル島（ガ島）へ来攻し、上陸作戦を開始した。これは我々がまったく予期しなかったことであったが、こうしてガ島を舞台にしてわが軍と連合軍との間に、激烈なる攻防戦の幕がきって落とされたのであった。

はるかな南東方面の戦況が困難にならざることを望みながら、切歯扼腕していた私たちは、主力部隊ということから事態の推移の重大さを考慮しながら、ただただ日夜の訓練を励行しつつ戦勢の推移を見ていたのであった——しかし、事態はしだいに重大な局面へと向かっていくのであった。

突然、すなわち昭和十七年十一月二十五日、私は第八艦隊司令部へ転勤を命ぜられ、旗艦長門を早々に退艦して、初冬の瀬戸内をあとにして上京した。そして東京に着いた私は、軍令部、海軍省などで所用をすませたうえ、一路、空路によってトラックをへてラバウルに飛び、十二月四日、現地へ到着した。第八艦隊は、これより少し前の七月十四日に新編され、同艦隊を基幹とする外南洋部隊（指揮官は第八艦隊司令長官三川軍一中将）は南東方面の作戦を担当することとなり、司令部はすでに七月三十日にラバウルへ進出していたのであった。

到着した私は、さっそく三川司令長官、大西新蔵参謀長に着任の申告をすませたのち、神重徳首席参謀のほか各幕僚へ挨拶をすませたが、このなかには級友である木内三郎君の顔も見え、そのほか顔見知りの人たちも二、三名いて、だれもかれも緊張してはいるが、落ちついた態度でテキパキと作戦の実施にあたっていた。

南国の夏はまさに盛りで、椰子《やし》の葉のしげみもあまり暑熱を減らしてくれず、なにか急に暑さが身にしみるのであった。私は旺盛な闘志を胸中に秘めながら、さっそく大前敏一参謀（南東方面艦隊が主務）から引継ぎをうけ、即日、任務が遂行できるような準備をはじめるとともに、実状の把握につとめたのである。

ところで私は海軍の通称「水雷屋」であるから、巡洋艦以下すなわち駆逐艦、掃海艇、水雷艇および潜水艦などの作戦を担当するのである。したがって南東方面においては、当然これらの艦艇をつかっての輸送、護衛が任務で、ガ島をはじめとするソロモン諸島および東部ニューギニア方面の作戦状況からして、これ以来、翌十八年の暮れ内地へ転勤するまで、主として前線への増援輸送作戦と撤収作戦とに一年有余を終始したのである。

この一年余のことは戦史に詳細に記載されているので、以下、わずかな日数であったが私

特型駆逐艦。戦時も雷装は３連装発射管３基に九〇式空気魚雷であったが、新型駆逐艦に伍してガ島輸送に挺身した

が担当した『東京急行』の裏話的なものを多少のべてみよう。

なお、私は日記やメモなどは戦時中いっさい書いていなかった——というのは、海軍では一般に水雷参謀が戦務を担当する慣例だったので、戦時日誌はもとよりそのほか中央への一般報告書類を担当していたし、また私なりにもし戦死などした場合、情報が敵手にわたることをおもんぱかっていたためであった。したがって年月日などはだいぶ忘却しているので、その点をご了承ねがいたい。

長官名代で渡った最前線基地

戦局の激化と逼迫は猶予なく、自分の予想外のことに突きあたるものである。それというのも、ラバウルに着任して数日がたったころ、艦隊長官の意向を伝達するためにブイン行きの命をうけた。第三次ドラム缶輸送が、敵機と敵魚雷艇による妨害のため、なんらの成果をおさめえなかったことにたいして、こんどの輸送作戦をぜひ成功させる要ありと考えたゆえであろう。

また、ちょうど着任したばかりで実情のわからない私に適当な役と司令部では考えたのではないかとあとから理解したのは穿《うが》ちすぎであろうか。

それでも十二月十日、ラバウルを発ってブーゲンビル島の南端にあるブインに着いた。この夜は、第一根拠地隊司令部へ一泊した。当時のブインは、ショートランド島をふくめてガダルカナル増援輸送作戦の最前線基地で、ここから陸軍兵士および物資を満載した駆逐艦が夜陰にまぎれてガ島との間を往復していたのであった。

明くる早朝、海岸に出てみると小波もない南国の海は遠望するかぎり穏やかにひろがっていて、これを覆《おお》ってぬけるような青い空がひろがっていた。「ああ、これでは敵の飛行機や艦船の目をかすめて、夜暗のなかでも輸送をおこなうのははなはだ困難」と感じた。そしてこれらの困難をも乗りこえて強行せざるをえない当面の作戦要求を考えると、輸送作戦部隊の苦心のほどを一人しみじみと考えこんでしまった。

まもなくショートランド島付近に停泊している駆逐艦群のうち、その先任司令駆逐艦へ信号をしてから交通用ボートに乗って、予定時刻におとずれた。すでに輸送作戦に励んでいる各駆逐隊の司令、隊機関長、艦長たちが集まっているはずであった。

やがて当直将校の案内で士官室へ入ると、先任駆逐隊司令が立ち上がって迎えてくれたので、私は挨拶してから各司令、隊機関長、駆逐艦長へつぎつぎと挨拶した。そのあとちょっとのあいだ両側の司令と言葉をかわした後、「では」と私は立ちあがって話しはじめた。

「初めてお目にかかります方々に申し上げますが、私が杉田でございます。本日はわざわざお集まりを願いまして恐縮であります。じつは艦隊司令部から派遣されましたのは、艦隊司令長官からのお言葉をお伝えするためでございます。

『たびたびのガ島輸送作戦に従事されることにつき、万死を賭してのご苦労のほどは万々承知していますが、現戦況の通りでほかに手段も見あたらぬことゆえ、邦家のため任務遂行に当たられたい。みなさんのご奮闘を期待するとともに、ご武運と作戦の成功を祈ります』との旨でございました。

なお参謀長からは、なにかご意見その他がございましたら伺ってまいるように、とのことでございます」

このように言葉をむすんで私が着座すると、それからしばらく沈黙がつづき、異常に緊張した息づまる空気が室内に充満していた。

噴きだした艦長たちの不満

やがて沈黙をやぶって某駆逐艦長が発言した。するとこれに和するように、ほかの人もつぎつぎと意見を述べた。それらの要旨を要約すると――

その一、連続して同一作戦の目的で、限定された狭い海岸へ輸送を強行するため、待ちかまえた敵の攻撃の餌食《えじき》となり、毎回の損害は甚大でとうてい耐えきれない。

その二、海戦や上陸作戦ならば望むところだが、単なる弾薬糧食の輸送に懸命となり、繰りかえしおこなうことはまったく不満である。

その三、艦隊司令部は命令だけ出せばよいだろうが、われわれの苦難の実情を全然わかっていない。そこで私に、この際いっしょに同行して輸送作戦の実際を見てもらいたい。

というものであった。

これらの意見を聞いたあと、私も黙して語らず沈黙がしばらくつづき、息づまるような雰囲気となってしまった。そこで私は決心して、

「みなさんの意のあるところはよく分かりました。じつは私は四、五日前に第一艦隊から当司令部へ着任したばかりで、事実、情況不案内ですから同乗していき、身をもって作戦の状況を視察体験することにしましょう。ただし着任早々の私ゆえ、出発前、司令長官の意向を伝達する任務だけしか与えられていなくて、はずみで同行しても差しさわりのないような暗黙の了解さえ得ていないから、いちおう艦隊司令部へはその旨を一報していただくよう、司令のほうから宜しくお取り計らいください」

と述べたのであった。いちおう長官の意向伝達の任務をすませたので、諸官に挨拶したうえ先任司令につづいて部屋を出たところ、先任司令は私にむかって、

「杉田参謀の気持はよくわかり有難いが、若い駆逐艦長の中にはちょっと言いすぎた点もあるので、あまり気にせずラバウルへ帰ってよろしく報告してほしい。そして一同は士気旺盛に任務の達成に邁進する旨つたえてもらいたい」

といった。そこで駆逐艦を退艦してブインの第一根拠地隊司令部へもどり、その夕刻、駆逐艦の出港をひとり陸上から見送り、その成功を念じたのであった。

肌で感じた輸送作戦のきびしさ

薄い夕闇におおわれている海上を、ひとかたまりの艦影が見るまに消えていく。南東方にのびるソロモン諸島のさらにその向こうのガ島をめざして、そこで激戦中の友軍への弾薬と糧食を輸送していった。それらのすべてが友軍の手に渡ることをひたすら祈った。しかし現

実はきびしく、これまでの例を見ても、そのうちの何分の一かが届いただけであることを考えると、胸がいたんだ。

けさ浜辺に立って眺めた海と空、そして夕暮れに佇立してのぞむ波と星、若い私の胸奥の琴線をなにかが揺さぶるのであった。それは次のようなものである。

一、私がラバウルの第八艦隊司令部に着任したほんの数日ののち、突如ブインに派遣されて、現実の過酷な戦いを何回となく繰りかえして実施していた部隊の駆逐隊司令および駆逐艦長の口から、また態度から輸送作戦のきびしさを啓発されて肌で感じとった。某駆逐艦長がいったように、幕僚は戦場の現実を身をもって体験――これは実際ゆるされることが少ないのだが――すれば、指揮官の命令が生きてくるのだということである。

開戦以来こんにちまで主力部隊の旗艦にあって勤務していた私は、単に情報のみによる知識であったのだ、と恥ずかしい思いを強く感じたのである。

二、八月七日ガ島に米軍が上陸して以来、海陸空に彼我の激戦がつづき、ついに下旬以後は高速駆逐艦による輸送作戦が実施された。いわゆる「東京急行」が八月二十八日から九月七日までに九回、十月一日以降十二月上旬にわたって約二十回以上実施されたのである。

この間、ブインの基地設営準備を急ぎ十月中旬に飛行場完成、同末日に第一根拠地隊司令部が設置されたのであって、おそらく第八艦隊司令部から幕僚が派遣されなかったことは、ガ島方面のほかに東部ニューギニア方面の緊急事態をひかえて、手不足でいかんともしようがなかったからであろう。

このようなところへ現われた私が、さっそくえらばれて派遣されたので、前にのべたように各指揮官の内向した憤懣が出たもので、これですべてがスカッとしたように駆逐隊司令の言葉ぐあいからも理解することができた。いかに困難な状況でも、やはり上級司令部の幕僚は極力、前線部隊との連絡を密接にしなくてはならないことを痛切に考えた。指揮官先頭の精神と行動は、とくに上級司令部が陸上基地にある場合には、心すべきことである。

山本五十六連合艦隊司令長官が、昭和十八年四月三日ラバウルに進出して「い号作戦」を指導され、四月十八日、い号作戦が終了したのち、さらにラバウルを発ってブインに向かい作戦部隊の鼓舞激励にあたろうとして、途中のブーゲンビル島上空で敵戦闘機群の迎撃をうけて戦死されたことを考え、陣頭指揮の強烈な精神の教訓を深く肝に銘じたのであった。

しかし、司令部の懸命の努力や駆逐艦の乗組員の必死の輸送にもかかわらず、米軍の戦意を撃破するにいたらず、戦局はしだいに不利におちいりつつあった。そしてやがては、多くの将兵たちの血を吸ったガダルカナル島から撤退を余儀なくされ、駆逐隊は補給よりもふたたびガ島から後方基地へ、陸軍兵士たちの輸送に多忙をきわめることになるのであった。

ガ島急行〝輸送駆逐隊〟一四〇日の盛衰

二水戦、三水戦、四水戦を投じ多大な犠牲を払ったネズミ輸送の実態

戦史研究家　竹下高見

昭和十七年八月七日の早朝、ラバウルの南方六〇〇浬《かいり》にあるツラギ通信基地は、「敵、猛爆中」「敵はツラギに上陸開始」と緊急報告した。そして宮崎重敏横浜航空隊司令は、「敵兵力大、最後の一兵まで守る、武運長久を祈る」と報告して連絡を絶った。

この日、ツラギ方面に来攻した連合軍遠征部隊は、空母、戦艦をふくむ八十二隻からなり、猛烈な砲爆撃ののち米海兵一個師団、一万九千名が揚陸した。主力は幅二十浬の水道をへだてたツラギの対岸ガダルカナル島（ガ島）に上陸し、日本海軍が建設中の飛行場をただちに占領した。ガ島には武器をもたない飛行場設営隊二五〇〇名、軽武装の警備隊二四〇名がいたが、突然の米軍の揚陸に圧倒されて西方にしりぞき、陣地を構築してガダルカナル島守備隊となった。

当時、ラバウルには第八艦隊、基地航空部隊の第二十五航空戦隊、陸軍第十七軍がいた。これらの諸隊はニューギニア方面の作戦を重視し、ニューギニア北東岸のブナに兵力を揚陸

して、ポートモレスビー陸路作戦を実施中であり、連合軍のガ島来攻は、まったく予期していなかった。

ツラギからの緊急報告により、基地航空部隊は全力をあげてガダルカナル泊地の連合軍艦船にたいする攻撃を開始した。第八艦隊は八日夜、ガ島泊地に突入して夜襲をおこない、ここに第一次ソロモン海戦が勃発して、大勝利をあげた。このため連合軍遠征部隊は明くる九日、軍需品の揚陸を途中で打ちきって南方に避退した。だが、すでに上陸を完了していた米海兵隊は、占領した日本軍飛行場の整備をいそいだ。

日本海軍は、この連合軍のガダルカナル島来攻を重視した。

大本営海軍部は陸軍部と協議して、とりあえずグアム島付近にあった陸軍一木支隊（約二四〇〇名）と横須賀第五特別陸戦隊（約六〇〇名）をおくり、つづいてフィリピンにあった川口支隊（約五千名）を増援して奪回する方針をきめた。当時の日本陸軍は、みずからの戦力を過信し、連合軍の戦力を下算する傾向が強かった。

山本連合艦隊司令長官は、太平洋正面の全兵力である第八艦隊、第四艦隊および第十一航空艦隊をもって南東方面部隊を編成し、ガ島奪回作戦の実施を下令した。またミッドウェー海戦後、瀬戸内海で訓練中の第二艦隊などの主力部隊をも投入して、この作戦を支援することとした。かくして、これまで名前も知られていなかったガ島の飛行場をめぐる日米の争奪戦がはじまったのである。

同島への兵力増援と補給をめぐり、日米海軍のあいだで第一次、第二次ソロモン海戦、南

一本棒になってガ島方面のドラム缶輸送に向かう甲型駆逐艦。甲型と呼ばれた陽炎型や夕雲型の雷装は九二式４連装発射管２基、魚雷は竣工時から九三式61cm酸素魚雷16本を搭載していた

太平洋海戦、第三次ソロモン海戦、ルンガ沖夜戦、レンネル島沖海戦（昭和十八年一月二十九日〜三十日、海軍中攻隊によるレンネル島東方沖での米艦隊攻撃。重巡シカゴ沈没、駆逐艦一大破。陸攻十機喪失）をふくむ多くの海戦がおこった。ガ島の陸上でも、六ヵ月にわたって激戦が展開した。その結果、ついに日本軍は飛行場を奪回できず、航空戦にやぶれて補給がとだえ、昭和十八年二月上旬に撤退したのである。

この間、あらゆる危険をおかしてガダルカナル島に兵力を輸送し、食料弾薬をおくりつづけ、最後の撤退輸送をおこなったのは駆逐艦であった。駆逐艦のガ島輸送は、前記の海戦のかげにかくれて目立たないが、駆逐艦こそガ島争奪戦の主役であった。

駆逐艦輸送は、米軍飛行機の攻撃をさけるため、高速で夜間におこなったことから、日本側はいつしかネズミ輸送と名づけた。一方、米国側はこれをトーキョー・エクスプレス（東京急行）と呼び、ガ島への来襲をおそれた。以下に、駆逐艦輸送の概要をのべる。なお、その当時、日本軍はガダルカナル島を「ガ島」と呼んでいたので、本文ではこの呼び名を使用する。

二水戦の増援部隊編成

三川第八艦隊司令長官は、一木支隊および横須賀第五特別陸戦隊をガ島に輸送するため、田中頼三少将の指揮する第二水雷戦隊（二水戦／旗艦神通）基幹の部隊をもって、増援部隊を編成した。

増援部隊は八月十六日朝、トラックを発し、二隊にわかれて輸送を開始した。第四駆逐隊司令佐藤《さとう》康夫大佐のひきいる挺身隊（嵐、萩風、浦風、谷風、浜風、陽炎《かげろう》）は、一木清直支隊長以下九一六名を乗艦させて先行し、八月十八日、ガ島北東岸のタイボ岬にぶじ上陸した。

田中少将の直率する護衛隊は、一木支隊の残り一五〇〇名が乗船する輸送船二隻、横須賀第五特別陸戦隊乗船の金竜丸の計三隻からなる第二梯団を護衛し、八・五ノットでガ島に向かった。八月二十二日にタイボ岬揚陸の予定であった。川口支隊は、すこし遅れて八月二十四日にトラックを出発、第三水雷戦隊（三水戦／旗艦川内）に護衛されて二十八日、タイボ岬到着を予定していた。

第二梯団がガ島に近づいた八月二十日朝、哨戒中のわが基地航空部隊の飛行艇が、ツラギの南東二五〇浬に米空母機動部隊を発見した。ついで、ガ島守備隊長はその日の午後、米艦上機二十機がガ島飛行場に進出してきたことを報告した。日本側がもっとも恐れていた事態が、生起したのである。

第二梯団のタイボ岬揚陸は延期され、トラックに集結しつつあった第二艦隊と第三艦隊の進出をまって、その支援のもとにおこなうことに変更された。そして八月二十四日、日本側のガ島兵力増援を阻止しようと北上してきた米空母機動部隊と、第二梯団のガ島進出を支援すべく南下してきた第三艦隊が遭遇して、第二次ソロモン海戦がおこった。

日本側は小型空母龍驤《りゅうじょう》が撃沈されたが、米空母機動部隊は損害をうけて南方にしりぞき、ガ島飛行場の米艦上機も少なくなったと判断された。そこで一時、北に避退していた第二梯団は二十五日夜、上陸を期してふたたび南下した。ところが、その日の朝ガ島北方一三〇浬の地点で、ガ島飛行場を発進したSBDドーントレス艦上爆撃機の爆撃をうけて、金竜丸と駆逐艦睦月《むつき》（三十駆逐隊）が沈没、田中少将乗艦の神通も損傷した。

今後、さらに爆撃をうけるおそれがあり、第二梯団がガ島に進出できる見込みはなくなった。このため、やむをえず一木支隊、川口支隊の輸送は、駆逐艦による夜間高速輸送に転換された。駆逐艦では重火器の輸送が困難なことから、一部にはこの転換に反対の声もあった。

第二梯団は、八月二十六日にブーゲンビル島南端沖のショートランドに入港、増援部隊も駆逐艦輸送の準備をはじめた。それ以後、ショートランドはガ島輸送の前線基地になった。

夜は日本駆逐艦が昼は米軍機が

増援部隊の駆逐艦輸送は、田中少将の指揮のもとに昭和十七年八月二十八日からはじまった。第二十四駆逐隊の海風、江風《かわかぜ》と第十七駆逐隊の磯風の三隻が一木支隊約四五〇名を搭載した。第二十駆逐隊（天霧、夕霧、朝霧、白雲）は、川口支隊約六〇〇名を積みこんだ。二十八日夜にタイボ岬に揚陸する予定であった。

ところが、その日の日没すこし前、ガ島の北約八十浬の地点で第二十駆逐隊がSBD艦爆の爆撃をうけて朝霧が沈没、白雲も大破してショートランドに引き返し、第一次輸送は失敗におわった。明るいうちにガ島に近づきすぎたためであった。

第二十駆逐隊の被爆は、指導部に波紋を巻きおこした。田中少将は米軍の飛行機が跳梁し、味方機の上空援護がえられない現状では、駆逐艦輸送も成功の算は少ないとして、準備中の第二次輸送隊の出港を中止させた。ショートランドに到着していた川口清健支隊長は、過去の経験から、島づたいの大発（上陸用舟艇）による舟艇機動を主張して駆逐艦への移乗をこばみ、田中少将も川口支隊長の意見を支持した。

当時、ソロモン諸島の日本側飛行場は、ショートランド北方一二〇浬のブカ島だけであった。ブカ基地にあった二号零戦（三二型）では航続距離が不足し、機数も少ないため、上空援護を期待できなかった。基地航空部隊の零戦隊、陸攻隊は連日、ラバウルからガ島航空撃滅戦に出撃したが、距離が六〇〇浬もあって戦略的にいちじるしく不利なうえに機数も十分でなく、米軍機の活動を阻止しえなかった。このような現状では、舟艇機動も決して安全ではなく、進出速度が遅いうえに大部隊の移動に適しなかった。三川軍一中将は駆逐艦輸送の強行を命ずるとともに、田中少将を更迭して、第三水雷戦隊司令官橋本《はしもと》信太郎少将（昭和十六年九月〜十八年二月）を増援部隊指揮官に任命した。

二十四駆逐隊海風《うみかぜ》、江風、十一駆逐隊初雪《はつゆき》、吹雪、十五駆逐隊陽炎《かげろう》の五隻が八月二十八日夜、第二次輸送に成功して、約七五〇名を無事タイボ岬に揚陸した。そして三十日にも成功。つづいて三十一日には第十一駆逐隊、第二十四駆逐隊など八隻が一二〇〇名を揚陸して駆逐艦輸送は軌道に乗り、帰りにはガ島飛行場を艦砲射撃した。

ショートランドからガ島まで約三〇〇浬ある。輸送隊は揚陸当日の午前にショートランドを出港すると、欺航路をとりつつ日没時にガ島の二〇〇浬圏に達する。そこから三十ノット以上の高速で突入して揚陸、翌朝の日の出までにSBDドーントレス艦爆の攻撃圏外にでるように行動した。日出没時がもっとも危険であり、しばしば爆撃をうけたが、駆逐艦長は神経をすりへらしながらも、しだいに回避のベテランになっていった。

九月四日夜、吉川《きっかわ》潔夕立《ゆうだち》駆逐艦長の指揮する夕立（二駆）、初雪、叢雲《むらくも》（十一駆）は、揚陸終了後にガ島飛行場を砲撃したうえ、哨戒中の米駆逐艦リトルおよびグレゴリーの二隻を撃沈し、無きずで帰投した。このように戦争初期には、米軍のレーダーよりも日本人の目の方が優秀であったのだ。

米軍も必死になって、駆逐艦や輸送船でガ島に兵力を増援し、補給をおこなった。米軍は飛行機の「空中封鎖」に守られて、昼間に揚陸した。だが、夜になると日本軍の駆逐艦輸送部隊である東京急行が突入してきて陸兵を揚げ、ついでに飛行場に砲弾をうちこみ、哨戒艦艇を攻撃して、明け方までにひきあげた。夜のあいだ、米艦船は南方に避退するか、ツラギ港にひっこんで息をひそめて、東京急行が去るのをじっと待っていた。

このようにガ島の海は、昼間は米軍機が支配し、夜は日本駆逐艦が突入して、支配権が十二時間おきに交代した。この「掟」に違反し、明るいうちにガ島に近づいた日本艦艇は、第二十駆逐隊のようにSBD艦爆にたたかれ、夜の「縄張り」をおかした米艦船はリトル、グレゴリーのように、高い代価を支払わねばならなかった。

増援部隊は九月七日までに一木支隊、川口支隊など四五〇〇名の輸送を完了した。輸送に参加した駆逐艦はのべ五十二隻（哨戒艇四隻、重火器を輸送した機雷敷設艦津軽《つがる》をふくむ）であった。なお、川口支隊長の主張でおこなった一千名の舟艇機動輸送は、完全な失敗におわったのである。

駆逐艦一四四隻で二師団を輸送

九月中旬、連合艦隊の全力支援のもとに行なわれた川口支隊のガ島飛行場攻撃は失敗した。失敗の原因は、主として米軍戦力の下算によるものであった。だが、大本営海軍部と連合艦隊司令部のガ島奪回の決意はかたかった。戦艦によってガ島飛行場を砲撃し、海軍飛行機の最後の一機までもつぎこむ方針をきめていた。陸軍部の戦略判断はやや楽観的で、第二師団主力と戦車、火砲などの装備をととのえれば、戦局を好転させることができるとみていた。

第二師団の総攻撃は、十月下旬と決定した。増援部隊は十月十五日までに、第二師団など一万七五〇〇名と装備、食料、弾薬をガ島に輸送しなければならなかった。輸送強化にそなえて、第二、第四、第九、第十、第十一、第十五、第十九、第二十七各駆逐隊にくわえ、重火器の輸送用として日進、津軽、千代田など約四十隻が三水戦司令官橋本《はしもと》少将の指揮下にはいった。

十月一日からはじまったネズミ輸送は、毎日、駆逐艦六隻でおこなわれた。また、揚陸地点はカミンボとタサファロングにかわった。ショートランドに編成されたビスマルク諸島方面航空部隊の二式水上戦闘機および零式観測機が、サンタイサベル島レカタを前進基地として、日出没時の上空警戒を開始した。両機種とも水上機であったが、捨て身の攻撃でＳＢＤ

艦爆を追いはらう活躍をみせたのである。

駆逐艦乗員は、この毎日の定期輸送をマル通と呼ぶようになっていた。魚雷戦に自信満々の乗員は人員や貨物の輸送が主任務になろうとは思ってもいなかったが、不平もいわず、予備魚雷をおろし、だまって輸送貨物をつんだ。

米軍は飛行機だけでなく、巡洋艦部隊をもって東京急行を阻止しようとしてきた。その結果、十月十一日夜、ガ島飛行場砲撃に向かっていた第六戦隊と、米海軍のスコット少将麾下の部隊とのあいだでサボ島沖海戦がおこった。この海戦で沈没した古鷹の乗員救助にむかった夏雲と叢雲は、十二日の朝、サボ島のちかくでSBDの爆撃をうけて失われた。

十月十三日夜、第三戦隊（金剛、榛名）が三式弾でガ島飛行場を砲撃し、米軍機の大半を焼きはらった。その機に乗じて第四水雷戦隊（司令官・高間完少将＝昭和十七年六月～十八年七月解隊まで／旗艦・由良＝昭和十七年五月～十月二十五日沈没）は、第二師団主力が乗船する高速輸送船五隻を護衛して揚陸に成功している。つづいて十七日には、軽巡三隻、駆逐艦十五隻が最後の第二師団輸送をおこない、さらに十九日、第十九駆逐隊が不足分を補足した。

川口支隊の攻撃失敗後、十月十九日までのネズミ輸送参加艦は、のべ駆逐艦一四四隻、軍艦十一隻で、約一万二千名と装備などを輸送した。この数字には高速輸送船によるものは含まれていない。

二水戦も三水戦も四水戦も投じた果てに

第二師団は昭和十七年十月二十四日と二十五日、第十七軍司令官百武《ひやくたけ》晴吉中将の直率のもとに、ガ島飛行場に夜間攻撃をかけた。一方、増援部隊は本来の戦闘任務にもどり、ガ島泊地に昼間突入しては所在の米艦船を攻撃し、米軍の陸上陣地を砲撃した。二十六日には南太平洋海戦が勃発し、第二、第三艦隊は北上してきた米空母機動部隊を避退させている。

米国側は海上でのうちつづく敗北によって、ガ島の確保をあきらめかけていた。だが、第二師団の総攻撃は失敗におわった。地形の困難性、指揮統率の不良などが、その原因となっていた。大本営陸軍部は、第二師団の攻撃失敗によって初めてソロモン、ニューギニア方面で日米決戦が生起しつつあると判断した。これに応じて第八方面軍を新編、統帥組織を強化するとともに、数個師団をつぎこんでガ島を奪回する方針をきめた。海軍部には、もとより異存はなかった。

だが、この大方針の決定は遅すぎた。ガ島では第二師団が米軍の反撃をうけて窮地におちいっていた。食料弾薬も底をつき、緊急な救援が必要となった。かくして増援部隊は、十月二十九日から第三十八師団のネズミ輸送を開始した。

十一月二日には第四水雷戦隊司令官が、十一月五日には第三水雷戦隊司令官が、それぞれ直率のもと十五隻で輸送した。しかし、第三、第四水雷戦隊の駆逐艦は、八月末いらいの連日の輸送によって乗員は疲労困憊し、船体とエンジンは被爆による損傷や長期間の高速運転で、傷みがひどくなっていた。このため十一月七日、心機一転した第二水雷戦隊（旗艦・五十鈴＝昭和十七年九月〜十一月損傷まで）が第三、第四水雷戦隊（二駆、九駆、二十七駆）と交代して、田中頼三少将がふたたび増援部隊指揮官となった。増援部隊はＳＢＤの爆撃と、ツラギに進出してきた米魚雷艇の襲撃を排除しながら、十月二十九日から十一月十日までのあいだに、延べ軍艦一隻、駆逐艦六十五隻をもって輸送した。

十一月中旬、第二師団の高速船団輸送の成功にならって、第十一戦隊（比叡、霧島）によるガ島飛行場砲撃と、第三十八師団主力の船団輸送がおこなわれた。ところが、飛行場砲撃を阻止するため北上してきた戦艦をふくむ米艦隊とのあいだで、十一月十二日から十四日に

第24駆逐隊の海風。水雷戦隊とはいいながら輸送艦となってガ島ネズミ輸送に従事すること最多の18回に及んだ

かけて第三次ソロモン海戦がおこり、飛行場砲撃ができなくなった。

一方、第二水雷戦隊に護衛されてガ島に向かっていた高速輸送船十一隻は、十三日朝からSBD艦爆とB17重爆の爆撃をうけ、六隻が沈没、一隻が引き返して、四隻だけが十四日夜にガ島に突入したものの、十五日朝には猛烈な砲爆撃をうけて全滅してしまった。

第三次ソロモン海戦で、日本海軍は比叡、霧島の戦艦二隻を失った。そのうえ輸送船団の壊滅と、米軍側の明確な航空優勢が確立したことによって、ガ島方面の情勢は均衡がやぶれ、完全に米側の優位にかたむきはじめた。これを見すかしたように、マッカーサー将軍の指揮する米豪連合軍は、ニューギニアのブナに攻勢を開始した。

撤収という最後の花道

輸送船団の壊滅により、ガ島戦局の打開はもちろん、欠乏した食料補給の目途《めど》もたたなくなった。二万数千の将兵が、飢餓に苦しんでいたのである。さらに、米魚雷艇の大量進出により、ネズミ輸送はいっそう危険になっていた。

これらを考慮のうえ、ドラム缶輸送がおこなわれた。食料をつめたドラム缶約二百個をロープでつなぎあわせて駆逐艦に搭載し、泊地に到着したとき、海中に投入する。これを小発がロープの端を陸上までもってゆき、海中からドラム缶を収容する方法である。こうすることによって、揚陸泊地の滞在時間を短縮できた。

ドラム缶輸送は、十一月三十日からはじめられた。ところがその夜、田中少将の指揮する第十五、第二十四駆逐隊などの駆逐艦八隻と、ライト少将のひきいる米巡洋艦部隊とが衝突してルンガ沖夜戦がおこった。日本側は高波の犠牲をだしながら、米重巡一隻を撃沈、重巡三隻を大破して米水上部隊をふるえあがらせた。

ドラム缶輸送は、昭和十八年一月十四日まで合計七回、延べ六十七隻をもっておこなわれ、陸上部隊の飢餓をすくった。この間、十二月七日には野分（四駆）がSBD艦爆の爆撃をうけて航行不能になり、曳航されて引き返した。十二日には、魚雷艇の攻撃をうけて照月（六十一駆）を失い、一月十日には初風（十六駆）もおなじく魚雷艇の雷撃をうけて大破するなど、損害が多発した。

十一月十六日にはじまったニューギニア方面の駆逐艦輸送も、米軍機の爆撃による損害が多く、行きづまっていた。昭和十七年も押しつまった十二月三十一日、大本営は中部ソロモン、ニューギニア方面にあらたな防衛線を設定したうえで、ガ島陸上部隊の撤退を決定した。第三次ソロモン海戦、輸送船団の壊滅、駆逐艦損害の増加などによって、ガ島飛行場奪回の見込みがなくなり、しかも、ニューギニア方面にもあらたな対策をせまられたためであった。

ガ島撤収には、ふたたび駆逐艦が総動員された。駆逐艦のこれ以上の損耗をさけるため、舟艇機動による引き揚げの意見も強かった。だが、山本五十六連合艦隊司令長官の決断によって、駆逐艦全力投入の方針がきまった。撤収輸送の責任者たる草鹿任一南東方面艦隊司令長官は、参加駆逐艦の四分の一が沈没、四分の一が損傷と覚悟していた。

撤収作戦は、橋本信太郎第三水雷戦隊司令官の指揮のもとに、二月一日、四日および七日に駆逐艦のベ五十七隻をもっておこなわれた。巻雲が沈没、巻波と舞風が一時航行不能の損害をうけたが、大本営の見積りの二倍をこえる一万二八〇五名を収容できた。この成功は、連合艦隊主力の支援のもとに、増援部隊が積極作戦にでて、米軍をして兵力増援と誤判断させたためであった。

駆逐艦はがんらい、艦隊戦闘における夜戦の花形役者となるべく、猛訓練をかさねてきた。しかし日米決戦となったガ島争奪戦では、鋭利な九三式魚雷をふところにしまって、もっとも困難なガ島輸送という裏方に徹した。

海風はもっとも多く十八回、涼風が十五回、白雪が十四回、他の駆逐艦も艦隊戦闘に参加するあいまに平均六回もネズミ輸送に参加した。そして、一艦で数回の被害をうけたものも少なくなかった。ネズミ輸送とトーキョー・エクスプレスの呼び名は、栄誉のあかしとして、永久に世界の海戦史に記録されるであろう。

水雷戦隊の雄〝二水戦〟司令官と参謀の回想

勇将のもと戦闘に護衛に輸送に獅子奮迅した精強戦隊の戦歴と素顔

当時二水戦司令官・海軍少将　田中頼三
当時二水戦首席参謀・海軍中佐　遠山安巳

二水戦活躍の跡を辿って　田中頼三

日本海軍の士官仲間では、よく〝水雷屋〟とか〝鉄砲屋〟とか〝飛行機屋〟とかの呼び方があった。これは特科に対する仲間の俗称（醜名《しこな》）ともいうべき言葉である。

わが海軍は日清日露の両戦争において、水雷艦艇をもってする魚雷攻撃が偉大な戦果をあげたので、その後、水雷戦術の研究はもちろん、水雷艦艇および魚雷の改善充実、乗員の訓練などに多大の経費と努力と犠牲をはらった。とくに軍縮後、軍艦の保有に劣勢を押しつけられたわが海軍は、水雷艦艇の充実によりその欠陥をおぎない、夜戦の実力向上に最善の努力を傾注した。

田中頼三少将

戦前の夜戦訓練は猛烈果敢であり、実戦との差は実弾が飛ばないだけだった。したがって、戦前、日本海軍の駆逐艦はその攻撃力において世界無比であり、乗員の技術また最上のものであって、実力において無敵であったといっても過言ではない。

いわゆる水雷屋は中尉、少尉の若いころから水雷艦艇に乗り組み、水雷長、艦長、司令、司令官と進み、主として海上勤務で過ごし、艦艇の操縦、部下統御に熟達し、体験上より得た独特の水雷魂を会得するのである。

この水雷魂とは、攻撃精神充実し責任感旺盛で、夜戦に必要な敏速と決断力を有し、いかなる難局をも突破し得る精神力をいうのであって、開戦前夜、水雷戦隊（水戦）の駆逐隊司令、艦長以下の幹部はみな水雷屋であり、乗員は水雷魂が横溢し、訓練をへた一騎当千の海兵であった。したがって、命令一下、よく任務遂行につとめた。

航空とともに主兵に

太平洋戦争開戦まで各国海軍はみな、戦艦を中心とした大艦巨砲主義であって、他の艦艇および航空機は、すべて補助部隊であり、援護護衛部隊であった。したがって、わが海軍においても軍縮条約破棄後、世界最大の四六サンチの巨砲を装備した大戦艦、大和、武蔵を建造し、米海軍の優勢な戦艦群を圧倒しようとした。

米海軍は、その優勢な戦艦群を中心とする輪形陣をもって渡洋、西太平洋に殺到し、日本海軍を撃破せんとする作戦計画をたて、これが遂行に関するすべての準備および訓練を進めていた。これに対抗するため、わが海軍では大和、武蔵の二大戦艦とともに優勢有力な水雷戦隊をもって、夜戦により敵勢の撃破を企図していたのである。

しかるに、これらの諸計画は開戦後すべて無用となり、わが水雷戦隊（駆逐隊）のみ、その実力を発揮する機会を得たにすぎなかった。

開戦後、海軍の主兵は駆逐隊と航空隊にかわった。ハワイ真珠湾の大空襲により、米海軍は戦前の渡洋作戦計画を根本的にくつがえされたが、しかしさすがに世界一をほこる米国である。ルーズベルト大統領はただちに、「リメンバー・パールハーバー」の合言葉を発し、米国市民の戦争士気をあおり、打倒日本海軍を目標として、無傷であった空母艦隊の増強に全国力をあげ、航空戦力によってその目的を達成することに計画を変更し、ついに大勝を得た。

これに反し、わが海軍はだんだん劣勢になった。航空艦隊主力はミッドウェー海戦により全滅し、その補充増強に全力をつくしたが、資材において生産力において、とうてい米国に太刀打ちできず、結局、じり貧におちいり敗戦となった。

かくして、艦隊戦闘は航空艦隊によって決するにいたり、戦艦は航空母艦の推進援護にあたるにすぎず、巨砲の射ち合いはついに実現しなかった。駆逐艦隊は、空母の護衛はもちろん、太平洋戦争の特異性として、洋上に点在する島嶼争奪戦に終始したため、輸送船の護衛、揚陸援護にあたるとともに、これによって起こる諸海戦に敵艦隊と会戦する機会は全期間を通じてくりかえされ、航空隊とともに太平洋戦争の主兵となった。

開戦時の各水雷戦隊の行動を記すと、左記のようになる。

第一水雷戦隊＝ハワイ真珠湾攻撃の航空艦隊の護衛。

第二水雷戦隊＝比島ミンダナオ島、セレベス島、アンボン島、チモール島占領軍の護衛、揚陸援護。

第三水雷戦隊＝マレー半島、ジャワ西方地域占領軍の護衛援護。

第四水雷戦隊＝比島ルソン島東方地域、ボルネオ島東方地域、ジャワ島東部地域、占領軍の護衛、揚陸援護。

第五水雷戦隊＝比島北方および西方地域、ジャワ島西方地域占領軍の護衛および揚陸援護。

五個水雷戦隊中、五水戦が旧型駆逐隊によって編成のほかは、すべて特型駆逐艦編成、第一、第二、第四水戦駆逐艦は六一サンチ酸素魚雷を装備した新型であった。


以上の任務遂行中、魚雷戦をもって戦った戦闘は第八駆逐隊（二水戦。朝潮、大潮、満潮、荒潮）のバリ島沖海戦（夜戦。昭和十七年二月十九〜二十日）、第二水雷戦隊（旗艦神通、十六駆逐隊）と第四水雷戦隊（旗艦那珂、二駆逐隊、九駆逐隊）のスラバヤ沖昼夜戦、第三水雷戦隊（十一駆逐隊、十二駆逐隊）と第五水雷戦隊（旗艦名取、五駆逐隊、二十二駆逐隊）のバタビア沖夜戦であり、いずれもわが方は軽微の損傷をうけた駆逐艦数隻を出したのみで、残存する敵蘭、米、英の東洋艦隊を全滅する戦果をあげた。

スラバヤ沖海戦

スラバヤ沖海戦は、昭和十七年二月二十七日、昼夜にわたり戦われた戦闘であった。ジャワ中東部占領軍（第二師団）および坂口支隊の乗船した輸送船四十隻は、第四水雷戦隊（司令官・西村祥治少将＝昭和十五年一月～十七年六月）に護衛されジャワ島中部、クラガン海岸に揚陸するため南下した。

第二水雷戦隊（司令官・田中頼三少将＝昭和十六年九月～十七年十二月）はチモール島占領軍を揚陸した直後、急きょ北上、この輸送船団を四水戦とともに護衛すべき命をうけ、旗艦神通および第十六駆逐隊（駆逐艦四隻）をひきい、北上途中、マカッサル港に寄港、燃料を補給するとともに、第七駆逐隊（潮、漣）をあわせ指揮することになった。

二月二十六日、ボルネオ島南方において輸送船団に合同、四水戦は船団の右側、二水戦は左側を護衛し、一路揚陸地点にむかい、南下をつづけた。明くる二十七日早朝より敵陸上飛行機が船団上空に飛来し、数機が爆撃したが命中はなかった。

午前八時半ごろ、第十一航空艦隊の偵察機および第五戦隊（那智、羽黒）の飛行機はスラバヤ北口を北上中の敵巡洋艦五隻（蘭、米、英）、駆逐艦九隻を発見、報告した。敵艦隊はあきらかにわが輸送船団を攻撃せんとする意図である。敵にもっとも近く占位した二水戦はただちにこの敵に向かい、敵艦隊を誘致して五戦隊（北方約七十浬を南下中）および四水戦と合同、この敵を撃滅せんと決心し、ただちに増速進出した。

午後二時半ごろ、敵との距離七十浬《かいり》、五戦隊とは五十浬になる。速力を二十四ノットに増速して敵に近接し、四時ごろ煤煙を南東約二十浬にみとめた。敵位置、針路、速力を確認し、

神通。田中少将座乗のスラバヤ沖ではオランダ駆逐艦を魚雷で撃沈

五戦隊と合同のため反転、針路を西にした。

午後五時ごろ、五戦隊の前方、約五千メートルに占位し、戦闘序列をつくった。ただちに飛行機を発艦、敵情報告および弾着観測の任務につかしめた。戦闘速力三十ノット、旗艦を先頭にして十六駆逐隊、七駆逐隊を並陣列として、敵陣先頭を圧するごとく行動する。

敵陣は駆逐艦五隻を横陣として、蘭巡デロイテル(旗艦)、豪巡パース、英巡エクゼター、米巡ヒューストン、蘭巡ジャバの単縦陣、後方に駆逐艦四隻を横にならべた堂々たる序列で近迫してくる。開戦以来、はじめての白昼の艦隊決戦の火ぶたは切られようとしている。このころ四水戦(旗艦および駆逐艦六隻)も合同、二水戦の右斜め後ろに占位した。

敵との距離は刻々に迫ってくる。午後五時三十五分、敵駆逐艦との距離六千メートル、神通に発砲を下令した。かくてこの海戦の初弾は、神通によって敵におくられた。同時刻、敵巡は一斉に発砲、神通に集弾した。

五戦隊はまだ砲戦距離に入らず、神通の遠近前後と近距離に敵弾は降ったが、命中はしなかった。魚雷発射（距離一万五千メートル）を下令し、おいおい西方に避弾行動、至近弾のため、神通はしばしば危険におちいった。

一時煙幕を張った。このころ、四水戦も魚雷攻撃のため敵方に進出した。敵巡の砲火は四水戦旗艦那珂《なか》にむけられ、神通は危険を脱した。四水戦の発射終了後、五戦隊も砲戦距離に入り、約二万三千メートルより敵一番艦デロイテル、二番艦エクゼターに対し砲撃を開始した。

敵巡また五戦隊の二隻に集中砲火をおくり、午後六時ごろ、針路おおむね西南西であり、同航敵との距離約二万メートル、砲戦は激烈であるが、敵味方とも命中弾はない。このころ、南下をやめ、北上中のわが大船団をはるかに西方にみとめたが、砲戦は勝敗がつかず、両軍三十ノットの高速で戦場はようやく西方にうつり、船団に接近した。

午後六時十五分ごろには、船団の後尾との距離約一万メートルで、このままでは船団に大混乱を起こすことは必至であった。今こそ突撃の時機であると判断し、まさに突撃を下令しようとしたとき、敵陣に大混乱が起こった。すなわち、わが魚雷の命中らしく、先頭の一駆逐艦は大水柱を奔騰するとともに沈没し、二番艦エクゼター（五戦隊の砲弾命中し損傷のため）は敵陣をはなれ、反転するのをみとめた。

同時に五戦隊司令官より「全軍突撃せよ」の下令があり、四水戦、二水戦、五戦隊の順にいくつわをならべて敵陣めがけて突進する。敵は二番艦の落伍と前列駆逐艦の轟沈に驚いたものか、全軍反転、大煙幕を展張したので、敵影は望見できず、しゃにむに敵に迫る。触接機の通報により、敵針路、敵隊形を知るだけである。

追撃約四十分、敵煙幕を突破して全速退却中の敵影をみとめたが、距離約一万五千メートル、魚雷発射にはきわめて不利である。なお、距離をちぢめるべく進撃をつづける。敵はジグザグコースを取りながら、近迫するわが駆逐隊に砲火をあびせる。

もっとも敵方に進出した四水戦第九駆逐隊の二艦（朝雲、峯雲）は、敵巡後方の駆逐艦と接戦激闘、敵の一艦を撃沈し、わが一艦また機関部に敵弾を受け、航行不能に陥った。夜に入って応急修理なり、自力で戦場を離脱した。かくて彼我砲戦をまじえつつ、わが各隊の艦はきそって敵巡に迫り、魚雷発射を決行した。しかし、昼間逃避する高速の敵巡を追躡襲撃することはきわめて困難であり、魚雷襲撃の効果またきわめて少なきことは、この戦闘で明らかに証明された。

午後七時半、日没ごろまでにわが各隊の艦は魚雷襲撃を終了、暮色せまるとともに夜戦に備えるため、分離した麾下駆逐隊の集結を命じた。敵はわが襲撃を離脱、視界外に去ったが、わが触接機（五戦隊、神通、那珂機）の通報により、残存敵巡四、駆逐艦五は午後八時すぎに反転、北東に向針したことが判明した。

敵は執拗にもわれを弱勢とあなどったものか、夜戦を挑まんとする。夜戦はわが方の望むところである。一挙に敵を撃滅せんと準備をととのえた。午後八時半（十四夜の月夜にて視界大）ごろ、東方約二万メートルの距離に近接する敵巡洋艦隊を確認、神通に右舷発射を命じ、さらに駆逐隊に進撃を下令した。しかし、敵はわが方の襲撃対勢をみとめたものか、ふたたび反転したので、駆逐隊を集結、五戦隊が追撃した。敵状はときどき神通、那珂機より通報してくる。投下する吊光弾を南東方にみとめた。

午後九時半ごろ、敵はさらに反転、わが方に向首した。このころ四水戦も二水戦の後方に追及し来り、わが軍は集結を完了、夜戦準備なり、おいおい敵に迫るごとく行動した。

午後十一時すぎ、敵影を東南方約二万メートルにみとめ、襲撃行動にうつるため三十ノットに増速、敵に近迫した。後方の四水戦また敵に向首した。同時に敵は五戦隊にむかって砲撃を開始し、夜戦の火ぶたはきられ、輝く月光の下、一大修羅場が展開されようとしている。そのとき、敵との距離約一万八千メートル、五戦隊は敵の斜前絶好の発射態勢であり、砲撃を開始するとともに魚雷発射を決行した。

二水戦と四水戦は同時に駆逐隊に突撃を下令、各隊艦は全速で敵に迫った。ところが正子ごろ、五戦隊発射の魚雷が敵陣に達し、突如として二大水柱と火炎が奔騰（敵一番艦デロイテル、四番艦ジャバに魚雷命中）し、二艦の沈没をみとめた。他の二、三番艦（米巡ヒューストン、豪巡パース）は全速逃避、敵駆逐艦は煙幕を張りながらこれを援護した。突撃中の二水戦と四水戦は追えども追えども敵影を発見できず、ついに敵煙幕のため残敵を逸し、残念であった。

明くる三月一日午前二時半ごろまで追及したが、発見し得ず、追撃を断念して船団護衛のため北上した。逃避した敵巡ヒューストン、パースは一日夜、ジャワ西方海面にてわが西方輸送船団を攻撃せんとし、三水戦（旗艦川内、司令官＝橋本信太郎少将＝昭和十六年九月〜十八年二月）と五水戦（司令官＝原顕三郎少将＝昭和十五年一月〜十七年三月十日、五水戦解隊まで）の駆逐艦に撃沈された（バタビア沖海戦）。

また、昼戦において損傷した英巡エクゼターは、スラバヤ港に逃避、機関の修理をおえ、三月二日出港、ジャワ海よりインド方面に逃れんとしたが、すでに増援に来会した五戦隊に発見され、英駆逐艦二隻とともに撃沈され、敵蘭、英、米の東洋艦隊は全滅した。

ガ島増援作戦

日本海軍の命取りとなり、日本敗戦の因となったガダルカナル島（ガ島）攻防戦が失敗に終わった諸原因を、増援部隊司令官として結論的に列挙しておこう。

一、敵が主進攻作戦として、全力攻勢をソロモン群島方面に指向したことに対し、当初、わが最高統帥部の認識不足のための対抗策は弥縫《びほう》的で、場当たり作戦に終始したこと。

二、彼我航空戦力に格段の相違があり、わが航空基地は五百浬《かいり》以上遠隔の地にあり、航空戦において甚だしく不利であったこと。

三、敵の航空基地を破壊せずして、その直下に大規模の揚陸を決行したこと。

四、当初より兵站補給の面に考慮足らず、いたずらに兵力のみをつぎ込んだこと。

五、要地攻略にもっとも拙劣なる兵力を小出しに使用し、しかも重装備、要塞化した敵陣

ガ島ソロモン方面へ急行する水雷戦隊。写真は白露型駆逐艦で、米軍の反攻以後、山風をのぞく24駆逐隊の海風江風と涼風、２駆逐隊の村雨夕立と春雨に五月雨、27駆逐隊の白露時雨の９隻がソロモン海に苦闘した。涼風は海風につぐ15回もガ島輸送に従事した。白露型は酸素魚雷12本搭載

に対し、軽装備の兵力をもって奇襲のみによる攻略を考えたこと。

六、海陸の協力協定がうまく行かなかったこと。

昭和十七年八月七日、米本国最精鋭の上陸専門部隊であった海兵第一師団の乗船した輸送船四十余隻を、有力な米豪連合艦隊が護衛して、突如ガダルカナル島に来襲した。当時、日本海軍が造成したばかりの陸上飛行場および対岸ツラギに完成した横浜空大艇隊の水上基地を一朝にして占領した。これこそ、日本敗戦の端緒となったガ島攻防戦の最初の戦闘である。

この敵軍の大規模の進攻作戦に対し、当時ラバウルにあった第八艦隊（重巡五、軽巡二、駆逐艦二）は長官が直率し、翌八月八日夜、いわゆる殴り込み夜襲（第一次ソロモン海戦）を行ない、敵の艦隊に大損害をあたえ、わが軍は無傷という大勝を博した。しかし、敵輸送船団にはなんらの損傷なく、敵の上陸軍はぶじ北の地に強固な基地を設置することに成功した。

この敵の一大進攻作戦に対し、わが統帥部は、ミッドウェー海戦後、内海にあってつぎの作戦の準備をととのえた前進部隊（第二艦隊）および再編成の機動部隊（第三艦隊）を、急きょトラック方面に進出すべく発令した。当時、第二水雷戦隊は東京湾方面の対潜警戒に従事中であり、麾下駆逐隊の十五駆逐隊（黒潮、親潮、早潮）は比島方面へ、二十四駆逐隊（海風、山風、江風、涼風）は主隊護衛任務のため内海へ派遣、わずかに旗艦神通および駆逐艦陽炎のみであった。

急速、トラックに進出せよとの命に接し準備をととのえ、八月十一日、二艦をひきいて横須賀を出港、トラックに向かった。途中、連合艦隊命令により、二水戦は八艦隊に編入し、司令官はガ島増援部隊指揮官を命ぜられた。

八月十五日トラック入泊、待ちかまえていた第八艦隊および陸軍十七軍派遣の参謀が来艦、重要なガ島増援に関する一連の艦隊命令を手わたした。

通読して驚いた。あらたに増援部隊に四駆逐隊の二艦（嵐、萩風）、十七駆逐隊の三艦（浦風、谷風、浜風）、哨戒艇四隻をくわえ、先遣部隊にはグアム島よりすでに来着せる陸軍一木支隊（ミッドウェー揚陸部隊、一木清直大佐直率）の歩兵部隊九百名を駆逐艦六隻（四駆二、十七駆三、陽炎）に分乗させ、ガ島に急航。十八日夜、同島ルンガロードの東方タイボ岬付近に揚陸、駆逐艦の一部を残留して監視の任に当たらせ、残部の特科隊（四二〇名）および軍需品はグアムより輸送してきた低速輸送船二隻に搭載のまま、神通および哨戒艇にて護衛、駆逐艦と同時に明十六日出港。途中、横須賀第五特陸（安田義達大佐直率）の乗船せる輸送船金竜丸を合同、二十三日夜、タイボ岬付近に揚陸、この間、第六戦隊（重巡四）が間接護衛にあたる――という概要であった。

種々な作戦計画中、とくに事前研究や打ち合わせを要し周到綿密なるべき揚陸護衛作戦を一夜づけで、しかも指揮掌握すべき艦艇の性能も練度も、艦艇長の姓名さえも知らない混成部隊を指揮するという、もっとも複雑な作戦に従事すべき命を受けたわけである。

その後の作戦遂行にきわめて不安であったが、命令が下った以上、一刻の猶予も許されない。ただちに各艦艇長および陸軍各部隊長を旗艦に集め、作戦計画および海軍協定を即刻決定し、夜を徹して出動準備を進めた。

かくて翌十六日、命令どおり午前五時、歩兵部隊の乗艦した駆逐艦六隻は四駆司令佐藤康夫大佐の指揮下に、また船団は旗艦神通以下が護衛してトラックを出撃した。佐藤大佐指揮の駆逐艦六隻は、二十二ノットの高速で一路南下、途中なんらの妨害にもあわず、予定どおり八月十八日夜、ガ島タイボ岬付近に達し、夜中に一木歩兵部隊の揚陸に成功した。これこそ〝東京急行第一列車〟と呼称してさしつかえないと思う。

それ以外の低速船団は途中、紆余曲折の作戦経過をたどり、予定より三日おくれ、八月二十五日早朝、ガ島より一五〇浬の地点に達した。ここで来援の駆逐艦五隻（陽炎、江風、磯風、睦月、弥生）を合同せしめたが、その直後、突如として敵の艦爆六機の来襲をうけ、旗艦神通が被爆、大破（損傷修理のため神通は内地回航。昭和十八年一月、二水戦復帰）した。

鼠上陸と蟻上陸

前記のとおり、その後の作戦行動に支障なき各艦船をひきい、八月二十六日夜、ブーゲンビル島沖合のショートランド港に入泊し、陸軍一木支隊特科隊を二十四駆の駆逐艦三隻に移乗させ、ガ島に送るため明くる二十七日に出撃したが、途中、艦隊命令の変更により引きかえした。

さらに二十八日、陸軍川口支隊の先遣部隊を乗艦させ、ガ島に上陸せしめた二十駆逐隊の四駆逐艦（天霧、夕霧、朝霧、白雲）とともに、同夜、ガ島に送るよう再出港せしめた。ところが二十駆の四艦は同日午後、ガ島の北約八十浬の地点で敵の艦爆機の相つぐ来襲を受け、朝霧は沈没し、夕霧は中破、また司令山田雄二大佐は戦死、白雲が大破という大損害をうけ、ガ島進撃を中止した。

八月二十九日午後、ガ島増援部隊川口支隊（支隊長川口清健少将）主力乗船の佐渡丸が入泊した。ただちに支隊長以下の陸軍幹部を旗艦に集め、輸送計画の打ち合わせ会議を開催した。

海軍側（艦隊命令に基づく）としては、ショートランドにて駆逐艦に移乗させ、急速輸送する計画であったが、陸軍側はがんとして応ぜず、協定は成立しなかった。戦機急迫のさい、出先指揮官の間にかかる論争をくりかえすことはきわめて遺憾なことであり、そのために明くる三十一日の出撃準備を完成していた八隻の駆逐艦は出港できず、ついに一日遅延の止むなきにいたった。

ようやく九月一日夜にいたり、陸軍司令官および艦隊長官より、『川口支隊の大部は駆逐艦便により、一部は舟艇機動によりガ島に揚陸せしむ』との命により、川口支隊長以下は駆逐艦に、連隊長以下は大発便によって出発した。これが駆逐艦便（鼠上陸）、大発便（蟻上陸）の由来である。すなわち駆逐艦は鼠のごとく素早く夜に活動し、大発は蟻のごとくのろのろと動くからである。

「東京急行」は米側の俗称であり、日本側で名づけた鼠上陸がこれに当たるものである。その後、蟻上陸は失敗に終わり、川口支隊輸送のみで廃止になった。

擱坐上陸

ガ島敵飛行場奪回攻撃は、八月下旬に一木支隊、九月中旬に川口支隊、十月下旬に第二師団および川口支隊と、総攻撃はすべて失敗し、ガ島上陸軍は弾薬糧食に欠乏し、悪疫の流行になやまされ、奪回の企図はまったく絶望状態となった。しかるに最高統帥部は、依然として最初の企図を放棄せず、なお一回の総攻撃を行なうことに決定し、第三十八師団をガ島に強行輸送することとなった。

十一月十一日、当時、集めうる最後の陸軍優秀輸送船十一隻に同師団主力が乗船し、これを駆逐艦十二隻で護衛し、中央航路をとってガ島に進撃した。第八艦隊はソロモン群島西方海面、第二艦隊は東方海面より、間接護衛する作戦計画がさだめられた。

しかし、このころには敵側の邀撃準備が完成し、ガ島にはあらたに数個の飛行場が造営され、多数の陸上機を常置していた。それとともに、敵機動部隊がガ島南方に待機しており、わが軍の動静は刻々と詳細に敵索敵機によって報告されていた。したがって、今回の大進撃も成功するかどうか、はなはだ疑問であった。

十一月十三日午後、私は輸送船十一隻を駆逐艦十二隻で護衛し、ショートランド港を出撃した。明くる十四日早朝より敵の空襲は相つぎ、夕方までほとんど一時間おきに来襲、計八回、延べ機数（爆撃、雷撃含め）一二〇機、輸送船被害七隻（六隻沈没、放棄一隻大破）、ショートランドに回航）の大損害をうけた。

護衛駆逐艦によって救助した将兵約五千名、雷爆撃による直接戦死者は約四百名。午後五時半の日没時、残存輸送船の鬼怒川丸以下四隻、駆逐艦旗艦の早潮および十五駆逐隊三隻の四隻が、なおもガ島への進撃をつづけた。しかし昼間連続した空襲のため、予定時刻に揚陸点着は不可能となり、全速突入しても明くる十五日の午前二時以後となる。

しかも、わが索敵機報告によれば、敵戦艦四隻、駆逐艦が船団邀撃のため北上中とのことであったが、第二艦隊主力（巡戦霧島を加う）がガ島に進撃するの報に接し、そのまま進撃を続航した。

午後九時ごろ、予定どおり第二艦隊主力の後方約七キロに続航、サボ島北方を過ぎた。午後九時半ごろより、第二艦隊の前方を進撃中の三水戦（旗艦川内、十九駆逐隊。司令官・橋本信太郎少将）、十戦隊（駆逐艦）と敵の前衛との間に猛烈な夜戦が起こり、ついで十時ごろから両軍主力の大夜戦がおこった。これが第三次ソロモン海戦で、太平洋戦争中、戦艦をまじえた夜戦はこの戦闘のみである。

この戦況を見て、十五駆三隻を直ちに高速進撃せしめ、敵戦艦戦隊の襲撃に投入した（この戦闘中、敵は終始無照射、レーダー射撃のみ）。

この激烈だった夜戦も、午後十時五十分ごろに終了。両軍に相当の被害があった（巡戦霧島、駆逐艦綾波沈没）。暗黒の中に両軍は別れ、残るは輸送船四隻と護衛中の旗艦早潮だけである。そこで最後の手段として輸送船を擱坐（全速揚陸点に突入）せしめ、将兵および搭載の弾薬糧食の幾分を救わんと決心し発令、輸送船を誘導した。

午前三時、擱坐地点に到達し、血涙を呑んで命令を決行させた。これぞガ島における擱坐上陸である。予期どおり早潮および擱坐した輸送船に対し敵機の猛爆あり、各船火災をおこしたが、将兵全部および糧食弾薬の一部はぶじ上陸した。

ドラム缶輸送

前記どおり第三十八師団主力の輸送は大失敗に終わり、ガ島奪回の企図は水泡に帰し、一万数千名の陸海将兵にたいする糧食、医薬品の補給が重大となってきた。既送の糧食はすでにつき、島に在る草木も生物もすべて食物になるものはことごとく採取され、栄養失調者および熱帯病患者が続出した。まったく飢餓と病人の地獄の有様である。

いかなる犠牲をはらってもこれを助けなければならないが、空中補給は実現の見込みなく、結局、駆逐艦と潜水艦輸送を強行しなければならず、戦闘艦艇を糧食運びに使用するにいたった。

戦況はまことに哀れであった。そこで考案されたのが、駆逐艦によるドラム缶輸送（潜水艦輸送は略す）である。

ドラム缶輸送というのはドラム缶をよく消毒し、この中に浮量を残し、糧食および医薬品を入れて密閉し、多数（二百個以上）を駆逐艦の上甲板にならべ、個々を麻縄でつなぐ。これを駆逐艦は夜間、揚陸海岸に接近、索の一端を内火艇にて陸岸に運び、陸上より縄をたぐるとともに、上甲板のドラム缶を海中に投下し、短時間に揚陸を終わらんとする方法である。

　これの実施を増援部隊指揮官に命ぜられたのである。その第二回を十一月二十九日に実施した。搭載艦六隻、警戒艦二隻（旗艦長波、駆逐艦高波）。搭載艦は艦の安定上、予備魚雷八本を揚陸したので魚雷発射は一回（八射線）しかできない。同夜、ガ島揚陸点に近づいたとき、突如として敵の大巡五隻および駆逐艦五隻と交戦となった。

　この戦闘では、わが軍はきわめて不利の態勢より立ち上がり、よく真価をあらわしたのは、わが駆逐艦乗員の多年の苦心精進が実を結んだ結果である（ルンガ沖夜戦）。

　かくて第一回輸送は失敗に終わったが、補給のことは一日の遅延を許されない。十二月三日、駆逐艦十隻をひきい、ガ島に突入（駆逐艦巻波小破）、同夜、ドラム缶揚陸に成功した。

　第三回は十二月七日、駆逐艦十隻で決行。往航は敵機の爆撃により、駆逐艦野分が機械室に爆弾命中、航行不能となった。駆逐艦三隻は護衛のため引き返し、揚陸点には敵魚雷艇が雲集、ついに揚陸不可能となり引き返した。

　十二月十一日、第四回、駆逐艦十一隻（防空駆逐艦照月を旗艦とす）。同夜揚陸成功、しかし揚陸中、旗艦照月は敵魚雷艇と交戦し敵魚雷が後部に命中、ついに新鋭駆逐艦を失った。私以下の司令部幹部は僚艦に収容され帰投したが、私も足部に負傷した。

　このころより月夜となりドラム缶輸送が困難となったので、この第四回で中止となった。

また、このころよりガ島にある将兵の撤退作戦の計画準備がはじめられたのである。

　わが駆逐艦攻撃のため、敵は多数の魚雷艇を配した。ルンガ沖夜戦の大損害により、敵は巡洋艦、駆逐艦をもってするわが駆逐艦攻撃を不利とみとめ、ガ島近海に多数の魚雷艇（約十トン、速力三十ノット以上、魚雷一本装備）を配し、夜間近接するわが駆逐艦の邀撃に当たらしめた。これはすこぶる効果的で、わが方はドラム缶揚陸のため陸岸に接近、一時停止しなければならないし、警戒艦もまた低速警戒を余儀なくされる。

そこへ島影にかくれていた小艇多数が高速で各方面より来襲するので、最初の二、三艇は撃沈できるが、やがてはわが方も被害を受けることになる。このため、照月はついにその犠牲となったのである。

勇名とどろく第二水雷戦隊　遠山安巳

駆逐艦には小型八〇〇トンくらいから大型二〇〇〇トンあたりまで大小各種あるが、太平洋上の艦隊決戦むきに造られ、しかも近代戦に必要な装備兵器を充分に積載された一五〇〇トン型は非常に各方面の好評を博し、戦争直前からはもっぱらこの型ばかり造られるようになった。

この新鋭一五〇〇トン型駆逐艦ばかり十六隻そろえ、それに軽巡洋艦神通《じんつう》（昭和十四年十一月～十七年八月。十八年一月～七月十二日）を司令官の旗艦として加えて編成されたものが第二水雷戦隊（第二艦隊）で、当時、日本海軍の艦隊中に水雷戦隊が五個ほどあったが、これほど新鋭でしかも粒のそろった戦隊はなかった。事実、第二水雷戦隊は艦も兵器も、それに伴う乗員の練度も、おそらく日本海軍の中で随一ではないかと思うような状態にあった。

第一に司令官は稀代の名将田中《たなか》頼三少将(昭和十六年九月〜十七年十二月)で、戦後になってから米国の有名な軍事評論家ハンソン・ボールドウィンが「太平洋戦争を通じて、日本に二人の名将がある。陸の牛島、海の田中」と激讃した、その田中少将である。今から追想しても知仁勇兼備の真に立派な武人型の指揮官であった。また勇将の下に弱卒なく、つづく駆逐隊司令および駆逐艦長はいずれも今次大戦で勇名を馳せた人たちばかりで、全くの海のベテラン揃いであったし、その他乗員の面々も技能練度の極度に向上した人たちばかりであった。

また駆逐艦の主兵器である魚雷といえば、当隊駆逐艦の魚雷は世界に類例を見ない酸素魚雷で、直径六一センチもあり、海軍で九三式魚雷と称し、雷速も駛走距離も、また爆発威力も、すばらしいものであった。その他一二・七センチの連装砲や対潜水艦攻撃用の爆雷も多数積載していたし、艦の速力も四十ノットくらいの高速力の高性能艦であった。

第二水雷戦隊の子隊《ねたい》のうち、第十八駆逐隊(霞、霰、陽炎、不知火)は開戦劈頭の真珠湾攻撃に参加し、また第八駆逐隊(大潮、満潮、朝潮、荒潮)は、バリ島沖海戦を単独で戦い、敵巡洋艦と駆逐艦の優勢部隊を、自分はわずか四隻の駆逐艦で反撃撃退し、だいぶ新聞紙上をにぎわした。その他の駆逐艦も、ダバオ・メナド・アンボン・クーパン・ケンダリー・マカッサルなどの要地攻略戦に参加し、大いに勇名をとどろかせた。

以下、旗艦の神通を中心としてその記録をたどり、その作戦状況の一部を御紹介する。

開戦前夜の二水戦

昭和十六年末、戦雲いよいよ急にして一触即発の状態にあったが、十一月十四日より十六日まで山口県の岩国航空隊で、陸軍は寺内寿一大将、海軍は山本五十六大将、それに参謀本部、軍令部および出先陸上海上各部隊の主だった指揮官と参謀が全員つどって、開戦から第一段作戦（シンガポールおよび蘭印方面攻略まで）の作戦打合わせ、陸海軍協定をおこなってこれで総仕上げも終わり、いつ開戦してもよい気持になった。

それから呉軍港に入港、戦備作業ののち出師準備を行なうことになった。十一月十七日には第二艦隊の各級指揮官を旗艦高雄《たかお》に参集せしめ、司令長官近藤《こんどう》信竹中将より訓示があり、一同、祝盃を挙げた。出陣祝いの祝盃である。十一月二十六日には内地の山河を遥かに遠望し、心中無言の訣別をしながら、前進根拠地の南洋群島パラオへ向かって進発した。そうしてこの頃、わが真珠湾攻撃部隊はすでに内地をはなれて一路攻撃にスタートを切っていたのである。

軍令部より「日米交渉における米国は依然蔣《しょう》政権以外の政権を否認し、且つ我兵力の仏印よりの撤兵要求の回答をなし、一方我方も態度毫《ごう》も変化なし」との電報あり、外交交渉のゆきづまりを暗示、既定計画にしたがって進むべきを強調してきた。田中司令官以下の幕僚うちそろってパラオ神社に参拝して武運長久を祈り、開戦配備地点ダバオ湾口にむかって出港したのは、開戦前々日の十二月六日午後三時であった。連合艦隊司令長官山本《やまもと》大将より全軍へ布告された電報――「皇国の興廃繫《かか》りて此の征戦に在り粉骨砕身各員其の任を完うせよ」

に、全員勇躍して任についた。

十二月八日、対米英宣戦は布告された。友軍部隊はハワイにマレーに、また比島に大戦果を挙げていたであろうその頃、われわれはミンダナオ島東南端サンオーガスチン岬の東方五十浬《かいり》付近にあって、航空母艦龍驤のダバオ空襲を掩護協力していたが、一部兵力第十五駆逐隊の駆逐艦四隻（黒潮、親潮、早潮、夏潮）は、佐藤一番隊司令指揮のもとにダバオ湾内に進入して強行偵察を行ない、場合によっては敵を求めてこれを掃蕩すべく分派された。しかし、ここでは何ら獲物もなく、全くの藻抜けの殻であった。

かくて、十二月二十日ダバオ攻略、十二月二十五日スルー列島のホロ攻略、一月十一日セレベスのメナド攻略、一月三十一日アンボン攻略、二月二十日チモール島クーパン攻略――と攻略日程にしたがって作戦を進め、その他、分派兵力をもってセレベス島ケンダリー飛行場の攻略およびマカッサルの攻略に協力した。

オランダは弱勢海軍だけに機雷戦をよく研究したと見え、セレベス島東方セラム島南方に位置するアンボンやセレベス島南西岸マカッサルにおいては、わが掃海艇や駆逐艦が機雷に触れ、沈没または大破するなどの損害をうけ、あるいは実害なきまでも著しくわが作戦行動を阻害するなどの気苦労もあったが、約二ヵ月の間に、初頭に与えられた第一段の予定作戦を終了したわけである。そして最後の攻略地点、チモール島クーパンを攻略して敵を奥地へ追い込み、伊東支隊の陸上作戦の推移に注目していると、二月二十三日、突如スラバヤ作戦支援のため同方面に回航せよとの電命に接した。

あたかも演習のごとし

二月二十五日、マカッサルに寄港して同方面作戦の旗艦足柄におもむき、爾後の作戦打合わせと燃料補給をおこなった後、翌二十六日ボルネオ南部バンゼルマシンの南方海面でスラバヤ攻略の陸兵を載せた約四十隻の輸送船団に追及して、これを支援する位置についた。このとき一緒に居合わせた子隊《ねたい》の駆逐艦は第七駆逐隊（潮、漣）、第十六駆逐隊（雪風、時津風、初風、天津風）の六隻で、その他は他部隊の手伝いに分派されたり、あるいは沈没、損傷などの事故によって、内地を出るときの半数以下を引き具し、若干寂寥の感があった。

明くる二十七日午前十時ごろ、偵察飛行機より敵連合艦隊（巡洋艦五隻、駆逐艦数隻）がジャワ東部北岸のスラバヤ方面より出動するとの報告があった。わが第五戦隊（大巡二隻）、第二水雷戦隊（軽巡一、駆逐艦六隻）、第四水雷戦隊（軽巡一、駆逐艦六隻）に対し、敵は大巡三隻、軽巡二隻、駆逐艦六隻で、ほぼ同等に近い対抗兵力であった。

味方飛行機から逐一情況報告があって、だいたい彼我の関係が判明し、準備をととのえるのに大変好都合で、神通搭載機の射出発進や占位運動の作図立案もできるし、これによって運動をおこない、第五戦隊の前程戦闘序列に占位して、ちょうど適時敵艦列が視界に入ってくるという誂《あつら》え向きの段取りとなった。したがって各隊落ち着いて行動することができ、また各艦内においても食事や救急、あるいは機関準備ならびに応急処置の用意など、遺漏なく適時適切に措置しえて、まことに幸先よいことであった。

昼間における彼我の対勢は、わが方はクラガン（スラバヤ西方ジャワ中部北岸）上陸点に向かい、敵艦隊はわが南東方面からこれを阻止せんとする同航戦ではじまった。距離二万五千メートル付近では大巡の砲戦だけで、他の介入する射程ではなかったが、前方占位の駆逐艦群も時間の経過とともに漸次敵方に接近し、砲戦に加入する。命中弾はないが、敵弾もしだいに激しく、子《ね》隊《たい》の付近への弾着が多く、水柱がしきりに立っている。爆発音によれば空間炸裂弾もあるらしい。

神通付近にも数斉射を浴び、そのうち一斉射は夾叉弾らしく船体にドシンと衝撃を感じたのもあった。弾着がひどくなると、少しずつ舵を外方にとって距離を遠くし、弾着がまばらになると、また内方に転舵して距離を近くする。これをくり返し戦機をうかがっていた。砲戦のさなか、ある駆逐艦は手旗信号で旗艦に通信して曰《いわ》く「あたかも演習のごとし」と綽々たる余裕ぶりであった。

砲力においては彼が若干勝るのであるが、遠距離の彼我砲戦には双方突っ張り合いで、いずれに軍配が上がる

スラバヤ沖海戦で、煙幕を展張しながら雷撃戦を挑む海軍水雷戦隊

かわからない状況に見えた。大巡戦隊はドンドン射ち合っている。神通や駆逐艦も近づいていっては砲戦に参加したが、遠距離で効果のほどは的確でない。味方の気休めくらいにはなったろうが。

午後六時半ころになると、さすが日の長い南洋の太陽も西にかたむき、また戦場がだんだん西方に移動したので、味方の輸送船団も大分近くなってきた。輸送船団は速力が遅いし運動が鈍重なので、これを戦場にまき込んではつたないなと思っていると、敵大巡二番艦エクゼターにパッと爆煙があがった。命中弾のため損傷したことは確実である。

見張員はこれを敵艦轟沈と誤認して報告した。この損傷で敵のひるむ隙に全軍突撃をすればよい。駆逐艦突撃の好機到れりと判断し突撃に転じようとしていると、折りも折り、高木武雄司令官より「全軍突撃せよ」の指令があり、満を持していた第二水雷戦隊と第四水雷戦隊（旗艦那珂。二駆逐隊＝村雨、五月雨、春雨、夕立。九駆逐隊＝朝雲、峯雲）はそれぞれ「我れ突撃に転ず」の信号をかかげ、弦を放れた矢のように、敵艦隊めがけて駆逐艦の横陣列をとって殺到した。

水雷戦隊の昼間強襲である。ひとしきり混戦になるかと思われたが、敵艦隊は味方駆逐艦の一斉突撃を見るや、クルリと反転して、我に後ろを見せて逃げだした。当方もフルスピードを出して追いかけ、各隊各艦がそれぞれ魚雷を発射したが、いかにせん追躡撃のため効果があがらず、いたずらに敵を逸しただけで、しかし我方輸送船団もぶじなるを得て昼戦の幕を閉じた。

つづく夜戦は、執拗にも敵連合艦隊が午後九時ごろ、またもやわが輸送船団攻撃に押し寄せてきたので、折柄、昼間戦闘序列のまま警戒中のわが部隊にぶっつかって、彼我砲戦魚雷戦となった。

折りよく、まったく天佑神助であろう、選りもよって敵の先頭艦デロイテルと殿艦ジャバの二隻に魚雷が命中して、炎上しはじめた。敵は前と後ろが燃えだしたのだからたまらない。隊列を乱して逃げだした。すぐ追撃に転じたが、逃げ足の早い敵は闇にまぎれて全く跡形もなかった。

後でわかったことだが、ヒューストンとパースは南へ下って陸岸すれすれを西航し、バタビア方面に逃げた由で、当方は上陸点近くではあり、水深の関係上、敵機雷の存在をも顧慮して、あまり陸岸近くまで追跡しなかったことが敵にとっては幸いしたのだった。しかし三月一日になって、二隻ともバタビア沖海戦で葬られたことはせっかく逃げのびたのに、気の毒であった。

エクゼターも三月一日、ボルネオ寄りに西方へ逃げるところを発見され、撃沈された。これで敵の出現巡洋艦五隻とも片づいたわけで、バタビアとスラバヤ両方面ともふじ、陸兵を揚陸させた。スラバヤ方面の敵の降伏は三月八日で、明くる九日にはわがバンドンの軍司令部は蘭印の全面的降伏を承認した。われわれも三月十二日マカッサルへ引き揚げ、十五日には艦の入渠作業その他修理手入のため内地へ帰還することになり、所属軍港の呉へ向かって出港した。

ミッドウェーの無念

つぎはミッドウェー海戦になるが、五月初旬から広島湾で図上演習やら作戦の研究協議などがずいぶん熱心に行なわれるとともに、兵術思想の統一ならびに作戦命令の徹底などもはかられ、中には後日実際にわが軍が損害をこうむったような場合も演練中に現われ、研究しつくされていた。

五月二十五日、われわれ直接ミッドウェー島攻略に従事すべき部隊は、前進基地サイパンに集結を了した。サイパンは泊地が外洋に開いているため、敵の潜水艦が外洋から襲撃するのに好都合の条件であり、これらの在泊中はとくべつ外洋の対潜警戒を厳重にし、また出撃時、もし敵潜が監視哨戒しているとしてもこれを回避韜晦《とうかい》するように偽航路をとり、夜になってミッドウェーに向かう針路をとるようにきめられた。

五月二十八日の午後五時に出港してから六日間、六月四日までは広い洋上を海と空のほかは何ものもなく、ただ枚《ばい》をふくんでつづく船団だけで何事もなかったが、六月四日、ミッドウェーからの距離六百浬の圏内にはいると、図上演習で演練したとおり、もう朝の六時から米軍のコンソリデーテッドＰＢＹ機が出現して触接をはじめた。

午後になると編隊九機の爆撃がはじまり、夜に入っても触接機は執拗に触接したままで寸時もはなれず、敵機は入れかわり立ちかわりやってきて、清澄丸に機銃掃射をあびせたり、あけぼの丸に低空雷撃を行なったり、あわただしい初日であった。

この様子では翌五日早朝から相当空襲を受けるものと覚悟していたが、味方機動部隊が急速突入し、ミッドウェーの北方から空中攻撃を行なったため、わが方は何事もなくひたすら機動部隊の戦果があがることを心待ちにしていた。

ところが、あにはかんや、かつて広島湾の図上演習において演練した最悪の場面、すなわち敵機動部隊がわが機動部隊の東方側面に不意に現われ、またこれが不運にも敵情報告がおくれたため、わが方の後手戦ないし受動的合戦となり、帝国海軍兵力の中核たるべき虎の子の赤城、加賀、蒼龍、飛龍四隻とともに、その優秀な飛行機と搭乗員の大半を失う破目となってしまった。

この戦況が明らかとなるや、ただちに夜戦部隊が編成され、夜戦をもって敵空母部隊を捕捉撃滅し昼間戦の報復をしようと、巡洋艦駆逐艦の大部隊は猛り立って東方に敵をもとめて出ていったが得られず、わが母艦赤城の無惨な末路の姿だけを遠望して、涙をのんで引き揚げた。

一方、第七戦隊はミッドウェーの陸上要地砲撃の任務をおびて進撃の途中、不運にも三隈、最上が衝突事故を起こし、最上の損傷がはなはだしいため、その護衛にあたっていた三隈は、翌日、連続空襲をうけ大破沈没し、わが子隊《ねたい》（八駆逐隊）駆逐艦の荒潮も救援に任じ、三隈生存者の収容をおこなっている間に、さらに敵艦爆の爆撃をうけて舵を損傷し、最上、荒潮とも手負いながらよく避退し得て友軍に合同した。

米軍反攻に転ず

ミッドウェー方面作戦終了後、諸任務の都合もあって東京湾方面の警戒ならびに出入船舶の護衛をやるかたわら、時折り大挙出動して一斉に敵潜水艦の掃蕩をおこなったり、あるいは情報により急速出動し、御前埼付近まで敵潜攻撃に出かけたこともあったが、確たる戦果はあがらなかった。

この間の七月五日、アリューシャン、キスカの輸送護衛に任じていた子隊《ねたい》の第十八駆逐隊が濃霧の晴れ間に敵潜の雷撃をうけ、霰《あられ》撃沈、不知火《しらぬい》、霞《かすみ》の両艦は大破という悲報に接した。七月十四日、艦隊の編制換えが発令されて、第二水雷戦隊は旗艦＝神通。駆逐艦＝第二十四駆逐隊（海風、山風、江風、涼風）、第十五駆逐隊、第十八駆逐隊――となり、開戦時と比較すればいくぶん減勢された。

東京湾の警備と護衛作業は大した事故もなく経過していたが、八月七日にいたり、突如ツラギ、ガダルカナル方面に敵の反攻が開始された。わが方としては約一ヵ月前、米国の独立記念日ごろに何か敵の積極作戦あるものと推定し、対潜対空はもちろん、一般的には警戒警報が発令されて警戒を厳重にしたが、今回の反攻はあんがい根強く、本格的なものであることがだんだん判明してきた。

もともと大本営幕僚の間では、真珠湾で大損害をこうむった米艦隊は立ち直りに相当の時日を必要とするだろうから、途中、若干の積極作戦に出ることはあっても線香花火式にすぐ消えてしまうであろうし、本格的反攻は早くとも昭和十八年中期以降になるという判断をしていたようだ。

わが方は東部ニューギニアのポートモレスビー作戦に珊瑚海海戦以後の重点を指向し、ソロモン方面は今までが大した施設もない避地であったため、いくらか関心も薄らいでいた。

そこへ突如、上陸反攻が開始されたのである。

ソロモン群島中ツラギは、群島首府の所在地として交通の要衝をなしており、ガダルカナ

キスカ増援作戦で被雷大破、後部のみを回航修理中の不知火。二水戦18駆逐隊の陽炎型２番艦。煙突間と探照灯台後方に４連装発射管。左舷魚雷運搬軌条は２番連管を迂回、右舷探照灯脇の積込ダビットに続く。２番連管後方に次発装填装置と次発装填魚雷吊上げ搬入用スキットビーム

ル島はわが四国くらいの大きさではあるが、単なる原住民の生活する群島中の未開拓島にすぎなかった。わが海軍はこのガ島に適地を見つけて飛行場を建設中であり、八月五日ごろにはほぼ完成し、海軍航空隊の使用も可能となっていた。

しかし、もし米軍がこれを占領して使用することになれば、わが軍の作戦行動はいちぢるしく掣肘を受けることになる。――これがすなわち、今まであまり兵要価値を認められなかったガダルカナルが急にその存在を大きくクローズアップされたゆえんで、勢いのおもむくところ、ついに日米両国の国力を注ぎ込んだ大消耗戦を演ずる太平洋戦争の天目山となったわけである。

われわれが途中トラックに立ち寄り、陸軍一木支隊をともない、かつ一部分でも可及的すみやかにガダルに輸送揚陸するため、陸軍挺身隊を組織し、これを第四駆逐隊（嵐、萩風）、第十七駆逐隊（浦風、谷風、浜風）と陽炎に分乗せしめ、八月十八日夜、先行してタイボ岬に上陸せしめた。

ところが、この挺身隊は血気さかんな連中ばかりで、今までミッドウェー攻略に行くところを止めさせられ、トラックで数ヵ月間、腕を撫して鋭気をやしなっていたものだから、堰を切った水のごとく、上陸するやいなや元気にまかせて敵状もよくわからず、猪突猛進したらしい。

せっかく駆逐艦の大部を割愛して輸送揚陸せしめた挺身隊だったが、橋頭堡の設定も充分ならず、上陸後まもなく、そのほとんどが全滅してしまった。

それまで第一次ソロモン海戦や駆逐艦の陸上砲撃などで、敵の設営や輸送補給を妨害したことはもちろんであるが、機械器具や装備の進歩した米軍は、短時日でもう根強い防禦陣地を構築し、強固な根拠地を設営をしたものらしい。

われわれも八月二十四日、一木支隊主力を揚陸すべく、輸送船団（金竜丸、ぼすとん丸、大福丸）を護衛してソロモン群島東方海面を南下中、敵機動部隊はこれを見て阻止せんとし、我を支援掩護中の前進部隊機動部隊と合戦となり、第二次ソロモン海戦に進展したわけである。

明くる二十五日、午前六時フロリダ島の北方に到達したが、そのとき昨夜来のガダル陸上砲撃を終えて帰来した第三十駆逐隊（睦月、弥生）および陽炎、磯風、江風を列に入れ作戦命令を信号中、雲間から突如、敵約十機の急降下爆撃があり、旗艦神通の前甲板に爆弾が命中し炎上するにいたった（神通の損傷修理の間、九月二十五日より十一月十四日の損傷まで二水戦旗艦は五十鈴）。

一時避退、風下側に舳を向け消火した後、陽炎に将旗を移揚して進撃を続行せんとしたが、つづく来襲敵機により金竜丸が大破し、駆逐艦睦月はこの金竜丸を処分中に被曝沈没したので、命により上陸作業を断念し、ショートランドに回航した。

ガ島の泥沼へ

これからがいよいよ彼我消耗戦で、われわれは陸兵や糧食輸送の運搬船となり、第三水雷戦隊（第一艦隊。十一駆逐隊、十九駆逐隊、二十駆逐隊）が九月はじめより二ヵ月、また第二水雷戦隊がその後をうけて一月十日まで、第十戦隊（第三艦隊。四駆逐隊、十駆逐隊、十六駆逐隊、十七駆逐隊）がその後、撤退までという工合に交代してこれに従事した。

逐次、小出しの増援輸送が間に合わず、時折りは大挙大量輸送も計画実施されたものである。しかし十一月十四日の輸送作戦のように、我は十一隻の輸送船団をくり出して強行輸送を企てたのであるが、朝から連続頻繁なる空襲をうけ、夕刻までに輸送船七隻が沈没または大破し、残り四隻もかろうじてガ島に到達したが、とても帰還の目算が立たないので全部擱座して揚陸作業をおこない、ぶじ帰還せる輸送船は一隻もなかったありさまであった。

彼我水上部隊の間にも第一次ソロモン海戦いらい数次の合戦がおこなわれ、消耗戦をくり返し、時には高速戦艦または巡洋艦をもってする陸上砲撃で、敵の基地全域を火の海と化し、大なる効果をあげ、また巡洋艦駆逐艦をもってする殴り込みをおこない、敵水上部隊を大いに痛めつけるなど、心的および物的に戦果をあげたのは少なかったが、我もまた消耗大にして、これ以上、兵力を消耗することは爾後の作戦上不利と認められ、ついに同群島のムンダ、コロンバンガラの線まで後退するのやむなきにいたった。

そこで、昭和十八年二月一日より三回にわたりガダルの総撤退作戦となったわけである。可能なかぎり多数の駆逐艦をあつめ、撤退員数も一万二四五〇にのぼり、すこぶる順調に収容できたのは奇蹟にひとしい成功作戦で、関係の人たちの計画実施に対する苦心と努力に敬意を表するところである。

かくて敵の第一次の反攻の成功はさらに二次、三次の反攻となり、ついにはレイテと沖縄の反攻までつづき、終戦と相成ったわけである。こうして第二水雷戦隊の武名をとどろかした戦場は、この後なおつづいたのであるが、誌面もつきたので、この辺でいちおう筆をおく次第である。

二水戦旗艦「神通」ソロモンに全員戦死す

探照灯を照射、集中砲火を浴びた火の玉軽巡のコロンバンガラ沖夜戦

「丸」編集部

昭和十八年六月三十日、突如として米軍はニュージョージア島ムンダ対岸のレンドバ島北岸に上陸し、重砲をそなえつけて七月二日には、わが陣地に対し砲撃を開始してきた。そのためコロンバンガラ島が両軍の争奪戦場となり、駆逐艦による陸軍部隊と軍需品輸送がたびたび行なわれた。

七月十二日午前三時三十分、第二水雷戦隊旗艦の神通ひきいる駆逐隊(清波。十六駆＝雪風、浜風、夕暮。三十駆＝三日月。二十二駆＝皐月、水無月、夕凪、松風)は、陸軍部隊一二〇〇名と弾薬二十トンをコロンバンガラへ輸送のため、ラバウルを出撃した。米軍の沿岸監視員と偵察機はこれを発見しハルゼーに報告した。さっそく出撃命令が出され、クラ湾において阻止することになった。

米軍の作戦計画は一週間前のクラ湾夜戦と同じく、敵を発見すれば、ただちに先頭の駆逐隊を派遣して魚雷を発射するとともに、巡洋艦部隊は一斉回頭をもって敵縦列に平行または、

これに対し集中対勢をとり、敵がわれを発見しない間に一撃をくわえ、ついで急射撃をもって息の根を止め、魚雷回避のため避退するという計画であった。

日本側は駆逐艦三日月を先頭に、神通、雪風の順に単縦陣をくみ、ブカ島北方をへて午後六時三十分にはブーゲンビル水道を通過し、クラ湾の北方海面に向かった。各艦とも砲雷戦にそなえつつ南下していく。つづいて輸送隊（二十二駆）は午後六時四十分ブイン出港、コロンバンガラに向かった。

暗夜を一瞬にして変えた探照灯

一方、米軍は駆逐艦ニコラスを先頭に第二十一駆逐隊（前衛＝オバノン、ラドフォード、テイラー、ジェンキンス）、第九巡洋艦戦隊（主隊＝軽巡ホノルル、リアンダー、セントルイス）、第十二駆逐隊（後衛＝ラルフタルボット、ブキャナン、グウィン、モーリー、ウッドワース）の順に単縦陣をくみ、七月十二日の午後三時、ツラギを出撃した。この日の午後は薄い巻雲の層の下に入道雲が出ており、艦隊がサボ島を過ぎるころは一群の雲が岬上をおおい、真紅《しんく》にかがやいて夜の帳《とばり》がとざしはじめた。空は晴れあがり、南東の風が少し吹きはじめてきたが、海は静かであった。

上弦《じょうげん》の月は、こうこうと輝いていた。月の沈むのは午前零時十五分であったので、日本軍の偵察機をさけるためイサベル海岸ぞいに航行した。こうすれば月光の中に艦影をさらす機会が少ない。

午後十時三十六分、ブラックキャット偵察機は「敵巡洋艦一隻、駆逐艦五隻、針路一二八度、速力三十ノット、艦隊よりの方位北西、距離二十六浬」と報じた。この報告により艦隊は、ただちに夜間戦闘隊形をとりながら、まっすぐクラ湾に向けて、最大速力二十八ノットで全走した。

同じころ、神通の伊崎俊二司令官（昭和十八年一月〜七月十二日戦死）も、第九三八海軍航空隊の水偵より「ビスビス角の四〇度一〇〇浬《かいり》に敵艦四隻発見、針路二九〇度、速力二十ノット、天候不良のため接触を失す」の報告をうけた。この報をうけた神通の乗組員は、みな白鉢巻をしめて、夜戦必至とはりきっていた。神通は呉で昭和十七年八月に受けた戦傷を修理したあと、昭和十八年の正月は故国で送ったが、三次ソロモン海戦時に損傷した五十鈴にかわって、一月末からガダルカナル島撤退作戦に従事した。トラックからラバウル、ガ島を何度も往復した、もっぱら輸送作戦であったため、敵の飛行機になやまされていたが、こんどは夜戦なので、乗組員一同の士気はきわめて旺盛であった。

午後十一時、旗艦ホノルルの電探は、日本軍を探知し、『敵らしきもの見ゆ』と無線電話があわただしく鳴りだした。エーンスワース少将指揮の米艦隊には電探を備えているが、日本軍にはないとみていたので、奇襲を敢行すれば成功するものと信じていた。しかしすでに、雪風には日本最初の「逆探」（電探の電波を逆に利用したもの）が備えてあり、敵の電探用電波を三十分も前に捕捉した。

午後十一時八分、神通は左前方約一万メートルに敵影を発見してまもなく、サーッと探照灯を照射した。敵前の探照灯照射は、大胆不敵な戦法である。夜暗に敵艦影がくっきりと浮かびあがった。いますぐ砲撃や雷撃をくわえるには目標がはっきりして、味方は戦いやすいが、同時に自分の位置を敵に知らせる危険もある。しかし第二水雷戦隊司令官は、旗艦神通の艦橋であえて照射を命じた。神通を犠牲にして敵艦隊を一挙に撃滅するため、敵艦隊が神通に気をとられて攻撃を集中しているすきに、わが駆逐隊に全力をあげての魚雷攻撃を命じた。まさに捨て身の戦法であった。

神通の主砲は猛烈に火をはき、同時に魚雷戦が開始された。彼我の撃ちだす砲弾は火の玉となって入り乱れ、ホノルルをはじめ巡洋艦三隻は、神通に一五センチ主砲の集中砲火をあびせてきた。

米艦隊はレーダーにより電探射撃ができたので、今度こそ夜戦に勝つと思っていたところだった。〝あの探照灯を撃て〟とばかりに神通に集中砲撃をしてきた。雪風、浜風、清波、夕暮には敵砲弾がこない。各艦は、三十ノットに増速して約五千メートル近くまで接近し、一斉に魚雷を発射した。

米艦隊は戦闘開始時は真西に向かっていたが、幸運にもそのころには真南に一斉回頭し、反転してふたたび日本艦隊を撃とうとしていたので、魚雷は回避されてしまった。巡洋艦戦隊三隻のうちホノルルは一五センチ砲弾一一〇発、セントルイスは一三六〇発、リアンダーは一六〇発、合計二六三〇発という多量の砲弾が神通にうち込まれた。

神通は舵機故障、罐室その他に十発以上の命中弾をうけ、火炎につつまれながらも依然と

第二水雷戦隊旗艦・神通の疾走。艦上の全体配置がよくわかる。第２煙突両舷に前部61cm 発射管、第４煙突後方の後部発射管はそれぞれ舷外に指向されている

して主砲を撃ちつづけた。神通より発射した魚雷は、リアンダー（ニュージーランド軽巡）に命中爆発を起こし、戦死者を二十八名もだして戦闘不能となったので、駆逐艦ラドフォードが救援に派遣された。

雪風、浜風、清波、夕暮の各艦は反転して北上した。二撃目の魚雷装填を行なうためである。このことを米艦隊は知らなかった。日本の駆逐艦は魚雷発射管を八射線持っていて、その倍数の魚雷を持っていた。日本艦隊の北上を見た敵も、わが反転に追尾して砲撃をくわえ

てきた。その砲撃は先導艦雪風をねらったもので、その発射速度は正確をきわめ、あと数メートルのところで撃沈されそうであった。米艦隊はこれを逃げだしたとみた。米軍の水偵は日本駆逐艦四隻北上中と報告してきたので、前衛駆逐艦四隻に「進撃、その敵を捕捉せよ」と命令した。

残敵掃蕩のつもりで勇躍出発した前衛隊は本隊と後衛に対して、「当隊に対し、味方討ちせざるよう注意ありたし」と信号した。これに対しエーンスワース少将は「絶対に大丈夫、敵を撃滅せよ、成功を祈る」と返信した。けれどもついに発見できず、発見できたのは沈みかかっている神通で、これに砲撃や魚雷を射ちこんだ。

神通は戦闘後三十二分にして後部機械室に魚雷一本が命中した。そのあとさらに二本目の魚雷で大爆発を起こし、二番煙突付近から艦を切断され、ついにソロモン海に沈んでいった。第二水雷戦隊司令官の伊崎少将はじめ、艦長佐藤寅次郎大佐以下、四八二名が艦と運命を共にした。

電探に勝った魚雷戦法

米軍の主隊および後衛は、前衛の追撃支援のために大きな輪をえがいて北上、追撃を開始した。針路三一〇度を航進中、ホノルルの電探は一群の映像をとらえた。敵か、味方か、前衛の所在がはっきりしないので、各駆逐艦の位置をたしかめるために、無線電話でやりとりを七分もつづけた。

しかし、どうも敵らしいので、巡洋艦が照明弾を射ち上げてたしかめることにした。照明弾が破裂して駆逐艦が反航しているのを見て「敵だ」と断定した。主砲砲塔の射線を右六十度に回頭と同時に、射撃開始を下令した。

そのころ雪風以下の三隻の駆逐艦は、次発装填を終え、敵をもとめて南下していた。このとき敵艦影を発見、各艦は一斉に肉薄、約五千メートルで魚雷を発射した。

ホノルルも、セントルイスも射撃をはじめないうちに、魚雷が向かってくるのが発見された。雷跡三本はホノルルの前方を通過したが、一本が船首の尖端に命中した。二本目の魚雷が不発で船尾に命中した。セントルイスの船首にも一本が命中した。ホノルルの前方にいた駆逐艦グウインは、ちょうど左一杯に回頭中のところ、中部の機械室に一本命中して大爆発、物凄《ものすご》い光景となった。舵は効かなくなり、炎上しながらホノルルに向かって突っ込んできたので、すでに損傷していたホノルルは急速右一杯の回頭をして、かろうじてグウインとの衝突をかわすことができた。

雪風、三日月、浜風、清波、夕暮の各艦は、第二次攻撃の魚雷を全部発射したあと、反転して戦場を離脱した。

輸送隊は無事コロンバンガラに入港して、陸軍部隊、軍需品の揚陸に成功した。また皐月、水無月は命令により反転して、神通遭難の現場付近に向かい捜索したが、ついに生存者を発見できず、捜索を打ち切り正午近くにブインに帰着した。

第二水雷戦隊旗艦「島風」最後の疾走

機関長が第三次オルモック輸送で体験した快足駆逐艦の撃沈遭難記

当時「島風」機関長・海軍少佐　上村　嵐

私は戦時中、二度ほど乗艦中の艦が撃沈されて、遭難した経験がある。その二回目は、昭和十九年十一月十一日、レイテ島オルモック湾において、駆逐艦島風の機関長のときである。このときの様子は、昭和五十五年五月に刊行された千早正隆氏の『連合艦隊始末記』のなかに、つぎのように記されている。

「昭和十九年十一月九日、マニラを出港してレイテ島に向かった第三次輸送部隊は、十一日オルモック湾に達したとき、大災害に見まわれた。六隻の輸送船の全部と、その護衛に当たっていた駆逐艦浜波、長波、島風、若月と掃海艇一隻は、敵の空母機の犠牲となった。ほとんど文字どおり全滅したのである」と。

上村嵐少佐

この遭難事件は、レイテ島の戦いのときである。当時、私は駆逐艦島風の機関長兼分隊長の職にあって、比島沖海戦につづいておこなわれたレイテ島輸送作戦に従事して、同島のオルモック湾で遭難したのである。この作戦は、いまにして思えば、まったく無謀なものであった。しかし、当時のレイテ島を日米決戦の天王山と称してこれを死守すべく、必死の作戦として決行されたのも、たしかに一理はあったのである。

味方航空機の掩護なしで実施した点は、戦艦大和の沖縄作戦と同様である。しかしながら空と海との戦いでは、いかに優秀な艦隊であってもぜんぜん勝算のないことは、開戦当初のハワイ、マレー沖海戦で実証されたところである。だが、戦時中、勝つことのみに精神を集中していた戦場心理の状態にあっては、判断が一方的になってしまうのであろう。

駆逐艦島風は速力四十ノットを誇る日本海軍最優秀の駆逐艦で、戦艦大和以上の性能をもつ小型艦の代表的なものであった。その構造はきわめてスマートで、耐波性凌波性が考慮され、艦首は鋭く切れていて、波の抵抗をきわめて少なくしてあった。造艦技術の粋をあつめて昭和十八年五月、舞鶴海軍工廠で建造されたもので、レイテ島で沈没するまで、わずか一年六ヵ月の短い生涯であった。

第三次多号作戦マニラ出撃

日本海軍が必死の奮戦にもかかわらず、日を追って敗戦の色が濃厚となる昭和十九年十一月、私は敵地レイテ島オルモックの戦場にあった。四六時中、寝てもさめても、タクロバンに進出した米軍が射ち出す長距離砲におびやかされていた。

それはどこに落下するものやらわからず、また、その地上をふるわす炸裂音に肝を冷されながら、海岸と山上をさまよっていたのである。日中は常時、頭上に敵機があり、時として、その激しい機銃掃射をうけた。そのたびに、各自が山上に応急的につくったタコツボ防空壕にのがれて切歯《せっし》扼腕《やくわん》、むなしく上空をにらみつつ終日、友軍の来援を待つという状態であった。

さて、比島沖海戦で甚大な被害をこうむった日本海軍水上部隊は、その陣容を建て直すために、ボルネオ島ブルネイ湾に退避、集結した。その間、レイテ島の戦局はしだいに悪化して、所在の陸軍部隊は苦戦の極に達した。そのため、これの強化策としてマニラよりレイテ島にたいする陸軍部隊の輸送作戦が企図された。この作戦は「多号作戦」と呼称され、マニラに司令部をおく南西方面艦隊の指導になるもので、この作戦の護衛部隊として、第二艦隊より第二水雷戦隊が同艦隊に編入されて、その任に当たることになった。

第二水雷戦隊（伊崎俊二少将の戦死と神通沈没後、司令官は高間完少将＝昭和十八年十二月まで＝から早川幹夫少将へ。旗艦は十八年八月より十九年十月の沈没まで能代）は、精鋭駆逐艦のみで編成されたきわめて有力な戦隊であった。その実力は当時、艦隊随一であり、旗艦島風（レイテ海戦避退中の能代が沈没後、早川少将座乗）は前述のとおり、速力四十ノットをほこる最優秀の駆逐艦であった。私はこの島風の機関長兼分隊長として、比島沖海戦につづいて、この作戦に従事することになった。

十一月九日の早朝、陸軍部隊一万名と多量の弾薬、糧秣を満載した低速船団（一万トン

昭和19年11月11日、二水戦旗艦として三次オルモック輸送に赴いた高速40ノット重雷装駆逐艦・島風の最後。雷装は零式61cm 5連装発射管3基を中心線上に配置し九三式酸素魚雷15本を搭載。煙突間の1番発射管は右舷に、煙突後方の2番と、後檣前方の3番発射管は左舷に指向されている

級）五隻を護衛して、マニラを出撃した。めざすはレイテ島オルモック湾である。味方航空機の掩護もなく、敵の制空権下に進出するのである。しかも敵潜水艦の跳梁はなはだしい海面における強行作戦である。どんな期待をもてようか。

しかし、作戦は個人の感情などをかえりみる余地もなく、まっしぐらに強行された。翌十日には、早くも敵大型機の触接をうけた。不吉なカゲが胸をよぎる。夜中をすぎた十一日暗夜、突如として敵魚雷艇の襲撃をうけたが、これは撃退した。

十一日の明け方、遥かにめざすレイテ島オルモック湾が望見され、いよいよこれから、と各員が戦闘配置についた。艦の内外は緊迫した重苦しい雰囲気につつまれる。

午前十時、予想したように敵機の来襲があった。レイテ山上から雲霞《うんか》のごとき大編隊がおそってきた。島風はただちに速力三十五ノットに増速して、対空戦闘を開始した。至近弾による大激動、反撃銃火のものすごい音響、機銃のけたたましい音が交錯して、たちまち修羅場が現出する。

私はこれに耐えて、自分の戦闘配置を死守するため、腹にぐっと力をいれて、機関科操縦室装備の各計器をにらんでいた。そんな時でも、ふっと脳裏に父母や妻子のおもかげが浮かぶのは、本能のなせるわざというべきであろう。

残るは瀕死の島風一艦のみ
第一波の空襲にたいする反撃は、味方艦の全銃砲火をもってするために猛烈をきわめ、敵機にたいして相当の損害をあたえたものと思う。しかし、敵の戦意も旺盛で、第二波、第三波と息もつかせぬ猛攻をくわえてくる。味方の被害も急激に増加して、ついに応戦もまばらになった。

島風は高速回避によって、直撃こそ受けなかったが、各所に至近弾を無数に受けた。また、機銃掃射によって船体は穴だらけとなった。機械室では倒れる者も出てくるありさまで、蒸気噴出個所も続出して、みるみるうちに回転数が下がってきた。しかし、応急処置をとる暇もなく、戦力は急速に低下していった。操縦室と汽罐室との連絡も、意のままにならない。くわえて艦橋よりの指令もない。私は「いよいよ最後か」と決意をかためた。

と、そのとき、「総員退去用意」との口頭連絡をうけた。そこで、「機関科員総員上甲板」を令した。それから単身、機械室にのこって機密書類を処分した。このときの気持は、まさに悲壮の一語につきる。

操縦室よりいちばん最後に上甲板にでると、すでに船団ならびに僚艦の若月、長波、浜波の姿はなかった。わずかに健在なのは、朝霜ただ一隻だけである。わが島風も、露天甲板は一面が血の海と化し、戦死、重傷者が入り乱れて、その凄惨さは、とうてい筆舌につくしがたいものがある。戦争のむごたらしさ、まさに慄然たるものがあった。手足の自由な者は、われ先にと海中に飛びこんで、洋上に漂っている。そしてしきりに「機関長、機関長！」と連呼する部下が多かったが、いまだ沈没しない艦を退去することは潔《いさぎよ》しと思えず、私は残留することを決意した。

そして、いかにすべきか、と敵機の機銃掃射の合い間をぬって艦橋にいってみた。司令官の早川幹夫少将はすでに戦死（早川少将戦死後、二水戦は昭和十九年十一月二十日に解隊された一水戦を統合、木村昌福少将が二水戦司令官着任）されていた。上井宏艦長は左足、松原先任参謀は右腕をやられてともに重傷、砲術長は戦死、航海長は胸部貫通で顔面蒼白のまま、その場にうち伏している。

祐城砲術参謀、本間通信参謀は相ともに海中に投じて、わずかに鈴木機関参謀のみが健在だった。もはや、いかんともしがたく、なすスベもなかった。すでに敵機によることなく自沈を決意して、「キングストンひらけ」の命令はあったが、それも確認のしようがない。

艦は、行き足がとまって動かず、艦内の各所では火災が生じていた。また、機銃弾はところかまわず炸裂するありさまで、もはや手のつけようもなかった。その間、乗組員救助の目的をもって、健在の駆逐艦朝霜が、島風に横付けしようとして近接した。しかし、そのつど敵機の低空掃射をうけて、三回とも成功しない。

いまはこれまで、と判断された。松原先任参謀から「帰れ」の合図があったので、朝霜は急遽反転し、高速をもってマニラをめざし、みるみるうちに退避してしまった。オルモック湾上に残るのは、瀕死の島風一艦のみとなってしまった。

二十一名を乗せたカッターで離艦

松原先任参謀、鈴木機関参謀と善後策を協議した結果、ともかく、オルモックにある友軍と至急連絡をとり、洋上にある多数の生存者を救助することに決定した。このため、艦上に残っている軽傷の生存者によって、苦心惨憺ようやくにして、まず内火艇が海上におろされた。が、これは瞬時にして沈没してしまった。

つぎにカッターを降ろしたが、これまた沈没。これではならじ、と最後に残ったカッターにとりかかったが、まずいことに弾片や機銃弾によって、無数の孔があけられている。やむなく、毛布の切れ端でカバーした木栓を当てるなど、できるだけの応急修理をほどこして、慎重に降ろしたところ、みごとに浮上した。しかし、浸水がはなはだしく、常時これを掻《か》き出さねば、沈むおそれがあった。そこで比較的元気な者のみを選びだして、そのメンバーに当てることにした。そして松原先任参謀と上井艦長を収容のうえ、私をふくめて二十一名が乗船して、半数は漕ぎ、半数は水を掻《か》い出しながら離艦した。空襲下、オルモックをめざしての、捨て身の覚悟のスタートであった。

なお、行動不能の重傷者にはブイあるいは筏《いかだ》をあたえて、万一にそなえて残留させた。時に午後二時すぎ、戦闘開始後、わずか三時間あまりの経過であったが、その間は、じつに長い時間に思えた。

舵はなく、くわえて多数の負傷者と浸水とによって、艇は遅々として進まない。それでも懸命の努力をつづけて、ひとまずメリダ岬に揚陸して、沿岸づたいに友軍に連絡しようとした。そのときのありさまは、まるで映画で見る遭難艇のシーンそのもので、これから先は一体どうなるのだろう、などとふと考えた。多少は落ち着きをとりもどしていたのだろう。

折りしも島風は後部付近の大爆発によって、一瞬にしてその姿を海中に没した。午後五時三十分のことであった。ここに日本海軍の最新鋭、最優秀の駆逐艦として、全艦隊に勇名をとどろかせた駆逐艦島風は、一年六ヵ月にわたる奮戦の幕をとじたのである。

かくて、多号作戦における第三次輸送部隊は、駆逐艦朝霜一隻だけを残して、他は全部航空機によって撃沈されてしまった。これは当時、発表されなかった日本海軍一大敗戦のひとつである。

島風乗組員は、さすがに呉鎮守府より選抜された兵だけあって、戦闘時の奮戦ぶりは、じつに見事なものであった。

なお、島風の沈没前後に海中に身を投じた人たちは、近くのポンソン島、カモテス島、ハシャン島などへ向かった。しかし泳いでいる途中、敵機の掃射によって、あるいはまた島に漂着後に土民と交戦したりして、全員が消息不明となった。

また、オルモックをめざしたわれわれのカッターは、メリダ岬で思いもかけぬ土民の襲撃をうけて（このとき、鈴木機関参謀が戦死した）、ふたたび海上に退避した。そうして何ひとつ見えない闇夜のなかを、ときおり襲うスコールになやまされ、飢えや寒さ、睡魔と戦いながら、ようやくにしてオルモックに漂着したのである。

この間、漂流すること十時間あまりであった。そして、すでに述べた通り、米軍の射ち出す砲弾におびえながら、海岸と山上をさまよう日々が始まったのである。

最新鋭水雷戦隊旗艦「矢矧」非情の海に死す

二水戦旗艦のはかなくも悲しき最後をみとった機関参謀の手記

当時二水戦機関参謀・海軍少佐　大迫吉二

いよいよ最後の決戦場と決められた沖縄にむかって、水上特攻隊の命令をうけた大和、矢矧、それに駆逐艦八隻は四月五日、一晩中かかって燃料や魚雷、そして弾薬の搭載などをおこなった。だが連合艦隊司令部からは、「徳山における補給量を二千トン以内とす」と指示され〝片道燃料〟であることも指定されていた。しかし事実は、大和は満載六三〇〇トンのところ四千トン、矢矧は一二五〇トン、駆逐艦は各艦とも満載としたのだった。

大迫吉二少佐

このために四月七日午前までの燃料消費量は各艦とも満載量の三分の一以下であったので、後日、沈没した場合はどの艦からも重油がどくどくと流れだし、乗員はまるで重油の海をただようことになったのであった。その反面、敵機が曳痕弾を発射して執拗な攻撃をくりかえし、艦内火災および洋上火災を誘発させて、戦闘力の喪失と戦闘員の損耗をはかったのは当然のことであった。しかし燃料のなかには、国民の協力をえて集められた「松根油」がまじっていたために、火災も起こらずにすんだのは不幸中のさいわいであった。

ところで、私は昭和十二年三月、海軍機関学校を卒業（私たちの入校時からそれまでの三年半の教程が四ヵ年教程になった）し、同年六月、地中海方面への遠洋航海でスエズ運河を名艦長醍醐《だいご》忠重大佐（天皇侍従、侯爵、のち海軍中将、第六艦隊司令長官）の薫陶をうけながら航行した、地中海コース最後の候補生クラス（兵六四期・機四五期・主二五期）である。

ところがマルセイユに寄港していたときに支那事変が勃発したため、遠航は中止となった。

そこで急きょ帰路をいそぎ横須賀へ入港したのち、ただちに一水戦旗艦の川内乗組を命ぜら

軽巡矢矧。煙突後方と射出機前部の中心線上に4連装発射管。発射管2基の間に次発装填装置つき予備魚雷8本

れ、同期十数名とともに上海に進出、陸戦隊付となり揚子江流域の警備にあたった。この年以降から、それまで輪番に実施されていた米国、豪州、地中海各コースの遠航はなくなったのであった。

ともあれ、私の乗艦する軽巡矢矧は二水戦旗艦（島風沈没後の昭和十九年十一月十五日から沈没まで）として、四十一駆逐隊（冬月、涼月）、十七駆逐隊（磯風、浜風、雪風）、二十一駆逐隊（朝霜、霞、初霜）の計八隻の駆逐艦とともに第一遊撃部隊に所属して、古村啓蔵少将（昭和二十年一月三日、司令官着任～四月二十日の二水戦解散まで）が指揮し、戦艦大和には第二艦隊長官伊藤整一中将が第一遊撃部隊の統轄指揮官として、昭和二十年四月八日黎明時、沖縄西方海面に突入して敵水上艦艇や輸送船団を攻撃し撃滅する計画のもとに、六日の午後、三田尻沖を出港したのであった。出港してのちは大和を真ん中にして、矢矧以下八隻の駆逐艦が輪形陣で之字運動をしながら一路沖縄へと向かっていた。

出港してからどのくらい時間がたった頃であっただろうか、ふと紺碧《こんぺき》の大空を高々度でB29爆撃機一機が、南から北にむかって飛行機雲をなびかせながら飛んでいるのが見張台から見えた。しかし、しだいに飛行機の大きさが、爪楊枝《つまようじ》のように細いものから鉛筆の太さになったなあと見ていると、とつぜん大和と矢矧のちょうど真ん中に高さ三メートルくらいの水柱が立った。B29が爆撃しようとは……と、私はおもわず驚いてしまった。

六日夜、敵の潜水艦に発見されることもなく、豊後水道をぶじ通過した。ところが四月七日未明に、日向灘の沖で敵に発見されて、そのことをグアムの司令部にあて作戦特別緊急電として打ち込んだのを傍受した。そこで隠密作戦行動がとれなくなり、司令官を中心にいよいよ緊張をあらたにしたものだった。

大隅海峡を午前四時ごろ通過して、そこからは航路をあざむくために朝鮮方面に避退するような行動をとった。その日の鹿児島方面は春雨に海面はけむり、上空は視界ゼロであったにもかかわらず、鹿児島航空隊の水上機がその雨の中を対潜哨戒してくれているのは印象的であった。

襲ってきた雷撃機の大群

枕崎の沖を午前五時ごろ通過し、針路を真南である沖縄にむけたのは九時ごろのことであった。私は機関を故障した朝霜が、一刻もはやく応急処置をして追いついてくればよいのにと考えながら、水平線のほうを見ているとと突然、わずかしかない青空にチラッと戦闘機が見えた。私はいそいで「敵機」と報告をした。それと同時に艦橋からは「対空戦闘用意」が下令された。

私たち参謀には防弾チョッキが渡されたが、私はこれを若いチョンガーにやろうといって、ちょうど連絡にきた少尉に渡してやった。彼の嬉しそうな笑い顔は、いまも瞼《まぶた》に浮かぶのである。

それからあっというまに戦闘機と雷撃機にみまわれ、対空戦闘になった。海面すれすれに飛来して発射する曳痕弾は、花火のように向かってきた。私はこのため、おもわず見張台にうつぶせになった。すると曳痕弾はバラバラッと見張台の防弾マットに当たり、見張台を飛びまわった。

私たちはいまにも大和が三式弾を発砲して、百機くらいの編隊の攻撃機隊が攻撃直前にバラバラと落下するであろうことを夢見ていた。しかし、なかなか大和は発砲しなかった。このときすでに矢矧は主砲、機関銃を敵機に向かってどんどん撃ちまくっていた。

すると米軍の搭乗員が落下傘で、右舷前方二百メートルのところに落ちてきた。たちまちにして海面には直径五十メートルくらいの緑の輪ができたと思っていると、米軍の飛行艇がスウーッと降りてきて、間髪をいれず海に脱出した搭乗員をひっかけて飛んでいった。あれを撃てと、近くの機銃員に砲術参謀が号令をかけたが、すでに飛び去った飛行艇には命中するものではなかった。

そのとき突然、矢矧の左舷後部に魚雷が命中して機械停止となり、復旧の見込みがなくなった。そこでいそいで左傾斜をもとどおりに復原する応急処置がとられて、これが終わったころ、艦橋から「総員中甲板に整列、内火艇卸《おろ》し方用意」との号令がかかった。

このとき、敵機による第一波攻撃は終わっていた。そして一同が中甲板に集合すると副長は、「機械室が雷撃のため運転が不可能となったので、退避することになった」と説明した。

それが終わるといそいでボートや内火艇がおろされた。しかし、司令官や艦長はじめ幕僚、艦橋勤務員は戦闘業務に没頭していたため、いったい何名くらいがボートや内火艇に降りていったかわからないが、三十名も降りていくような時間の余裕はなかったとおもう。

まもなく第二波の空襲がはじまったのである。そして空襲開始と同時に爆弾は、ふだん短艇（カッター）を収容してある甲板のまっただなかに落ちた。だが、見張台から見おろした短艇甲板には、全員退避したのか一名の乗員も見えなかった。

第二波は、機関室に被雷して航行が不能となった矢矧が目標に選ばれたのか、敵機は集中攻撃をかけたようであった。したがって、凄まじい雷撃と爆撃と機銃掃射が同時におこなわれた。それはまるで、外国の戦争映画を見ているような錯覚を起こしたものだった。

そのうえ艦橋の直下では、左舷から右舷に大きな穴があいたのか、左舷から入った魚雷は右舷で爆発を起こした。それでもなおも爆撃は、艦橋をめがけて何十回となく繰りかえされた。空気をつき破る轟音がせまり、私はもう駄目だと観念していると、奇妙なことに爆弾は左右にカーブして至近弾となり、マストの高さくらいの水柱がたった。後甲板の爆撃で吹き飛ばされ、艦橋にいる私たちの頭上を飛びこえていく乗員もいて、おもわず瞑目したものだった。

沈みゆく矢矧艦橋の四人

このようにして矢矧は沈んでいくのであるが、矢矧が沈没する寸前まで戦闘艦橋の上の見張台（周囲はハンモックで防禦してはあったが、青空天井である）に、板谷隆一砲術参謀（元海幕長、海将、六〇期）、星野清三郎通信参謀（元自衛艦隊司令官、海将、六三期）そして機関参謀の私（元防衛大学校教授、海上防衛学、一等海佐）の三人が立っていたのであった。

これは戦況全般を見たり、来襲敵機の戦闘報告をするためであった。だが、曳痕弾射撃にたいして自分が弾丸をさけるのに気をうばわれている間に、前述したように、矢矧の左舷後部の機械室に魚雷攻撃をされたのが命中したかとおもうと、瞬時にして左舷に約二十六度もかたむいて機械が停止してしまった。しかし、応急長はじめ応急員のけんめいの傾斜復原の応急作業はすばらしく見事で、いつのまにか傾斜はもとどおりになっていった。

それから例のとおり第二波の艦爆と雷撃機による集中攻撃があって、それが終わって、ふと艦内が静かになったので艦橋の下を見まわすと、海面が一メートルくらいのところに迫っていた。これは第二波攻撃がおこなわれている間、私は敵機影ばかりを追っていたが、このときに矢矧は静かに静かに沈んでいったのであった。したがって第三波の攻撃機は機能をうしなって沈んでいく矢矧を素通りして、大和に集中攻撃をかけたものとおもう。もはや艦には私たち以外はだれも見あたらなかったので、みな退避したとおもって私たちも脱出しようと、鉄帽を脱いで陸戦隊指揮バンドをはずし、三人同時に右舷側に飛びおりたのであった。

ところが私たちが艦を脱出したあとも、まだ艦に残っていた乗員がいたのだから驚いた。それは弾着観測のため、マストの上部に測的長がいたのであった。これは後日、防衛大学校陸上防衛学教官となった彼と、同校で再会したとき「大迫さん、上には上がありますよ」と大笑いしたものだった。

沈みゆく矢矧から脱出した私たちは、やっとのことで流れてきた丸太につかまって海面をただよった。しかし、またもや米軍機の執拗な攻撃をうけた。だが海面すれすれに機銃掃射してくる戦闘機を丸太ん棒につかまりながら見上げると、その機体のペンキははげて、あちこちにデコボコの傷があるし、また大きな穴の開いたものさえあった。おそらく日本の場合、このような状態であれば補修が完成するまで出撃しなかったし、あるいは出撃させなかったのではなかったろうか。

それから操縦員の精悍な顔も見えたが、彼らは半袖の防暑服を着ていたが、それは木綿ではなくスフであった。それは日本のりっぱな搭乗服装を見なれていた私には、頭をガンと殴られたような驚きであった。

はじめ丸太ん棒（艦には応急用材料が多数あった）に十名くらいがつかまって浮いていた。ところが海といっても、艦から流れだした重油の中に浮いているようなもので、顔はみな真っ黒となり、だれがだれだかわからないほどであった。そのようなグループが初めは二十ヵ所くらいで集団になり「ヨーイコラ」と掛け声をだしているものもいた。

四月といっても海は氷のように冷たかった。私は陸戦隊の服を二着分きて、そのうえに雨衣を着ていたが、それでも冷たいのは防げなかった。ところが、丸太ん棒から五センチでも首を上げると、暖かくて生きかえったような気持になった。そこでだれか一人が〝よい子〟になろうとして首を五センチでも上げようものなら、丸太ん棒はバランスがくずれて、まず首があがった側にぐるりと一回転した。そうすると全員が頭まで水につかるのであった。掛け声をかけていた元気な若者も、いつしか深い沈黙にかわっていった。

沖縄水上特攻・大和に従い、敵機の魚雷爆弾攻撃に耐え対空戦闘中の矢矧

いつのまにか敵機は、大和に集中して攻撃を仕掛けているようだった。私たちのところからかなりの距離があったが、大和は左舷にかたむきながら懸命に防戦しているのが波間に見えた。

そのとき、「みんな褌をはずせ、筏《いかだ》をつくろう」と私は二、三のグループに声をかけたが、応ずるものはだれもいなかった。こうしているうちにも、いつのまにかグループの丸太ん棒はちりぢりばらばらになっていった。ふたたび大和を見ると、左舷前部に爆撃と雷撃の集中攻撃をうけているようで、それでも大きく旋回しながらさかんに砲撃をくりかえし、防戦しているのが見えた。

ところで、戦艦大和には、終世わすれることのできない二人の先輩が乗艦していた。それは山本祐二第二艦隊先任参謀と、松岡茂第二艦隊機関参謀であった。

山本先任参謀が第二十一駆逐隊司令の当時、すでに硫黄島は孤立の状態で、食糧や日常物資の輸送も通常の手段ではできなくなっていたので、本土から父島、母島へ一度揚陸して、そこから小型船で夜間に硫黄島へ運搬することになった。これがいわゆる「蟻輸送作戦」の開始であった。二十一駆逐隊が一回目の作戦任務をうけたので、私は蟻輸送の実施要領の説明や、現地の要望事項などの打合わせをするため、陸軍参謀一名とともに横須賀から父島まで司令の駆逐艦にお世話になった。私どもはそこから戦闘機二機で、硫黄島に飛んでぶじに任務をはたした。これは米軍上陸一ヵ月前のことであった。この要務完遂の原動力として、山本司令には多大のお世話をかけたものだった。

また松岡機関参謀は、一号生徒と四号生徒のあいだがらで、私たちの海軍生活導入への橋渡しをしていただいた文字通りの恩人であった。そののち、負傷されて病室で治療をうけておられたと噂には聞いていたが、それも完治して大和に乗艦していたのだ。

さて、大和が沈没したのは午後三時ごろではなかっただろうか。この頃になると、視界には一隻の艦も飛行機も見あたらず、ついに日没となってしまった。そのとき突然、駆逐艦一隻が二百メートルくらい前方に徐行しているのが見えた。私たちは大声を出して駆逐艦にわれわれのいることを知らせた。そして私はみんなに泳いでいこうといった。

艦に近づくとロープが投げられ、私はロープに摑まった。しかし、足が甲板の手摺にとどくまもなく体重を支えるだけの握力がなく、二度も海中に転落した。なにしろ陸戦隊服と雨衣のそれぞれ二着分のぬれた重量を支えられなかったのである。

二度目の海中転落で浮きあがる元気もなく、したたか海水を呑み、やがて美しい花園が見えて楽しい気持になっていった。しかしどこかで「輪をつくってやれ」という声が聞こえ、はっとわれに返って、全身の力で水面に浮きあがることができた。両腕をロープの輪に入れるとスルスルと吊りあげられて、甲板にのぼり、初霜艦長の温顔に迎えられて生き返ったしだいである。

初霜に救助された私たちは、大部分が火傷で一刻も早い治療が必要であることを知った。また矢矧の乗員が何名救助されているかは、なにしろ重油で顔中が真っ黒で、一切わからなかった。

日没からしだいに暗闇が迫りだしたため、まだ丸太ん棒につかまって救助を待っていた乗員も多数望見できたが、なにしろ残念なことに「日本の艦はここにいるぞ、集まれ」という敵潜水艦の協同攻撃用通信が平文で聞こえてきた。こうなっては、一刻も早くこの場を離脱しなければならないため、艦長の勇断によってその場をはなれ、翌朝ぶじに佐世保軍港内の隔離所に、部外とのいっさいの交通を断ち隔離されて治療と安静に専念し、健康の回復をはかることになった。

火傷をしたものは、十日間くらい経過しないと生死はわからないということを聞いていたが、まさしくその通りで、この隔離所で大勢の戦友が火傷でなくなっていったと噂につたえきいた。

二度も体験した生命の危機

私はこのときの矢矧での体験以前にも、爆発による閃光に目がくらみ「こんどは駄目かな」と観念しながら、自分の戦闘指揮所にいそいだことが二度あった。二度あることは三度あったわけである。

一度目は新鋭駆逐艦島風（排水量二九〇〇トン、七万九千馬力、速力四十・九ノット、全自動操縦）でだった。舞鶴工廠で艤装して引渡しも終わり、柱島に回航して戦艦陸奥、山城、扶桑などの泊地付近に投錨した。翌日は興亜奉公日であったので、正午に艦長をかこんで幹部一同が士官室に集合して、まさに昼食の箸《はし》をとろうとした瞬間に、轟音とともに閃光につつまれた。

それは戦艦陸奥が轟沈したのであったが、しかしその瞬間の士官室は真っ赤になり、それがなんの閃光であるのか（空襲警報も爆音もなかった）また轟音はなんであるか（水深二十メートル前後の柱島に敵潜水艦の潜航雷撃は夢想だにできなかった）などいっさいは不明で、艦長以下は一言も声をたてることなく、それぞれの戦闘部署に走った。

この日の柱島一帯は、朝から一寸先もわからない濃霧につつまれていた。島風は高温でしかも高圧のボイラーであったので、柱島に入港したのち一昼夜を経過した状態での島風の、機関全般の超急速出港に耐えるデータを走りながら推測し、機関科指揮所に到着したのち分隊士、電気長、罐長にそれぞれ応急指令を伝達した。錨はすぐにあげられ、試運転することもなくタービンは運転され、ディーゼル艦よりもはやく、事故が発生して三十分で現場を離脱することができた。この必死の機関応急作業の思い出は、三十年後のいまも脳裏から消えさることはない。

それから約二ヵ月ののち、突然キスカ撤収作戦に参加することになり（島風には対水上艦艇用電波探知機がはじめて装備された）、濃霧の先導艦の役目をはたして、所定の陸軍将兵（最初、兵隊たちは疲労困憊しているだろうと想像していたのに丸々とふとり、真新しい軍装であったのには驚いた）を収容し終わると、真南に向かってすぐ出港した。なにしろ四十ノットで短時間ではあったが避退したので、友軍の艦艇はアッというまに視界に消えていった。九分九厘まで敵の攻撃を覚悟していたのに何事もなく、痛快な思いをしたのはこの戦争中これが最初であり最後であった。

二度目に死ぬような危険にあったのは、第十一水雷戦隊（昭和十八年四月編成の練成部隊。二十年七月十五日解隊）機関参謀のときであった。サイパンに対する船団の護衛部隊司令部旗艦龍田《たつた》の士官室において、午前二時ころ当直参謀と交替のために待機しているとき、ソファーに靴をぬいで胡座《あぐら》をかいてウトウトしていると、突然ガンという衝撃音がして、とっさに靴を履こうとあせったがもどかしく、靴下のまま艦橋へかけあがった。龍田は雷撃されていて、すでに航海ができず、しかも沈没の危機に瀕していた。そこでただちに司令部を駆逐艦に移して護衛任務を果たしたが、重要器材を満載した輸送船一隻も、このときの雷撃によって轟沈されてしまった。

私のかつての体験はともかく、わが二水戦司令部は古村司令官はじめ幕僚三名とも、よくよく悪運の強い連中が一堂に会したものだとつくづく思っている。三途《さんず》の河は近いようで、また遠いものである。

私の机上に昭和二十年七月三日、連合艦隊司令長官小沢《おざわ》治三郎署名の第一遊撃部隊にたいする布告（機密連合艦隊告示第一四号）の写しがある。それは、つぎのようなものである。

「昭和二十年四月初旬海上特攻隊として沖縄島周辺の敵艦隊に対し壮烈無比の突入作戦を決行し帝国海軍の伝統と我水上部隊の精華を遺憾なく発揮し艦隊司令長官を先頭に幾多忠勇の士皇国護持の大義に殉ず報国の至誠心肝を貫き忠烈万世に燦たり　仍て茲に其の殊勲を認め全軍に布告す」

※本書は雑誌「丸」に掲載された記事を再録したものです。執筆者の方で一部ご連絡がとれない方があります。お気づきの方は御面倒で恐縮ですが御一報くだされば幸いです。

単行本　平成二十八年十一月　潮書房光人社刊

NF文庫

海軍水雷戦隊

二〇二一年八月二十四日　第一刷発行

著　者　大熊安之助他

発行者　皆川豪志

発行所　株式会社　潮書房光人新社

〒100-8077　東京都千代田区大手町一-七-二

電話／〇三-六二八一-九八九一代

印刷・製本　凸版印刷株式会社

定価はカバーに表示してあります

乱丁・落丁のものはお取りかえ致します。本文は中性紙を使用

ISBN978-4-7698-3226-3　C0195

http://www.kojinsha.co.jp

NF文庫

刊行のことば

第二次世界大戦の戦火が熄《や》んで五〇年——その間、小社は夥しい数の戦争の記録を渉猟し、発掘し、常に公正なる立場を貫いて書誌とし、大方の絶讃を博して今日に及ぶが、その源は、散華された世代への熱き思い入れであり、同時に、その記録を誌して平和の礎とし、後世に伝えんとするにある。

小社の出版物は、戦記、伝記、文学、エッセイ、写真集、その他、すでに一、〇〇〇点を越え、加えて戦後五〇年になんなんとするを契機として、「光人社ＮＦ（ノンフィクション）文庫」を創刊して、読者諸賢の熱烈要望におこたえする次第である。人生のバイブルとして、心弱きときの活性の糧《かて》として、散華の世代からの感動の肉声に、あなたもぜひ、耳を傾けて下さい。